Kadokawa Fantastic Novels

路賽莉絲
強尼
拉維
凱

瑟雷絲緹娜
茨維特
庫洛伊薩斯
貝拉朵娜
伊莉絲
嘉內
雷娜
庫緹

Kadokawa Fantastic Nove

賢者大叔的異世界生活日記

6

Kotobuki Yasukiyo

寿安清

傑羅斯
楓
安潔
Characters

Contents

序　　章　大叔開始培養人工生命體　008
第 一 話　惱羞成怒的復仇者　022
第 二 話　薩姆托爾的異變　047
第 三 話　異世界的大門偶爾會打開　070
第 四 話　給勇者的敕命　088
第 五 話　大叔說了句多餘的話　098
第 六 話　大叔為了孩子們的裝備而煩惱　123
第 七 話　大叔和孩子們一起去狩獵　139
第 八 話　大叔對孩子們感到驚愕　161
第 九 話　大叔的災難　180
第 十 話　大叔了解了一般傭兵的現實　201
第十一話　大叔和意想不到的人物再會　219
第十二話　大叔得知了庫緹的惡行　231
第十三話　大叔在一旁守護著　246
第十四話　大叔遇見了勇者　269
第十五話　大叔真的對四神教的神官生氣了　288
第十六話　大叔偷偷地觀察勇者的狀況　313

序章　大叔開始培養人工生命體

邪神——過去曾經震撼這個世界，可說是將整個世界給破壞殆盡的存在。

從舊時代流傳下來的傳說中，提到邪神不知從何處出現，憑一己之力，一擊就能摧毀山脈、使海水沸騰、撕裂大地，然而其真面目到現在仍是一團謎。

當時繁榮的文明突然被出現在這個世界上的謎樣存在攻擊，努力防衛的國家群全都被毀滅了。

依據文獻記載，舊時代的科學文明似乎很興盛。

不，正確來說應該是魔導文明吧。

而四神也差不多就是在這個時代的末期出現的。

四神給予了即將滅絕的人們從異世界召喚英雄前來的魔法陣。

文獻中記載著民眾們集結了所有殘留下來的技術結晶，在各地製造召喚英雄的魔法陣，但是成功召喚的只有一個魔法陣，其他的全都連同被召喚來的英雄雛型們一起，被邪神的一擊給摧毀了。現在唯一留存下來的召喚魔法陣，似乎只有留在梅提斯聖法神國大神殿地下的那一個。

邪神戰爭當時，舊時代的文明不知道製造出了多少個召喚魔法陣。

只知道有很多異世界的人忽然被召喚過來，在什麼都不知道的情況下就被殲滅了。就連一開始是誰發明了能辦到這種事的東西都不清楚。

依據流傳下來的記錄，有將近五百名的異世界人存在，然而一直活到戰爭結束的僅有三人。包含連記錄都沒留下就死去的異世界人在內，到底有多少人被召喚過來了呢……

英雄被稱作「勇者」，手持擁有可封印邪神力量的神器戰鬥。

神器在封印邪神時損毀了，但是四神教徒修復了神器，並以此為象徵，開始崛起。

殘存下來的舊時代人民，和信仰著這個時代神的教徒間產生了摩擦，最後分為兩個勢力，各自建國。其中當然也有不希望發生紛爭的人。

各地出現了許多小國家群，彼此鬥爭、滅亡、合併，不斷反覆發生的歷史性戰爭，最後平息下來，成了現在的樣子。

亦即在東方的巨大帝國，存在於中央的宗教國家，以及位處大國周遭的幾個小國家。

索利斯提亞魔法王國也是這些小國家之一。

索利斯提亞魔法王國原本就是一個比較新的國家。雖然有作為其前身的國家存在，但那時的高壓統治使人民苦不堪言，最後是透過政變才讓國家恢復正常。

由於魔導士在政變時立下了不少功勞，所以這國家成了一個特別優待魔導士的國家。然而也漸漸地轉變為由魔導士掌握權勢，令人對魔導士感到不快的國家。

不過最近由於國家施行的內政改革，過去偏重魔導士的狀況開始轉變為重視實力主義。

負責保衛國家的騎士團及魔導士軍團之間的衝突也逐漸平息，逐漸轉化為更有組織性的架構。而提出這方案的似乎是學生們。有優秀的年輕人在，這個國家的未來可說是一片光明吧。

理性又聰明，可以從多方面觀察事物的年輕人們，想必最終會成為支撐這個國家的重要基石。

筆者也對此感到非常高興。

～摘自桑特魯報紙專欄──〈歷史不會重演，將持續變化下去〉～

傑羅斯折起報紙，用指頭按著眉間。

「不是，為什麼會從邪神戰爭期的事情開始寫，到最後卻變成在稱讚下一代的年輕人啊？被召喚來的勇者的事情呢？但話說回來，還真虧他們能刊登這種東西啊～」

由於作業間稍微有些空閒，傑羅斯才看了一下報紙上的專欄，但他對專欄的內容相當失望。裡頭是有些令人在意的文句，但除此之外的內容都很不上不下。

說是三流作者也不為過吧。

「科學文明吶……異世界人、英雄啊──不，應該要照學說，稱為『召喚勇者魔法陣』嗎？文章的旨趣很有意思，但是太沒脈絡了。嗯～寫這篇專欄的……該不會是同類吧？」

他對專欄的內容有很多意見，但除此之外，報紙上沒有其他能引起他興趣的報導了。

反正能用來打發時間就好，大概就是這種程度的東西吧。

「唉，算了。時間上來說也差不多了吧？」

房間中傳出液體煮沸以及某個東西靜靜運轉著的振動聲。

燒瓶、試管、燒杯等用具占據了桌上的空間，乳缽中殘留著搗碎調合素材後的渣滓以及液體留下的水漬。

這個房間本身乾淨的像是剛建好一樣，天花板卻染上了一片黑。

看起來簡直像是他讓什麼東西在這裡爆炸了。

現在傑羅斯正期待著累積在燒瓶中的暗綠色液體抵達規定量的瞬間。

這時，那個不知名的運轉聲隨著「嗶～～～！」的機械聲一起停止了，傑羅斯轉向背後的機械。

那台機械是離心機，不過做得非常粗糙。

「嗯……看來結束了。好了，到底變成怎樣了呢。」

傑羅斯打開離心機的蓋子後，從中取出兩支試管。

其中一支的液體中飄著一粒小小的光點。另一支則是聚集了許多色彩斑斕的光點。看到這個之後，傑羅斯一臉不知該如何是好的樣子。

「喂喂喂……這是在開玩笑吧。為什麼會有這麼多……是說根本不知道該用哪個因子才好啊。」

這支試管應該要像另一支一樣，只有一粒光點的，但裡面的光點數量實在太多了。

他只要一個就夠了，可是數量多成這樣，反而讓他不知道該選哪個才好。依據選擇的因子不同，別說出來的成果可能不如預期了，一個沒搞好說不定會創造出不得了的怪物。

「從小楓的頭髮裡抽出的精靈因子是沒問題，問題出在從『邪神石』上面抽出的因子吶。沒選對的話可是會創造出奇美拉喔？這到底該如何是好啊……」

他正在抽出創造人工生命體所需的因子。

所謂的「因子」不是生物的ＤＮＡ，把它想成是類似靈質的東西比較好吧。

這個因子留有最原始的生態資訊，在極少的情況下也會記錄些許太古的記憶或經驗。雖然和DNA類似，但畢竟是類似靈質的東西，不便保存，就算抽出因子，也大概過一個小時後就會消散了。

精靈因子是可以和其他因子結合的根源性靈質體。可以透過加上別的個體的因子創造出資訊因子，重新構成該個體。理論上只要使用生物的魂魄，要讓死者復活也是可行的，不過目前讓死者復活被視為是一種禁忌。

就算真的想讓死者復活，在加入了精靈因子的時候，創造出的那個就已經不是人了。會變成完全不同的生命體。原因就出在觸媒之一的「變魔種」上。

這個「變魔種」是從「食人獸．魔獸拷貝」上採取到的東西，然而要是在完全變成種之前就拿來用的話，人工生命體就會變成奇美拉。

畢竟「食人獸．魔獸拷貝」捕食了大量的生物，體內收納了許多不同的因子。其中一部分會藉由植入「變魔種」中來量產捕捉獵物的手下。

在這個實驗中也一樣，就算只有一點點，只要混入了其他的因子就會創造出魔物。

『「變魔種」裡面到底有沒有混入其他因子這也是得賭一把啊～這只能靠運氣，要是做出上半身是人，下半身像老虎一樣的大叔該怎麼辦……會不會被邪神殺掉啊？她也算是個女神吧……』

傑羅斯的腦中浮現出穿著古羅馬風鎧甲，下半身是老虎的強悍大叔噁心地賣弄風騷，一邊說著「嗯哼～♡」一邊拋媚眼的恐怖畫面。

不過他最後還是抱著失敗的話只要處理掉就好了的想法，決定總之先不要去細想這些事情。

儘管人工生命體擁有生命，仍被以製作者的血液為媒介所訂下的契約給束縛著，因此是無法攻擊主人的。正確來說是用以血液為媒介構成的魔法術式造成的一種詛咒，然而他也不知道在人工生命體是邪神的情況下這是否有效。結果就是不試著創造出來就無法判斷。

「可是……說真的，到底該選哪個才好啊？真是的……為什麼因子會這麼多啊。太奇怪了吧……真令人煩惱。」

傳說中邪神吞噬了許多生物，將那些生物的能力化為自己的力量。

如果傳說是事實，其因子應該會多到數不清吧。

而眼前的試管中滿滿的全是因子，所以可以認定傳說是真的吧。

『要是可以知道哪個是像樣的因子就好了，可是數量這麼多，裡面應該大多是魔物的因子吧？如果是母山怪該怎麼辦？而且還被詛咒了……說不定會產生奇怪的影響。早知道會變成這樣，真該先問過凱摩先生。』

就算只是一小塊碎片，「邪神石」也會散發出感覺能夠詛咒人一生一世的瘴氣。傑羅斯好不容易才淨化了邪神石，讓周遭不至於被波及。要不是大叔的魔法抗性高得不像話，早就死了吧。

淨化的工作花了四天，到抽出因子為止比他預期的慢了不少。他是不急，可是要構成人工生命體的身體也需要時間，所以還是盡快完成比較好。

而且因子本身長時間暴露在瘴氣之下不知道會產生什麼影響。就算成功造出了人工生命體，也很有可能不是什麼好東西。

順帶一提，凱摩先生是名為「凱摩・拉斐恩」的玩家，和大叔同為「殲滅者」之一。他想打造一個獸耳後宮，每天都忙著製作人工生命體。

他在特殊的活動中得到了創造迷宮的技能，而他用這個技能打造出的不是迷宮，而是屬於獸耳且由獸耳統治，裡頭只有獸耳的世界（後宮）。

大叔也經常去幫他的忙，但是要培養人工生命體的難度很高，沒弄好就會創造出麻煩的怪物。雖然經驗值很肥美啦……

『先排除特別大的因子。總覺得不太妙……凱摩先生好像也失敗了吧。選中等大小的好了？不，為了安全起見，還是選比那更小一點的因子……』

他一邊煩惱一邊搖著試管，搖晃著裡面的因子，同時用滴管取出了一個比較小的因子，再將取出的因子用針筒注入了精靈因子中。

對於無法重來，只能一次決勝負的行為來說有些隨便，不過既然煩惱無濟於事，他也只能放手一搏。

前途吉凶莫測，機率很低又只能靠運氣，不做做看根本無法預測結果。

「唔……沒反應……咦？真奇怪……」

在精靈因子中加進其他因子的話，應該會從藍色轉為發出銀色的光芒才對。

然而完全沒有半點變化的徵兆。

傑羅斯歪著頭，看向放在固定台上的試管。

——亮！

這時屋內像是被人丟了閃光彈一樣，從試管中發出了刺眼的光芒。

「眼睛……我的眼睛啊啊啊啊啊啊啊啊……！」

完全出乎預料。大叔像是襲向獵人的瞬間反被弄瞎了的怪物，痛苦且誇張的在地上打滾。

兩個因子是成功結合了，他卻直接遭到了沉痛的反擊。

「啊～……還真慘啊。居然有時間差……」

恢復視力的大叔為了進入地下倉庫，打開了入口處的門鎖。

人工生命體的培養槽位在地下，門有如箱根的傳統工藝品機關盒，不依循一定的步驟就無法打開。這是他在地球時養成的習慣。

原因為何想必無須贅述。

透過多次滑動有如滑塊拼圖遊戲般的板子可以打開地板上的門。解鎖的步驟足足有七十三步，而且內側設有鐵板，讓人無法輕易地破壞這道門。

他靈巧的移動那些格子，解開嵌入的門閂。完全解鎖後，那些格子狀的門閂聚集在一處，從其背面露出了門把。

他握住門把朝外一拉，打開了門。

傑羅斯的兩隻手上分別拿著試管和燒瓶走下樓梯，朝著地下倉庫的最深處前進。

打開木製的門扉後，眼前是以鋼鐵製成的培養槽。

裡頭早已裝滿了培養液，接下來只要把自己的血滴在放入因子的「變魔種」上，再放進培養槽裡就好了。

他從道具欄中取出泡在液體裡的「變魔種」，用手術刀稍微切開，將剛剛完成的合成因子以及「精靈結晶」的碎片放了進去。

「精靈結晶」的碎片雖然只有一顆沙粒那麼大，但最後會變成像是魔物身上的魔石那樣的東西。如果對象是邪神，會變成什麼就是未知數了。

大叔展開有如世界地圖般的魔法陣，把「變魔種」放上去，用小刀稍微劃傷自己的手指，把血滴在「變魔種」上。

接著「變魔種」便啟動了魔法陣。在上面施加了稱作「主從之咒縛」的魔法。

「好……終於輪到培養槽出場了。不要變成長有獸耳的生物就好了……」

大叔已經受夠獸耳了。

他不是討厭獸人種。只是因為他幫忙做了太多次有獸耳的人工生命體，獸耳會讓他回想起了那些為了蒐集素材而四處奔走，地獄般的無聊單調反覆作業。

『獸耳……拜託了，希望成果不要是獸耳……』

他一邊祈禱一邊把培養槽上面的圓筒蓋子打開，把「變魔種」放進去，再把燒瓶中的液體全倒進去之後，蓋上了蓋子。

培養槽中的液體發出光芒，開始培育人工生命體。從小小的觀察孔中洩出了淡淡的光芒，到了這個地步，接下來要做的只有等待而已了。

『……不對，等一下……這樣做比較好吧？』

大叔稍微思考了一下，好像想到了什麼，又把蓋子給打開，將「邪神魂魄」也放進了培養槽裡。

邪神魂魄在發出光芒的同時逐漸溶解，那光芒聚集起來，並且被應該會成為人工生命體的「變魔種」——以及嵌入其中的「精靈結晶」碎片給吸收了。

他原本是打算跟平常製作人工生命體的時候一樣，等身體製作出來後再把魂魄給放進去，但傑羅斯認為人工生命體和邪神在製作方法上應該不太一樣。要是之後才把邪神魂魄給放進去，恐怕會變成魂魄附身在身體上的狀態。

要是變成這樣，他就只能用淨化魔法消滅邪神了。

『早點放進去，或許會提前和身體融合在一起。另外就是祈禱這玩意不要急速成長吧。』

儘管有很多令人擔心的點，可是在無法預測的情況下，他也只能憑著氣勢行動了。

「好了……接下來是這個。應該完成了吧？」

旁邊的小水槽中泡著像是布料的東西。那是伊莉絲的裝備，正在強化中的「鋼蝶的魔術洋裝」。

同系列的手套等裝備也一起泡在水槽裡，不過這裝備跟以前相比色澤更鮮豔，感覺變得更高級了。

雖然也大幅地提升了防禦力，但還是比金屬製的裝備來得脆弱。

纖維製成的裝備只能利用泡在特殊的液體中加工來提升防禦力。

而傑羅斯所做的事，就是讓混合了金屬及魔物體液的液體徹底滲入纖維中，藉此使裝備變得更加堅固耐用。

如果是鎧甲，只要熔解後和其他金屬混合就行了，不過衣服型的裝備沒辦法這麼做，所以處理起來很麻煩。

簡單來說就是做像染布工匠做的事情。只是味道很臭……

『沒想到裝甲染劑實際上會臭到這種程度……唉，畢竟用了魔物的體液，這也是理所當然的，不過這味道簡直像是臭魚乾啊……』

明明是在強化裝備，心情上卻像是不知哪來的醃魚乾工人。

雖然臭味不太一樣，但總之很臭，還不是普通的臭，臭到快要窒息了，還帶有刺鼻的臭味。

他將伊莉絲的裝備從這個散發惡臭的液體中取出，放進另一個水槽裡。水槽中裝有俗稱「結合液」，可以讓纖維中所含的物質與纖維結合的液體。

泡在這個液體中，刺鼻臭味便會迅速消失，轉變為花香。不過這香味只是一時的，過了一段時間就會變得沒有任何味道，算是一種化學反應吧。

他反覆搓揉，確認裝甲染劑已經確實的附著在裝備上，長時間持續做著一樣的事情。

『這麼說來，這種類型的裝備要是遭受斬擊會怎樣？一般來說至少會骨折吧？纖維什麼的應該無法完全擋下衝擊，但實際上會怎樣呢？』

鎧甲之類的裝備可以擋下某種程度的打擊或斬擊，不過纖維製成的裝備防不太住這種攻擊。

如果是在遊戲裡，就算身穿用輕薄的布料製成的長袍，遭受斬擊也不會有太大的傷害，可是這在現實世界中是不可能的。就連鎧甲的防禦力都會受到裝甲厚度以及堅韌度影響了，衣服類的裝備就算靠魔法輔助提升了耐用度，碰上單純的物理攻擊還是會受到損傷。

就算可以避免被砍傷，衝擊的力道還是會原原本本的對身體造成傷害。也就是說對於魔導士而言，只穿長袍當裝備算是一個約定俗成的觀念，可是實戰時在防禦層面上很沒保障。

『唉，儘管便於行動，但問題還是出在防禦上吧。頭被弓箭射中就會死啊……』

和「薔薇妖精」一戰後，伊莉絲便積極地想要提升近身戰鬥的技能。

傑羅斯認為她一定是重新體認到自己有生命危險了吧。要是沒有不殺死對方就會被殺的危機意識，是沒有辦法勝任傭兵工作的。

『不過能不能下手殺人又是另一個問題了……可是這點我也沒辦法教她啊～又不能抓個懸賞犯來跟她說「妳殺殺看」……』

沒有做好殺人的覺悟，就很難在這個世界存活下去。這個世界上最可怕的，不是那些因為擁有某些特殊固定習性所以很好對付的魔物，而是具有智能的人類。

傑羅斯可以毫不猶豫的殺死他判定帶有敵意的生物。就算那是人類也一樣。實際上他已經動過手了，所以在精神面上也跨越了那條道德界線。再說他對於殺人這件事也沒有任何感覺。

經過薔薇妖精那件事，伊莉絲也發現自己太過天真了吧，然而她還不了解殺人到底是怎麼一回事。確實有那種未曾親自體驗就無法理解的領域存在。也就是因為這樣才難以指導他人。地球的道德觀還是會讓伊莉絲拒絕做出自衛性的殺人行為吧。

說來也不是要她去習慣殺人這件事。可是她要是不能殺人，就無法保護自己。

『該說光是她對自己的生命危險有所自覺就不錯了嗎……要是認識的人死了，我也很過意不去啊。雖然這麼說，但她太仰賴我的話也很困擾吶～這種事只能從失敗中學習，還真不知該如何是好。』

伊莉絲比這個世界的人強。肯定就是那份實力讓她的判斷力變差了吧。

如果是原本就活在這個世界的人，在成長過程中就會親身體驗到生活中伴隨著危險這件事。會確實的感受到要從環境中保護自己的必要性。

然而對於轉生者來說，這世界比較像是遊戲，對死亡的危機意識也會變得比較遲鈍。甚至有可能認為自己根本不會死。

『現在在這個世界裡活下來的轉生者到底有多少人呢～……啊，這麼說來還有勇者在。他們應該也死了不少人吧？』

雖然不知道他們是從哪裡被召喚來的，但傑羅斯不認為他們能在這個充滿危險的世界中活下來。他是認為已經有犧牲者出現了，不過因為這是其他國家的事，他也無法得到相關情報。

他一邊隨意的想著『有哪裡可以獲得情報嗎～』，一邊像是在擰抹布一樣，把伊莉絲的裝備給擰乾。同時想著『乾脆做台洗衣機好了？』……

將裝備放進籃子裡之後，傑羅斯便為了拿去太陽底下晾乾而離開了地下倉庫。

在黑暗中唯一會發光的培養槽裡，「變魔種」正逐漸變化為胎兒的形狀。

埋在胎兒體內的精靈結晶開始發出微弱的金色光芒。

離開地下倉庫的大叔沒有確認人工生命體的成長速度。等他注意到培育的速度比平常更快這件事，還要一段時間。

第一話　惱羞成怒的復仇者

「欸，茨維特……聽說最近女生們全都衝去了聖捷魯曼派的研究大樓，你知道是為什麼嗎？好像連我們派系的女生都去研究大樓前排隊了。」

迪歐一邊看著排列在桌上的地圖，一邊說起最近熱門的話題。

「啊～庫洛伊薩斯又做了不知道什麼鬼東西出來啦。而且只限女生購買。」

那東西造成了惠斯勒派的所有女生都跑去排隊的狀況。茨維特雖然多少知道狀況，但是因為實在太無聊了，所以他選擇無視這件事。

聖捷魯曼派製作了「女性賀爾蒙強化藥」。他們現在似乎正在實驗性的販售稀釋過的強化藥，以便檢驗藥效。

另一方面，他們稀釋「超強力豐胸藥」並試著使用後，證實了稀釋後的藥劑只有一時性的效果。胸部確實會變大，但是效果維持的時間會隨著試用品的等級而有所變化，最後還是會變回原本的大小。從弟弟庫洛伊薩斯的口中聽說這些事的時候，茨維特真的很頭痛。

簡單來說就是原液的豐胸效果是永久性的，但就算只有一點點，只要稀釋過就會變成具有時效性的藥劑了，讓人搞不懂這玩意到底是想怎樣。

儘管如此還是有很多人想要，目前的銷售狀況似乎非常好。

這是題外話，關於為什麼喝了「性別轉換藥」就能轉換性別這點仍未能找出原因。這個世界的醫學發展非常落後，全都用一句魔法或是神的奇蹟就帶過了。

現在他們只知道可以做出這種藥，但是仍在研究醫學層面的原因。而研究、查明其功效，其實花上了一百年的時間。

不過藉由研究這個「性別轉換藥」，確立了索利斯提亞魔法王國的醫學部門，最後拓展到了全國。

在這之後，索利斯提亞魔法王國不僅在魔法研究，在醫學領域上也有了長足的發展。而一切都起源於此。

「女人對於美的執著真是不得了啊。我的母親也會買一堆化妝品回來確認效果，有不喜歡的東西，她就會惡狠狠地去批評賣家……」

「聖捷魯曼派是以研究魔法為主的派系吧？要轉換跑道，去研究美容方面的東西了嗎？」

「……以某方面來說，我覺得那會變成很好的收入來源喔？畢竟貴族中有很多人願意花大錢來買這種東西。」

社會上富裕階層的女性們對於美容是毫不鬆懈的。

貴族的女性愈美，就愈有機會嫁入豪門，就算是已婚女性，也多少能站在比其他貴族家更具有優勢的地位。

唉，只要想成他們不斷在進行醜陋的虛榮競爭就很好懂了吧。

換成是商人的話，因為在交涉時給予對方良好的印象很重要，要是妻女很美，對於自己的商家宣傳也很有幫助。此外，由於化妝品和香水這類商品算是高價品，販售後所能得到的利潤也很高。

「他們好像還做了能夠改變性別的魔法藥，不過那個可以用在哪裡啊？」

「以我們的情況來說，可以在潛入敵營時派上用場吧。蒐集情報也是相當重要的任務。」

「要是變成女人之後變不回來該怎麼辦啊……這不是很危險嗎？」

「實際上那個藥好像已經成功做出來了喔？師傅好像事先收走了。只剩了幾個當作樣品留下來的樣子……」

「太可怕了吧！比起那個，那位師傅大人是想用在哪裡啊？該不會……」

「好像只是因為不能放著這種危險物品不管吧。畢竟不知道庫洛伊薩斯會做些什麼改良。」

「太好了，他不是想要自己用。」

茨維特一邊說著內幕，一邊擲出手中的兩個骰子。

「合計8……迎擊成功。拿下d15區域。」

「A組占據了d15區域！」

「茨維特，這時候派人去偵察比較好吧？雖然分散部隊並非上策，可是確認敵人的所在位置也是很重要的。」

「……我同意。我建議使用魔導士偵察小隊去找出敵人的位置。」

「好……那麼，我派出一部分的小隊，到d20區域為止進行先行偵察。同時也使用魔導士隊的使魔進行偵察。」

現在茨維特他們正在進行的，是類似桌上遊戲的訓練。

他們在地圖上畫上細密的格線並標上號碼，讓各部隊的棋子走到指定的格子後擲骰子。大家分成A

和B兩組人馬分別待在兩個房間裡擬定戰略來一決勝負，並用骰子來決定任務成功與否。以雙方擲出的數字來判斷勝敗與作戰的成功機率，攻陷敵方的陣地或是從過於嚴苛的戰況中撤退，是用來加深戰略知識的訓練。

「c54的部隊全滅造成了很大的打擊啊。昨天讓那個部隊突擊的笨蛋是誰啊……」

「我沒想到那是陷阱啊。誰知道在這個地形下會有一中隊等在後方……」

「可以偵察的魔導士隊也跟著一起去了啊！為什麼不派他們去偵察？」

這個訓練是回合制的，每個人都作為一個部隊的隊長持有棋子，分成敵我雙方，大家一邊討論戰略，一邊決定要做些什麼，並把棋子放到對應的格子上。

等部隊都動完後，隔壁房間的人也一樣會移動部隊，以擲出的數字來決定戰況。辛苦的是要記錄部隊的動態，反覆在兩個房間之間來回，負責監視的學生吧。因為很忙，大家都不想做，所以便定下了大家公平的輪流負責監視的規則。

「這麼說來，最近都沒看到薩姆托爾對吧？雖然他不在也好，不過畢竟是個不知道會做出什麼事來的傢伙，讓人有些在意啊。」

「啊啊，他好像被惠斯勒侯爵家給逐出家門了吧。他可能會去碰些什麼糟糕玩意，讓腦袋變得很愉快吧？」

「毒品？怎麼可能，就算薩姆托爾是個笨蛋，我想他也不會去碰那種東西吧……」

「我不贊同。薩姆托爾被老家斷絕關係了。就算去碰毒品也不奇怪。」

「因為他是個只會出一張嘴，自己什麼都辦不到的傢伙啊……我也覺得不無可能。」

「是啊。那傢伙雖然以自己的血統為傲，但除此之外一無是處。就算當上了領主也是個笨蛋。」

惠斯勒派內對薩姆托爾的認知已經恢復正常了。

唉，因為使用洗腦魔法的布雷曼伊特不在了，這也是理所當然的事。

「貴族是因為有人民才能夠存在的吧？就算有王室的血統，他那種態度也不行啦～」

「沒錯沒錯，完全是個沒用的王族成員。絕對不可能獲得繼承權的那一型。」

「當成神轎來用的話還行吧？如果礙事的話解決他就好了。」

「「「你這想法也太可怕了！」」」

在他們被洗腦時，薩姆托爾一直誇耀自己的血統。

記得這件事的學生們都以瞧不起他的態度在批判他。之前自我意志被掌控、任其使喚所造成的反彈，讓學生們的嘴上毫不留情。

「話就說到這裡吧。比起那個，不知道B組是怎麼安排部隊的。對方的回合也差不多該結束了。」

「那麼，茨維特你怎麼看？現在看起來是我方略占上風吧。」

「報告！B組將全軍投入c29區域。漢斯中隊全滅！敵方與同一波攻防線上的約昂小隊交戰中！那培中隊嚴重損傷！茨維特大隊來不及趕去支援！」

「「「「什麼麼麼麼麼麼麼麼麼麼麼麼麼麼麼！」」」」

這個戰略訓練中，透過偵察等手段獲得的情報，另一方是無從得知的。

唯一能夠掌握雙方情況的只有負責監視的學生，而作戰成功與否既然得靠骰子決定，就幾乎可說是全憑運氣。要是對方看穿了己方的編隊狀況，作戰內容也會有劇烈的變化。

而茨維特等人此時才初次察覺到對手小組的想法。

「他們該不會把大多數的兵力都分給下指令的人，以小隊規模在做偵察吧！可是他們滅掉了一個中隊耶？莫非……是撞上了敵方的本隊？」

「畢竟在某種程度上可以依據地形看出對手會怎麼安排部隊。其他隊長又可以將自己的兵力分給在前線下令的人……這還真是被擺了一道啊。」

「可惡！我們的兵力有一半都被幹掉了！」

「要是輸了就得請那些傢伙吃飯啊！這可不是開玩笑的！」

「對面有大胃王帕茨。我們的錢包會死喔！」

「不管怎樣都要守住我們的錢包！」

學生們經常拿這個訓練來下賭注。

雖然賭的不是錢，主要是午餐或是晚餐的菜之類的東西。

問題是對手的小組裡有大胃王在的時候，就算只是小小的賭博也會讓錢包受到嚴重的打擊。畢竟是個可以輕鬆吃掉十人份餐點的人。

對於學生來說這可是非常沉痛的問題。

「可惡！這樣的話只能把部隊分散成小隊，想辦法找對手麻煩了！」

「帕茨是真心想吃啊……」

「可是該怎麼辦！這樣的話我們會一一被擊潰的！」

茨維特等人構成的A組儘管慌張，仍接受了這些訊息，開始擬定作戰計畫。

可是最後他們還是只能打倒對方一半的部隊，錢包也就這樣迎向了冰河期。

◇　◇　◇　◇　◇　◇　◇

學校的課程只到下午三點，剩下的時間便交由學生自由活動。

這些時間當然有很多人會拿去偷懶打混，不過認真的學生會主動預習或是進行研究，並將成果整理成報告交給講師，提升自己的成績評價。

然而學院的講師們都無法指導瑟雷絲緹娜了，所以她可以比較自由的運用自己的時間。而要說起她在做什麼……

「想要自由的操控魔力，得要先能夠靠自己的意志來控制魔法。要是練到可以隨意的變換『火炬』魔法的形狀，接下來只要將這技術應用到其他魔法上就行了。好好加油吧。」

「「「「好的！姊姊大人♡」」」」

在幫忙看學妹們的魔法訓練。

從以前就有幾個就稱呼瑟雷絲緹娜為「姊姊大人」，仰慕著她的低年級生（蜜絲卡稱那些人是妹妹們），但是最近人數大幅增加，等她注意到的時候已經變成有二十人規模的大團體，指導她們也漸漸成了瑟雷絲緹娜的日課。

要說為什麼人數會增加，是因為瑟雷絲緹娜不小心在她們的眼前做了老師傑羅斯教她的事情。她被低年級生視為「能夠改寫魔法術式的天才」、「可以解讀魔法術式的才女」，最後成了許多人敬畏與憧憬的對象。

現在她的名字不分學年地傳遍了整個學院，甚至還收到了寫著「妳可以當我的妹妹嗎？」這種意義不明的信。

「啊哈哈哈，瑟雷絲緹娜大小姐真受歡迎呢。聽說最近也有男生向妳告白？」

「等等，烏爾娜！妳在說什麼……」

「「「「「「欸————————？」」」」」」

好奇的眼神全聚集到了她的身上。

瑟雷絲緹娜瞬間有些不知所措。

「誰？是誰寫信給妳？姊姊大人！」

「我超想知道的！名字是？是哪家的少爺？」

「有配得上姊姊大人的人嗎？該不會是凡莎伯爵家的……」

「這不可能呀！那個噁心肥男絕對不可能向姊姊大人搭訕的！」

「咦？欸～～～……」

接著她們便開始激烈的評論起誰才是適合瑟雷絲緹娜的男人。

不過實際上沒有任何貴族子弟曾向瑟雷絲緹娜搭訕。要說得精確一點的話，是他們辦不到吧。

因為在暑假前他們都還瞧不起瑟雷絲緹娜，經常在背地裡批評她，說她「無能」、「吊車尾」，是個「空有知識的垃圾」。

而且雖說是公爵家的血脈，但瑟雷絲緹娜是側室所生的孩子，並未被正式認可為家族的一員。

更何況對於魔法貴族們來說，與血統相連的魔法才能對於政治聯姻來說非常重要。而瑟雷絲緹娜在家族中也被當成不會使用魔法的庸才來對待。

儘管沒人有權力干涉別人的家務事，但貴族正因為握有權力，特別喜歡擅自臆測他人的狀況。而瑟雷絲緹娜對他們來說正是個絕佳的標靶。

只是這些評價在暑假過後全都被推翻了。瑟雷絲緹娜的魔法實力一口氣超越了他們。

這樣一來，瑟雷絲緹娜便完全足以作為政治聯姻的對象。可是至今為止都很瞧不起她的人，事到如今根本沒臉向她搭訕。貴族家的少爺們就這樣錯過了最好的優質對象。

那些儘管如此仍不死心的下三濫們雖然打算利用家長的力量和瑟雷絲緹娜訂下婚約，不過擋在他們面前的是異常疼愛孫女的老人，「煉獄魔導士」。

而且老人將那些想要訂下婚約的貴族子弟們之前批判瑟雷絲緹娜的言行舉止全都記錄了下來，把這些塞給他們的父母，趕走了他們。

結果一直以來瞧不起瑟雷絲緹娜的那些人反而落得被父母給臭罵一頓的下場。正是他們自己的言行搞砸了這個可能性。

雖然也有沒參與這些愚蠢批評行為的貴族在，但希望能訂下婚約時，果然還是被異常溺愛瑟雷絲緹娜的祖父克雷斯頓給擋了下來。對於想做政治聯姻的貴族來說，這對手實在太難應付了。

基於這些因素，聚集在她身邊的蟑螂全在當事人不知情的情況下被煉獄魔導士給消滅了。當然，女僕蜜絲卡也是共犯之一。

「瑟雷絲緹娜大小姐喜歡怎樣的人？」

「咦？這、這個嘛……有包容力的人吧？要是有些比較孩子氣的地方感覺也很有魅力呢。再來就是……擁有理智且冷靜的判斷力，以及能做好自我管理的男性……」

這時她的腦中不知為何浮現了傑羅斯的臉。

『為、為什麼這時候會想起老師啊！不，我的確是很尊敬他，可是將他視為一個異性來看太失禮了吧？畢竟年齡差距大到都可以當父女了……』

問瑟雷絲緹娜對傑羅斯是否抱有戀愛感情的話，她一定會否定。

她很尊敬傑羅斯，可是要說她有沒有將傑羅斯視為一個異性來看待，倒是有些困惑。

真要說起來，比較接近眼前這些低年級生看自己的那種憧憬吧。

「大小姐，只要有愛，年齡差距不是問題喔？不如說，碰到青澀的果實說『請吃下我吧』這種狀況，那一位應該也會很高興吧？要是順利的話或許能被對方享用喔？」

「呀啊！」

冷酷女僕蜜絲卡不知何時出現在她身後。

蜜絲卡那一邊推著眼鏡，一邊露出開心笑容的樣子真的很令人不爽。

「蜜、蜜絲卡，妳為什麼老是要用這種會嚇到人的方式行動呢？對心臟很不好耶……」

「呵……這問題太傻了，大小姐……因為這就是我的生存之道。」

「嚇人就是妳人生的一切嗎！」

「不，這只針對大小姐。因為大小姐妳總是會有很棒的反應。呵呵呵……」

她的臉上露出了燦爛到真的很讓人火大的笑容。

蜜絲卡這一陣子雖然不見人影，但在大約四天前突然回來後，不知為何鑽進了瑟雷絲緹娜的被窩裡，而且是以全裸的狀態……

瑟雷絲緹娜回想起蜜絲卡以非常壞心眼的笑容看著嚇得從床上滾下來，頭去撞到地板的自己的事。

「那個……姊姊大人？蜜絲卡小姐莫非是『冰霜女王』？我之前曾經從父親那裡聽說過。」

「咦？那個……是她的別名嗎？我是不清楚……蜜絲卡？」

「呵……我早在很久以前就已經捨棄那個名號了。現在的我只是個普通的女僕。」

「普通的？妳哪裡是……對不起。請不要瞪我……很可怕。比起那個，『冰霜女王』是……？」

「是擅長冰系魔法，伊斯特魯魔法學院的畢業生。和同期的德魯薩西斯公爵同為非凡魔導士之一。沒想到那樣的人會隨侍在姊姊大人身邊……」

瑟雷絲緹娜對蜜絲卡這意想不到的過去十分吃驚。

和父親德魯薩西斯公爵同期，就表示她有很長一段時間都在父親身邊擔任女僕。

也就是說，蜜絲卡很有可能知道瑟雷絲緹娜的母親是個怎樣的人。瑟雷絲緹娜雖然很想問，卻提不起勇氣。

順帶一提，所謂的非凡魔導士，是指等級到了500的人。除了「梅提斯聖法神國」的勇者們之外，很少有人的等級能到達500。

所以這些人大多擔負著國家的重要職務。

「據說明明是用冰的魔導士，卻是個極度手下不留情的人，會將流於欲望，順著感情跑來搭訕的男生們一個個全都凍成冰柱。也有她和德魯薩西斯公爵其實是一對戀人的說法……」

「咦？欸————————？」

「那是假消息。不如說我們是互毆的關係。」

蜜絲卡乾脆地對用力回頭看向自己的瑟雷絲緹娜答道。

「互、互毆……和父親大人？」

「聽說蜜絲卡小姐會暗地裡反過來解決那些因為被甩了而懷恨在心，找她麻煩的男生。要是想要說什麼對她不好的傳聞，她就會在不知不覺間出現在那個人身後。還會推薦猥褻的小說給朋友。」

「……那和現在也沒什麼差……對不起。請收起妳舉高的拳頭……」

「大小姐，有時候多說一句話就會讓人喪命的喔？還請您說話時要多加小心。」

瑟雷絲緹娜只能安靜地點點頭。

蜜絲卡就是這麼可怕。

「大小姐最近似乎變成了一個思慮不周的人呢……蜜絲卡我真是太難過了。」

「……請妳不要故意這樣唉聲嘆氣。太假了……一點都不適合妳。」

「這麼說也是，那麼我就不做了。我會從不同的角度來玩……好好享樂的。」

「妳剛剛是想說『玩弄』吧？妳不自覺地說出真心話了吧？」

「不，我是故意的。請別在意。」

「呃～……我記得這種時候應該要說『今晚的權杖渴望著鮮血唷』，對吧？」

「大小姐！妳是什麼時候學會了這種話……還有，妳打算拿權杖對我做什麼？」

「呃……痛打一頓？」

蜜絲卡受到了強烈的衝擊。

本來打算調侃驚慌失措的瑟雷絲緹娜的，沒想到她卻順著自己的話接了下去。

「大小姐妳變得很能幹了呢……要不要和我一起以世界第一為目標呢？世界第一的搞笑藝人……」

「那我負責吐槽，請蜜絲卡負責裝傻吧。吐槽時我會用這個權杖……」

「一般來說會死吧。唔……居然用裝傻來對付裝傻，我不認識大小姐了。」

「這裡該說是妳錯看我了吧？雖然我也曾經因為蜜絲卡而迷失了自我……」

「而且居然在這時候反駁我！妳是什麼時候學會了這麼高級的技巧……真行。」

蜜絲卡不知為何顫抖了起來。而且非常懊惱的樣子。

不過仔細想想，蜜絲卡至今一直玩弄瑟雷絲緹娜，就算瑟雷絲緹娜不想，她對此也多少有些抵抗力了吧。

「蜜絲卡小姐真的很有趣呢。看起來很冷酷實際上卻很會搞笑。」

「烏爾娜……與其說蜜絲卡有趣，不如說她太喜歡惡作劇了吧……工作明明做得很完美的說……」

「大小姐，請不要把我說得像是什麼感覺很遺憾的人。我比庫洛伊薩斯少爺來得像樣多了。」

「雖然不清楚判斷基準，不過我還是知道你們兩個都很惡劣喔？差別只在於一個是刻意，一個則是沒有自覺吧。因為蜜絲卡妳是基於自己的想法以及覺得有趣才這麼做的。」

「呵……這對我來說是誇獎呢。」

「也就是說妳是個令人遺憾的人吧？」

「「………」」

瑟雷絲緹娜與蜜絲卡兩人沉默地看著彼此。

在她們之間爆出了看不見的火花。

「是說，我聽說瑟雷絲緹娜大小姐的哥哥做了可以讓胸部變大的藥喔？我自己是不需要啦，不過會有人買嗎？」

「那個……只會讓胸部暫時變大，過了一段時間後就會失效了。沒什麼意義。」

「大小姐，強制性的讓胸部變大的話，失效後胸部不會下垂嗎？」

「這點倒是不用擔心呢。畢竟很普通的變回原樣了……」

「瑟雷絲緹娜大小姐，妳該不會……」

「大、大小姐……妳用了嗎？」

「那是一場……虛幻的夢。」

瑟雷絲緹娜也是個女孩子。當然很嚮往身材曼妙的女性。

可是屬於一種魔法藥的豐胸藥，只有一時性的效果，並非永久有效。

使用的時候雖然很高興，然而過了一段時間後就會體認到現實。那時候所體會到的空虛感，她恐怕這一生都不會忘記吧。

「說穿了……能用藥實現的夢，只不過是幻想罷了。留下的只有無盡的空虛……」

「「「「…………………」」」」

「呵呵……妳們儘管嘲笑我吧。嘲笑這個沉溺於一時的夢境，悽慘的我……」

『『『『『笑、笑不出來……我們完全笑不出來啊～……』』』』』

在場的低年級生裡頭也有非常在意豐胸藥的人。

可是現在聽到的實際使用者的經驗談裡頭帶著濃濃的哀愁。既然這樣，以長遠的眼光來看，效果值得期待的「女性賀爾蒙強化藥」還比較有用吧。

只見瑟雷絲緹娜的臉上掛著毫無感情到令人感到哀傷的笑容，在場的低年級生們完全找不到話來安慰她。

而蜜絲卡在這樣的瑟雷絲緹娜的身旁，默默地用手帕擦拭著眼淚。

◇◇◇◇◇◇

距離史提拉城有些距離的某個城鎮的一隅。

在骯髒巷弄深處的小酒吧裡，發生了這件事。

「咿、咿咿咿咿咿！」

「你們這些傢伙……之前把我當笨蛋耍得團團轉是吧？我來回敬你們了喔？」

「唔，人數上還是我們占上風！圍住他一起上！」

「沒用！現在的我可是最強的喔？咿哈哈哈哈哈哈哈哈哈！」

血統主義派並非正式的派系，原本就是寄生、利用他人，像是流氓的一群人。

有時會幹下誘拐或是強盜等勾當。自負的說是「魔導士的正統後繼者」，同時反覆做出等同於犯罪的行為。就是由這樣一群惡劣的傢伙所構成的集團。

輕忽正式魔導士該做的鍛鍊，以流在自己血液中那不上不下的魔法為傲，實際上做的事情跟恐怖份子沒兩樣。

要說繼承了血統魔法的魔導士為什麼會變成這種流氓，原因就出在他們透過遺傳所繼承的魔法上。

繼承的魔法幾乎占用了潛意識領域的所有空間，不僅讓他們難以記住其他的魔法，更慘的是這些可繼承的魔法還大多是沒什麼效用的玩意。

因為是不完全的魔法所以很難運用，不是能在實戰時派上用場的東西。雖然也有繼承了輔助魔法的人在，但也因為效果不完全，只能算是個半吊子的魔導士。

結果同病相憐的人們便湊在一起，互相舔拭傷口。

然後他們便發展成了和黑社會掛勾的大規模犯罪組織。

他們的目標是篡奪政權。打著自己才是真正的魔導士血統繼承者的名號，在背地裡做了許多事。

與其說是魔導士，他們變得更像是詐欺犯，還將一些小混混納入自己的旗下，組成了非法組織。

表面上是在經營偏離鬧區的小酒吧，然而實際上甚至做出了販賣人口的勾當。重視這些犯罪行為的各國紛紛嚴加管制，封住血統主義派的行動。

可是這些人正好可以用來當棄子，很多人覺得他們很方便，將他們視為用來解決礙事者的道具。主要是貴族在委託他們。

利用他們，反過來也會被他們給利用。血統主義派就這樣強化了和貴族間的關聯性，最終讓組織的力量強大到可以反過來利用貴族的程度。

而他們為了干預政治而利用的，就是惠斯勒侯爵家的次男，薩姆托爾。

薩姆托爾對權力有很強的欲望，又很性急、欠缺思慮，讓血統主義派的人覺得可以利用他，但是這計畫也因薩姆托爾的失勢而毀於一旦。

如果發現對方沒有利用價值了，他們也會立刻捨棄。可是被利用的人發現這件事的時候，會做出怎樣的行動呢？

答案就在眼前。

「之前那樣阿諛奉承～現在還真是冷淡啊？喂……」

「是、是我們不好！不過對手可是公爵家喔？要是失敗了我們也很不妙啊……」

「所以呢？就把一切都推給我，自己拍拍屁股脫身？真瞧不起人啊。」

薩姆托爾的身體變得異常強壯，力氣也非同小可。簡直像是巨魔。

而薩姆托爾眼前的男人們，正是打算利用他的血統主義派的人。

他們讓自己的孩子陪在薩姆托爾身邊吹捧他，藉此操控薩姆托爾，讓他順著他們的意行動。

計畫本身進行得很順利。他們甚至透過薩姆托爾，成功的操控了他們真正的目標。沒錯，血統主義派魔導士們真正盯上的目標其實是茨維特。

「我要殺了你們。然後讓你們變成我的力量喔～？沒什麼，一下就死了啦～嘻嘻，啊哈哈哈哈哈哈！」

「咿、咿咿咿咿咿咿！」

——喀啦！噗唰！

薩姆托爾抓起男人的頭，用拳頭打碎了他的頭蓋骨。

酒吧裡滿是血液特有的鐵鏽味。

「好了～還有吧～？得請你們幫忙，讓我變得更強呢～」

「快、快逃啊啊啊啊啊啊啊啊啊啊啊！」

「救、救命啊啊啊啊啊啊啊啊啊啊啊！」

「我才不會讓你們逃走呢～焰之矢啊，貫穿我的敵人。『火焰之箭』。」

「嘎啊啊啊啊啊啊啊啊啊啊啊啊啊啊啊！」

他踩碎了變成一團火球的男人的胸部，大量的血液飛濺四散。

「啊啊……感覺真舒暢……嘿嘿，這豈不是太棒了嗎……呼呵呵呵。」

薩姆托爾的眼神已經不是正常人會有的樣子了。

他的眼中閃著陶醉於力量與血的異樣光芒。

他一邊喜悅地笑著，一邊沉浸於殺了把自己當笨蛋耍的魔導士們，這名為暴力的愉悅之中。

「接下來就是茨維特……不對，我要殺光那些背叛我的蠢蛋們。嘻──啊哈哈哈哈哈哈哈哈哈！」

他渾身是血地放聲大笑，享受著復仇的快感。

就算這是做賊的喊捉賊的行為，對他本人來說仍是正當的理由。

決定好下一個目標的薩姆托爾舔了舔被血沾濕的拳頭，走出了酒吧。

邊走邊殺掉那些因為有人通報而趕來的衛兵……

◇　◇　◇　◇　◇　◇　◇

「效果出乎意料呢……跟以前的守護符相比是好多了，但還是很不妙。簡直是毒品嘛……」

低聲這樣說的，是難得穿得像個村民的亞特。

他穿戴著便宜的皮鎧和劍，偽裝成新手傭兵。

「我覺得把那個石頭當成魔法藥的材料實在不太好。既然要處理掉，找地方埋起來就好了吧？」

「我也贊同夏克緹小姐的意見。這實在太過分了……」

「唉，是這樣沒錯，可是……我一方面是想嚇嚇那些四神教的傢伙們，一方面是伊薩拉斯王國萬年欠缺糧食，就算得利用壞人們，也必須要購買糧食。反正我們要離開這個國家了，應該沒問題吧。」

「又是陛下的請求？這次要去哪裡？」

「獸人所居住的區域……因為會經過梅提斯聖法神國，所以我想順便找他們一點麻煩。那個就是為此所需的小道具。也算是順便處理掉那個不妙的石頭啦……」

為了自己的目的而犧牲他人。

儘管他們已經下了這樣的決心，實際上出現受害者時良心還是很過意不去。

不過他們有不得不這麼做的理由。

「我們的人生可是因為那些傢伙而變得一團亂。得讓他們知道這麼做的代價有多高才行……」

「這我知道。可是……這藥效強過頭了吧？」

「是啊。老實說……很噁心。」

「說得真是直白啊。唉，反正會吃下這種藥的也不是什麼像樣的傢伙吧。這是他們自作自受……」

「——真過分……」」

不弄髒自己的手是無法達成目的的。

因為敵人躲在大國背後，他們早已做好多少會有些犧牲的覺悟。

可是下定決心和實際看到又是不一樣的問題。

「我們已經確認完那個的效果了。其他的傢伙也做了類似的回報，在這個國家已經沒事要做了。」

「伊薩拉斯王國好像曾經有打算攻進這個國家喔？」

「他們至少該跟這個國家締結同盟吧。攻進來之後要是沒辦法持續管理這塊土地的話也沒用，而且抱有嚴重問題的伊薩拉斯王國是不可能戰勝索利斯提亞魔法王國的。」

「唉，那個國王也不是笨蛋。考慮到人民的生活，應該會選擇多少能獲得一些經濟援助的方法吧。」

「可是就算伊薩拉斯王國和索利斯提亞魔法王國締結同盟，雙方要來往也必須通過那個地方耶？」

「而且以前使用的奇襲作戰也不能用了。」

伊薩拉斯王國和索利斯提亞魔法王國之間是險峻的山岳地帶。

而且在那個山岳地帶發展的國家・阿爾特姆皇國，現在正在和某國交戰中。

戰場上雖然有勇者參戰，但他們反而迫使對手陷入了苦戰。沒錯，他們交戰的對手正是「梅提斯聖法神國」。

就算想要通商，商人們也只能透過歐拉斯大河往來，而戰場也涵蓋了這條航路。

有時也會有士兵們以徵收為名，強搶商人的貨物。世間對梅提斯聖法神國的士兵們評價很差。反倒是對身為山岳民族的阿爾特姆皇國抱有不錯的印象。

「不過勇者啊……他們是不是像那種老套的故事，覺得『我超強』啊？」

「雖然知道他們只是被利用了，不過沒有任何人逃出來這點還真是令人費解啊。畢竟也有人死了，一般來說地球人應該不喜歡戰鬥吧。」

「也有勇者的子孫在吧？等級好像有超過３００的樣子，是群很強的人吧……」

「我是不想和勇者戰鬥啦。畢竟他們說不定是跟我們從同一個世界來的，也有可能是從其他次元的地球來的。要是能成為同胞就好了……不過麻煩的應該是子孫吧，隨便查了一下就有一大堆。」

根據諜報人員的消息，三年前被召喚來的三十二名勇者中，有半數死亡，靠著剩下的勇者勉強維持住了現在的戰線。

阿爾托姆皇國的戰士們幾乎所有人的等級都與勇者們相當，其中也有不少人擁有過人的實力。靠著這份戰力，儘管是小國，他們仍帶給了梅提斯聖法神國沉痛的打擊。而且阿爾托姆皇國活用其地理優勢，因此沒有受到太大的損害。

勇者們大多專斷獨行，只要善加利用這點，便能成功打倒他們。

「阿爾托姆皇國的人民據說是使徒的子孫。調查的結果雖然有限，但他們在能力上很像我們這些轉生者。而且是由亞人種構成的國家。伊薩拉斯王國要是不和他們結盟的話會很辛苦的。我記得這兩個國家間的關係應該還不錯……」

「還有其他獸人的國家……啊，原來是這樣啊。」

「沒錯……我們這次的工作就是要當去向獸人們提議結盟的使者。」

「是說我們要在這裡待到什麼時候？接下來的事情等回旅館之後再說吧。」

「也是。明天就要離開這個國家了，今天早點休息吧。」

說完之後，三人便朝著旅館前進。

就這樣，亞特和他愉快的夥伴們接下來將穿過梅提斯聖法神國，前往獸人們生活的大平原。

「別再做蠢事了喔？就算公爵大人這次特別釋放了你，可沒有下次了喔？」

「這段時間受你們照顧了，以後我會注意的。」

被拘留在衛兵那裡的好色村終於被放了出來。

他深吸了一口氣，終於感受到自己從奴隸生活中被解放的喜悅。儘管時間說來不長，但對他來說已經夠久了。

接著他說出了老套的台詞。

「呼哈哈哈，自由的空氣真美味啊～！哇哈哈哈哈♪」

「喂，這裡好歹也算是公共設施的前面喔？我是可以理解你重獲自由很開心，可是要大吵大鬧的話就去別的地方吧。」

「抱歉……」

久違地重獲自由的好色村太過興奮，被衛兵罵了。

『好了……接下來該怎麼辦呢。嗯～當傭兵又很花錢……』

好色村的職業是「勇猛騎士」。

雖然他也能使用魔法，但是其實他是個徹底的前衛戰士職。就算再強，也很難憑一己之力享受異世界生活。

因為他淪為奴隸，所以傭兵資格也被取消了。要重新登錄並提升階級也得花上不少時間。而且報酬的多寡也要看任務決定。

傭兵是個有時會接不到任務，有很多空閒時間的職業。只能靠出外打獵來賺取生活費。

「唔嗯～……要打造一個奴隸後宮，果然還是想要有穩定的收入啊……在這個世界想要一舉致富太危險了。」

他還沒有放棄打造奴隸後宮。

但是買奴隸需要錢，而好色村沒有那筆錢。

他身上也沒有生產職業的技能，所以不可能做些什麼來賣。老老實實的賺錢又很麻煩。

「對了！我能不能去當同志的護衛呢？既然是公爵家的少爺，那護衛不管有多少人都不夠吧。既然決定了，就趕快去找他吧。哇哈哈哈哈哈哈哈哈！」

「吵死了！就跟你說要吵就滾去別的地方，別給我們添麻煩！你是想再變回奴隸嗎！」

「對不起、對不起、對不起、對不起、對不起。」

公然說出自己要打造奴隸後宮的好色村又被衛兵罵了。

他實在是學不會教訓。

好色村擅自決定新工作就是要當茨維特的護衛，意氣昂揚的朝著城裡走去。完全沒考慮到無法順利就職的可能性……

以某方面來說，他的想法真的非常積極正面。

第二話　薩姆托爾的異變

「拜託你了，同志啊！請你……給我工作！」

「…………」

茨維特在前往大圖書館的途中，碰巧遇上了好色村。

而好色村突然對他叩頭下跪。

被好色村這拋棄了羞恥心及他人評價的行動給波及，茨維特暴露在來自周遭的好奇眼神下，只想徹底遠離他。

「喂、喂……同志啊。才碰面，你這一下子是在幹什麼？」

「請你給我工作！要是這樣沒工作下去，我就無法打造夢想中的奴隸後宮……拜託你！給我……給我工作！就是這樣，拜託你了！」

「奴隸後宮？你……還沒放棄啊。」

「是男人就該朝著自己的夢想邁進吧！我的確錯了，這我承認。但也有儘管如此仍無法捨棄的理想吧？後宮就是男人最大的夢想啊！」

「說得真乾脆啊。以某方面來說是很有男子氣概啦，不過這不是該在這種地方說的話吧！」

「我知道這很丟臉！可是這件事情我能拜託的只有同志你了。所以拜託你，給我工作吧！」

「你覺得丟臉的是以這種奇怪的姿勢求我給你工作？還是奴隸後宮？」

奴隸後宮。這個在輕小說中似乎一定會出現的現充生活，實際執行起來卻很困難。

真要說起來，在索利斯提亞魔法王國，奴隸是有人權的。之中確實也有從奴隸發展為夫妻關係的人，不過這種案例極為稀有。

雖說是奴隸，但有仲介負責協調勞動條件，雇主也必須支付薪水以及照料奴隸的生活。等到依據契約償還債務後，也就不用再當奴隸了。

因為對方只要還清債務就能恢復自由之身，所以沒能在對方受到魔法契約束縛的期間發展為戀愛關係的話，一切就結束了。如果是在戀愛症候群發作的期間內和意中人簽訂契約的話那還好說，一般而言很少會有簽訂了奴隸契約後成為戀人的情況發生。

奴隸是因為沒有工作才會被賣的，所以擁有足以作為一個勞動力的技術，可以賺取薪資的話，奴隸在契約到期後其實沒必要繼續待在主人底下工作。要是主從契約到期了之後還硬是繼續束縛著奴隸，主人反而得支付違法的罰金。這是這個國家的勞基法訂定的規矩，基本上是不可能打造出好色村夢想中的奴隸後宮的。

而且要是真從奴隸和主人的關係轉變成戀人關係，在奴隸契約到期時就會結婚了，根本不可能在那之後還繼續當奴隸。

此外，成了夫妻的話當然也必須繳稅，要維持一夫多妻的家庭也需要相當的財力。

「唉，就算我讓你當護衛好了，你……能夠賺到可以持續支付奴隸稅金的錢嗎？」

「我對劍跟魔法很有自信。我可以一舉殲滅這附近大量繁殖的魔物喔？」

「不，那你去當傭兵也行吧。為什麼要當我的護衛啊……」

「……我想說如果是當公爵家的護衛騎士，薪水應該還不錯……」

「雖然是不差啦，不過那算是我老爸的部下喔？不能單憑我做決定。畢竟我沒有太多可以自由使用的錢。」

「你是公爵家的少爺吧？不是靠稅金就荷包滿滿了嗎？」

「怎麼可能啊！要是貴族把稅金挪作私用的話，其他貴族也會跟著這樣做吧！哪能做這種會在人民和國家間留下恨意的事情啊！」

「這麼說來，你好像有說過這件事喔？那零用錢怎麼辦？」

「我自己賺。雖然老爸也會給一些……」

茨維特從父母那邊多少會拿到一些零用錢，但並沒有多到可以亂花的程度。

公爵家的教育非常嚴格，每個月給的零用錢金額只比平民稍微多一點而已。既然如此就只能自己賺了吧。

有必要的話茨維特就會製作魔法藥，或是以他個人興趣的金工來做些金屬飾品，多少賺一些零用錢。他的手意外的很巧，不過金工這興趣他從未和任何人提過。

此外，因為他學會怎麼將魔法術式刻在金屬上了，所以最近會將一些簡單的金屬飾品當作魔導具販售，在傭兵之間擁有不錯的評價。

「我也是很辛苦的喔？怎麼可能輕鬆獲得可以隨意花用的錢啊。」

「這樣啊，現實……還真是無法隨心所欲呢。」

「你還是改改你那欠缺思慮的行動方式吧。現在的我只是個學生喔？雖然很想幫你的忙，但我也有辦得到跟辦不到的事情。」

「抱歉……我只是想要穩定的收入。為了實現我的夢想……」

「我是可以推薦你去當騎士，不過也得做些事務性的工作喔？還需要計算兵糧的消耗量以及預測是否足以維持行軍等戰略知識。你辦得到嗎？」

「……不行。我……很不擅長做這種事。」

好色村迅速的失去了目標，非常消沉。

不過他在打算仰賴他人的力量時就已經錯了。

「你沒有什麼能做的工作嗎？像是調合或是鍛造之類的，你不會做這些生產系的事情喔。」

「因為我是戰鬥職。沒有這些技能……頂多只有『釣魚』吧？」

「這樣不行吧……你要當漁夫嗎？」

行動自由奔放的好色村不適合當騎士。

騎士是負責守護貴族，保衛領民的菁英職。騎士的過錯會成為貴族的恥辱，所以必須要擁有足夠的知識與實力，最重要的是能夠遵守規範的性格。要成功就職跟要擠進名校一樣困難。

一流的騎士更會嚴格的訓練及學習，超過一定標準後便可以成為聖騎士。

未能滿足這個條件的人就會變成附屬騎士或是衛兵，不過無論如何，做不了事務性工作的話根本就沒得談。

「畢竟我在高中也常常蹺課啊～」

「『高中』是什麼?該不會是類似學院的教育機構吧?」

「啊?嗯,差不多是那樣啦。我啊~只要看到幾十個人擠在一個房間裡讀書,就覺得靜不下來啊。該怎麼說呢,就是有種煩躁感……」

「唉,你的心情我也不是不懂,不過那是為了將來能夠派上用場而學習的地方對吧?你不覺得這樣很對不起支付學費的雙親嗎?」

「不,他們也只是因為虛榮心才逼我去那裡的啊~我的成績說起來根本就是吊車尾的。其實我是想去讀工業專科學校的。」

「因為沒能去想去的地方,所以才提不起幹勁嗎?也是有這種事呢。實際上學院裡也有這種傢伙。」

「都是因為我以低空飛過的成績考上了。拜此所賜,我只要成績下滑了就會被父母狠狠叨唸一頓。明明無視小孩子的志願,成績下滑了又要唸個沒完!最後還說要把期望放在弟弟身上。」

「啊~……的確有呢,這種不負責任的父母。擅自把自己的願望加在孩子身上,不符他們的期待就發怒……我常聽到類似的事情喔?」

「就因為這樣,肉體勞動是無所謂,不過我實在不太擅長事務性工作……總覺得很煩躁。」

好色村,也就是「榎村樹」,本來是想配合自己喜歡汽車和機車的興趣,以工專為目標,朝這方面的職業發展。可是身為中小企業董事長的父親卻強迫他去考私立高中。

母親基本上和父親是同類,是個在意周遭的眼光,非常愛慕虛榮的女性。他運氣不好考上了私立高中時,母親甚至還對外大肆宣揚了一番。

結果樹無法適應那個環境，本來他就是個以興趣為優先的人，所以上了高中後他便開始蹺課，以打工的名義整天泡在附近的修車廠裡。這件事情曝光後他跟父母大吵了一架，最後被父母說「你真是我們家的恥辱」，因此離家出走。

在那之後他跑去借住在朋友住的公寓裡，和夥伴們一起磨練身為技師的能力。

他的目標是和夥伴一起組一個自己的隊伍，參加賽車比賽，不過這個夢想也因為這次的轉生事件而破滅了。

順帶一提，他也只是在休假或閒暇時才會和夥伴們一起玩玩「Sword and Sorcery」，是個極為普通的一般玩家。不是家裡蹲也不宅。

「你意外的過得很辛苦啊……我知道了，總之不當騎士，我僱用你當護衛吧。我會想辦法跟我家老爸說明，暫時以我賺的錢來支付你的薪水，不過我給不了太多喔？」

「可以嗎？你不是沒有什麼可以自由運用的錢嗎？」

「我有做一些道具來賺取零用錢。雖然不多，但還是可以付上一陣子薪水。」

「抱歉，同志……我欠你一次。光是有錢能夠吃飯我就感激不盡了。」

「別在意。相對的，我要去提升等級時也要拜託你幫忙護衛囉？」

「這種事情根本是小事一樁。交給我吧，要大鬧一場我最行了！」

男人的友情相當深厚。

「比起那個，今天我該住哪才好啊……」

「啊～……還有這個問題啊。」

「因為淪落為奴隸後，我的錢全都被當作違約金給沒收了……」

「你啊，稍微查一下法條吧……是說也沒辦法讓你來住我的房間……」

「為什麼？雖然我是在衛兵那裡的時候聽說的，但學生宿舍很大吧？」

「因為空房被杏拿去用了。剩下就只有沙發能睡人了喔？」

——瞪！

這時好色村非常戲劇性的睜大了雙眼，露出了驚訝的表情。

不，不僅是驚訝，他的臉上還帶著被信任的人給背叛的絕望神色。

他那傳遍全身的顫抖是出自於憤怒吧，顫抖漸漸地變得更為劇烈。

接著，他將這滿腔的怒火拋向了茨維特。

「你這傢伙！我還以為你是我的同志，結果你卻成了個現充嗎！」

「不，是杏那傢伙擅自待在我這裡啊。這陣子老爸那邊才送了護衛委託的合約書過來……」

「什麼，你可是跟少女同居耶！這不是超讓人羨慕的嗎，可惡——！」

「我說啊……以那種小孩為對象，你到底在說些什麼啊？」

「少女……比青澀的果實還要青澀，甜美又禁斷的發音……只要趁現在教會她這種事情跟那種事情，總有一天會變成理想的性奴隸……」

「我就說那是犯罪行為了吧！你心底在盤算著這種事情嗎！」

「那當然，我可是很想試著沉溺於禁斷的愛欲之中喔？如果是美女，熟女或人妻也行！」

「別一臉爽朗的說出這種話，不是人的下流傢伙才幹得出這種事！不管是從社會還是從人生的角度上來說我都還不想死！」

好色村似乎真的好色到不行。

甚至讓人懷疑他是不是真的有朝著夢想在努力。

「首先，我還不想丟了自己的性命。杏很強吧？」

「是嗎？我是不太清楚……」

「師傅說她是『影之六人』小隊的喔？那是怎樣的小隊啊？」

「……影、影之六人？小杏她？真的假的？這麼說來，那個大叔好像說過這件事？莫非……那女孩是『桃忍』？」

「你到剛剛為止都忘了這件事喔，唉，算了……你知道關於杏的事情嗎？」

「嗯，如果是傳聞的話，我有聽說過喔？明明穿著醒目的忍者裝，卻能瞬間殺掉各種敵人的忍者小隊……『桃忍』正是其中之一。雖然不到殲滅者的程度，但也是等級很高的知名人物呢。」

「那你就知道了吧？對那女孩出手的話，你覺得還能活命嗎？就物理上來說……」

「會死吧。對手太強了……我也打不贏她。」

在那之前，對年幼的少女出手就已經是犯罪了。

不過就這次的案例來說，用有色的眼光來看待這對象實在太危險了。「影之六人」在高等玩家中，也是少數擁有逼近「殲滅者」強度的危險小隊。

不僅「界線突破」，他們也達到了可習得「臨界點突破」這個技能的條件，所以要是任意對她出手，肯定會沒命吧。影之六人小隊所有人的等級都有７００以上。

雖然是題外話，不過等級到900是習得「極限突破」的條件之一，但是其他的條件是隨機決定的。而且也沒人知道有好幾個條件這件事。

順帶一提，傑羅斯是在不知不覺間達成這些條件的，所以他也不清楚細節。

「對小孩子出手是想怎樣啊，你是想再變回奴隸嗎？」

「你不覺得就算一開始是硬來的，只要最後雙方心意相通就沒問題了嗎？這是男人的浪漫吧。」

「我才不覺得咧！犯罪哪裡浪漫了啊，身為一個人而言簡直糟透了吧！」

「那麼我希望至少能聽到她對我說『我最喜歡大哥哥了』。由下往上抬頭看著我……哈啊、哈啊。」

「……你覺得杏會說這種話嗎？」

「不覺得。不過我認為作夢是個人的自由。」

「犯罪的夢啊……」

好色村不管怎樣都好色到了極點。

曾經擁有參加賽車比賽夢想的青少年，因為失去夢想而投奔欲望。

只是新的夢想在道德層面上完全出局了。

「沙發也好，讓我留宿吧！之後我會靠著傭兵工作想辦法賺一點錢的！」

「還真是拚了命啊……唉，好吧……可別不小心對杏出手了喔？」

「…………我會妥善應對的。」

「等一下，剛剛那段沉默是怎樣？真的不可以對她出手喔？不然我會被師傅給殺……」

「怎麼了？同志……嗯？」

好色村發現茨維特的表情變得十分凝重，視線看向了其他的地方。

他疑惑的回頭後，只見一個學生站在那裡。

那學生的衣服染成了紅黑色，散發出惡臭。

「嘎哈哈哈！找到你了，臭蟲！我這就過去殺了你～咿嘻嘻嘻！」

「薩姆托爾……」

薩姆托爾穿著一身被血染紅的衣服大剌剌的現身，愉快地笑著，精神狀態看起來實在不正常。

他顯然非常興奮，散發出強烈的敵意。

茨維特立刻擺出了備戰姿勢。

「這傢伙是怎樣……是你認識的人？感覺他整個人都壞掉了耶……」

「與其說認識，不如說是敵人。只是他原本應該不是這麼瘋狂的傢伙才對。」

「是吃了什麼奇怪的藥吧？他這狀態看起來很不妙啊……」

好色村從道具欄中拿出了盾並拔劍，同時擺好架式。

他穿上遠勝過這附近傭兵的裝備，觀察薩姆托爾的態度。

「這個……毫無疑問的會打起來吧？他身上滿是殺氣……」

「我有同感。真是的，他居然笨到這種程度啊……」

在雙方正互相警戒著的時候，薩姆托爾跑了起來，朝茨維特揮出他那滿是血汙的拳頭。

然而這拳被好色村的盾給攔截，乾脆俐落的擋了下來。

「什麼！」

「喂喂喂，我怎麼可能讓你這麼輕易去揍我的雇主呢。為什麼無視我的存在啊？」

「少礙事。唉，非要我關注你的話，我就好好享用一番吧～咿嘻嘻嘻。」

「很遺憾，我可沒有這方面的嗜好啊！」

「咕啊！」

薩姆托爾腹部吃了一記迅猛的踢擊，讓他被踢飛了約十公尺的距離。

他想穩住身體卻失敗了，一邊滾一邊用力的撞上了路燈的柱子才停下來。

「什麼！怎、怎麼會……我、我應該已經變強了啊！怎麼可能會發生這種事！」

「變強？哪裡強啊？你超弱的耶？」

「……欸，好色村同志。你的等級有多少？」

「我？大概有６００吧？是說不要叫我好色村！我的名字是奧菲斯十三世————！」

「…………不是萊茵哈特嗎？唉，怎樣都好啦。」

「才不好咧！」

無視有如在說相聲的兩人，薩姆托爾因屈辱而顫抖著。

他現在的等級有９５。這個世界的人等級最高是３００的話，薩姆托爾的等級在一般情況下足以輕易地殺死中級對手吧。

可是好色村目前確切的等級是６２１。茨維特也有１８３級。

以這兩個人為對手的話，他實在是太弱了。

『怎麼會……怎麼會怎麼會怎麼會怎麼會，怎麼會這樣——————！我應該已經變強了！擁有高貴血統的我，怎麼可能比這些垃圾還弱！』

令人困擾的是薩姆托爾的判斷力沒有好到讓他願意承認對手很強的程度。

如果很弱就輕視對方，如果很強就會強烈的嫉妒對方。明明是這樣的人，自己卻不主動為了變強而做任何努力。

正因為只有自己的血統值得誇耀，所以除去這點之後他便什麼都不是了。

既然惠斯勒侯爵家已經和他斷絕關係，接下來他只能靠自己的力量變強。一般來說到了這個地步，無論是誰都會認清現實了，然而他卻繼續否定現實，甚至用了從非法管道買來的奇怪魔法藥。

這正是他過去一直瞧不起認真訓練這種事，只想享樂所得到的報應。

但是他的個性就是傲慢到了就算這麼做，仍認為自己是對的。也就是因為這樣，他才會致力於排除擁有實力的人。努力的方向完全錯了。

「這傢伙是來幹嘛的啊？他比茨維特同志還弱吧……」

「我是承認我比好色村同志你來得弱，不過我可沒打算一直這樣弱下去喔？」

「也是。可是這傢伙無法分辨自己跟對手的實力差距喔？他是笨蛋嗎？」

「嗯，他是個笨蛋喔？因為他從不努力讓自己變強，只會靠一張嘴在那邊吠。」

「啊……的確有呢～這種笨蛋。我說，他一定很喜歡去扯對手的後腿吧？」

「是個只有擁有王室血統這點值得說嘴的沒用傢伙。而且老家好像也已經放棄他了。」

「……王室？打倒這傢伙沒問題嗎？」

「放心吧，我也一樣有王室的血統。更何況他已經被逐出侯爵家了，解決他也不會有什麼問題。」

從薩姆托爾身上的制服沾滿血汙這點來看，茨維特已經充分了解到他至今為止做了些什麼了。

他推測薩姆托爾恐怕是一邊找人打架，一邊提升自己的等級吧。

「少、少開玩笑了，怎麼可能會有人比我還強！這玩意已經讓我變強了！」

「還真的碰了什麼糟糕的藥啊。不過要是靠藥就可以變強的話，我們就不用這麼辛苦了喔？」

「是啊……魔法藥頂多只能稍微強化能力吧。我可沒聽過可以迅速讓人變強的藥。」

「不夠……這是因為藥還不夠！事情不可能會是這樣的～！」

無法接受現實的薩姆托爾拿出藥瓶後，倒出了大量的藥錠在掌心，一口氣放入口中。可以聽見他喀啦喀啦的嚼碎藥錠的聲音。

「嘻嘻！來啦、來啦——！就是這樣～只要有這股力量，像你們這種貨色……」

薩姆托爾的臉上浮出了無數的血管，身體也怪異地膨脹起來。

伴隨著衣服啪啦啪啦破裂開來的聲音，從底下現出了異常強壯的肌肉。

「去死吧——！茨維特特特特特特特特特特特特特特特特！」

「……我才不要。」

——咚！

茨維特給衝過來的薩姆托爾一記上勾拳後，再痛揍了身體後仰、毫無防備的他的腹部，在他痛苦地蹲下的瞬間，又朝著他的臉來了一發左勾拳。

此時好色村也接著再把薩姆托爾踢飛了出去。

無法防禦或穩住姿勢的薩姆托爾滾落在地，或許是口腔內有撕裂傷吧，他咳出血，悽慘的趴在地上。

在他們之間的，是只會虛張聲勢的人和為了變強而不斷鍛鍊的人兩者的實力差距。

「秀出肌肉啊……初級傭兵或許會被他殺掉吧，不過只有這種程度的話～……」

「可是光靠藥可以讓肌肉膨脹到這種程度嗎？不管怎麼想都對身體很不好吧。」

「我也這麼想。那個藥絕對有副作用。之後拜託庫洛伊薩斯分析一下成分好了……」

「這不是真的……不是真的……這不是真的這不是真的！」

「認清現實吧。要是可以靠藥就變強，現在這附近的傢伙早就變成最強的了吧。」

茨維特非常無奈。

雖然是討厭的人，但愚蠢到這種程度他也氣不起來了。

「為什麼……我可是有王室的血統啊！我這樣的人，為什麼會落得如此悽慘的……」

「因為你只會誇耀自己的血統，沒有好好努力提升實力吧？事到如今還在說什麼啊。」

「不對！不對不對不對不對，不對——————！是你！是你奪走了我的一切！你明明只要乖乖被我洗腦就好了，都是因為你，那些僕人才會背叛我，布雷曼伊特才會消失不見！這些全都是你的錯，茨維特——————！」

「你就是會像這樣，把自己的無能都怪罪在他人頭上才不行吧！明明自己什麼都不想，只會把事情都丟給其他人，失敗時卻又把錯都推到周遭的人身上。你是小鬼嗎？」

「閉嘴！我這麼優秀！我可是有當上王的資格啊！」

「……沒有吧。你的繼承權順位那麼低，而且因為這次的事件，你的繼承權也被剝奪了吧？再說王位會按照繼承權的先後順序來讓人依序繼承，而你的順位比我還低。唉，雖然我是沒有想要當王啦。」

茨維特的王位繼承權順位是第十二位，而薩姆托爾是第二十三位。這順位照一般的想法是不可能有機會當上王的。

然而薩姆托爾不知道是哪裡搞錯了，經常對外宣稱「我會當上下任國王」。

這等同於無視順位的反叛行為，也就是這件事傳入了王室的耳中，讓惠斯勒侯爵下定決心要斷絕和薩姆托爾的關係。

明明有正統的繼承人在，卻仍對外宣稱「自己會成為王」，這舉動被國家視為反叛者也是無可奈何的事吧。薩姆托爾卻笨得連這種事情都想不到。

「無視他人的意志洗腦對方，甚至還做出反叛王室的言行，再加上對公爵家的暗殺未遂。你光是沒被處刑就該謝天謝地了吧？這全都是你自己招來的後果。」

「不對！不對不對不對不對！是你……是你在貶低我吧——！」

「欸，同志……這傢伙也太寵自己了吧？跟超～任性的小鬼沒兩樣嘛……」

「如你所見。我已經不想跟他說什麼了。」

「嗯……到了這種地步，以某方面來說還真了不起呢。完全是King of 笨蛋。」

「居、居然這樣嘲弄我……我要殺光你們！」

他們已經想不到還能對薩姆托爾說什麼了。

在他們的憐憫視線下，薩姆托爾再度從藥瓶裡拿出剩下的藥放入口中。雖然有幾顆藥錠掉到了地上，但他毫不在意地咬碎了藥錠，硬是吞了下去。

強化後的肉體使剩下的衣服迸開，他的皮膚也變成淺黑色。手臂變硬、長出了鱗片，背上長出了某種突起的東西。

「殺了你們……我要殺了你們——————！」

「喂喂喂……他漸漸放棄當人了喔？薩姆托爾到底是在哪裡拿到那種東西的啊。」

「真的假的……那個藥到底是啥啊。會把人類變成魔物嗎？糟透了……」

「問題是會強化到什麼程度吧……」

「去死吧啊啊啊啊啊啊啊啊！」

化為魔物的薩姆托爾將強化後的力量發揮到極限，襲向茨維特。

「就說了哪能讓你得逞啊，唔喔！」

好色村再度用盾守護茨維特。在這瞬間傳出了啪嘰啪嘰的噁心聲音，漆黑的液體飛濺四散。

薩姆托爾的手臂折斷，彎曲成了不可能彎成的形狀，骨頭從裡頭刺穿了出來。

似乎是在被盾擋下的瞬間，肌肉到了極限而斷裂開來，骨頭也折斷了。

「……該不會是身體無法追上強化後的力量吧？」

「魔物的血是黑色的嗎？而且還有種腐爛的臭味……髒死了！」

「嘎啊啊啊啊啊！」

簡直像是感受不到痛楚似地，化為魔物的薩姆托爾執拗地攻向茨維特，但是每次被好色村的盾擋下時，都會響起肌肉斷裂、骨頭折斷的聲音。

儘管如此，他仍沒有停止襲向茨維特。

「這傢伙……會自我毀滅吧。」

「應該吧，他硬是強化了身體能力，可是肉體無法承受這樣的衝擊與負擔。」

「殺了你們……我要殺了你們嘎嚕嚕嚕！」

儘管腿部肌肉綻開，手臂也撕裂開來，身體組織不斷發出悲鳴，薩姆托爾仍不斷襲來。

但是一直維持在這種狀態下的話，他最後一定會變得無法動彈，一個沒弄好就會死去吧。

周圍的學生已經拉開了距離，只敢從遠處窺看著這裡的狀況。

「在那種狀態下為什麼還能動啊！」

「我哪知道啊……喂，同志。他的傷口……是不是正在復原啊？」

「什麼？」

仔細一看，傷口已經停止出血，內側的肌肉噁心地蠢動著，同時長出新的肌肉。

可是他的身體被破壞的速度太快了，再生的速度無法趕上。

在他們看來這就像是異常的自殺式攻擊。

茨維特他們雖然只要避開就好了，可是周遭的公共設施一一被薩姆托爾破壞，同時飛濺出漆黑的血和肉片。薩姆托爾在擊碎地面、長椅、街燈的時候，也會傷害到自己，然而他還是不斷地追著茨維特。

雖說是做賊喊捉賊，但這執念實在太驚人了。

「他真的放棄當人類了。」

「的確……幸好他很弱。這要是很強的話還真沒辦法應付啊。」

他們兩人還保有可以一邊避開大鬧的薩姆托爾一邊說話的餘裕。

這是等級差造成的結果，薩姆托爾的等級本來就不高，就算用了再強的魔法藥增強自己的力量，也無法期望能發揮多大的效果。

等級低的人不管靠魔法藥怎麼強化，仍敵不過高等級的人。薩姆托爾就是恨茨維特恨到了連這麼單純的事情都想不到的程度。

雖然只是倒果為因的恨意，但是愈任性的人愈會累積這種不合理的恨意。

而這種恨意大多是不會得到回報的。

「嗚咕！咕……嘎嗚嗚嗚嗚……」

「怎、怎麼了？」

「他忽然痛苦起來了耶？是藥的副作用嗎？」

到剛剛為止都還膨脹到會斷裂開來的肌肉忽然迅速萎縮，逐漸變得瘦小。

不，不如說他簡直快要化為白骨了，薩姆托爾最後變成只剩下皮包骨的樣子。

「什麼？他漸漸變成木乃伊了喔……」

「這下不妙。薩姆托爾那傢伙會死吧？」

強迫增強的肌肉經過無數次的攻擊，反覆自滅又重生，消耗了大量的卡路里。

強化後的身體每次攻擊時都會消耗體力，但是經由藥物造成的強化效果也沒有要停止的跡象，所有的狀況都往不好的方向發展，最後一口氣的用光了他體內的營養。

結果就是讓他急速地化為了木乃伊。薩姆托爾已經沒救了。

「呼……咕哈……」

「真慘……雖說是自作自受，但這死狀也太慘了……」

「都是因為這個藥……太危險了。到底是誰做出這種東西的……」

茨維特撿起了一顆掉在地上的藥錠，面色凝重的看著它。

他不知道薩姆托爾是從哪裡得到這個魔法藥的，但是這效果實在太可怕了。

這玩意一個不小心，說不定能毀掉整個國家。

「讓人類變成魔物……居然有人在賣這樣的東西嗎。」

「不……我想這應該是試做的實驗品吧。只是說不定哪天真的會在國內傳開。」

「真變成那樣可不好笑啊……販賣這種東西可是犯了滔天大罪。」

「或許……那就是對方的目的吧。」

可以暫時性的提升身體能力的魔法藥在特定的領域非常受人重視。

像是在戰場上或是在討伐魔物時就很方便。

但是有可能會影響人格的成分太危險了，而且使用的風險也太高。

要是任意使用有可能會危害到自己或夥伴們，搞錯用法的話就會像薩姆托爾那樣自我毀滅。

茨維特手中的魔法藥不是可以流傳在市面上的東西。

「……真可悲啊。不過接下來呢？該怎麼收拾這片殘局……」

「總之只能接受衛兵質詢，把後面的事情交給國家機關了。這狀況對現在的我們來說負擔太重了。」

「我……又要去衛兵那裡了嗎。我今天才剛從那裡出來耶？」

「放棄吧，既然跟這件事扯上關係，你就逃不掉了。這次你是受害者，應該沒關係吧。」

「如果是這樣就好了……」

可能是有人去叫來了吧，有幾個全副武裝的衛兵們趕了過來。

茨維特他們在這之後雖然接受了質詢，但因為內容實在太不合理了，為了證實他們兩個說的是事實，最後他們一直在衛兵那裡待到了隔天。

◇◇◇◇◇◇

隔天，被質詢完的兩人總算回到了學生宿舍。

好色村是第一次來到這裡，巴洛克風的建築讓他不禁感嘆出聲。

就像第一次去國外旅行看到古老的建築物一樣。

「真不得了啊……這哪裡像宿舍啊。豪華過頭了吧？」

「因為原本是行政設施吧。雖然有改裝過，但天花板的壁畫還是跟以前一樣。」

「為什麼這裡會弄成學院都市啊？就當個一般的城鎮也行吧？」

「這裡的立地條件雖然不錯，可是土地不適合經商啊。這個城鎮再過去只有一些小村莊，也沒有什麼名產。探索該如何讓領地繁盛起來所得出的結果就是教育機構了。」

「背後也是有很多原因呢……」

茨維特一邊介紹一邊走上二樓，停在接近走廊中間的門前。

「這裡是我的房間。原本好像是領主的書房吧。」

「……跟隔壁房間的門會不會隔得太遠了？到底有多大啊。」

「這種房間大多是貴族在使用。其他宿舍也大多是這樣。」

茨維特將鑰匙插入門把上的鑰匙孔一轉，便傳出了清脆的解鎖聲。

緩緩打開門後，在門後的是高貴又豪華，實在不像是給學生住的房間。

「……我要睡在那邊的沙發上嗎？」

「是啊。因為隔壁是我在用，裡面的房間則是杏……」

在他說出「是杏在用之前」，當事人便開門走了出來。

她不知為何用手按著腹部，臉被頭髮給遮住了，看不到表情。

「……我肚子……餓了。」

「……妳沒去學生餐廳吃飯喔。已經過中午了喔？」

「……我在睡覺……我很不擅長早起……有沒有什麼……吃的……」

「不是，說什麼吃的……去學生餐廳吃飯就好了吧。呃，已經三點了啊……學生餐廳已經關了。」

「……飯。」

「同志啊，這下只能去外頭吃飯了吧？是說小杏是低血壓嗎？」

看來她很不擅長早起，錯過了早餐和午餐。

而且杏的樣子看起來非常奇怪。

「平常妳總是忽然就不見了，為什麼就今天在房裡啊？」

「……沒錢了……飯。」

「妳不是拿到護衛的薪水了嗎？花到哪裡去了啊。」

「……我用來做這個了。」

「「這、這是！」」

杏手上拿著是是女用內衣。也就是胸罩。

杏因為擁有裁縫師的高階職業技能「裁縫帝」，是個只有知道的人才知道的裁縫專家。

然而不知道這件事情的他們，不小心說錯了話。

「杏……我知道女生需要穿這種內衣，不過這尺寸跟妳不合吧？」

「是啊，雖然這也是個萌點，不過妳的胸部太大了吧？唉，還是有人喜歡巨乳蘿莉啦……」

——閃————！

杏的眼中閃過危險的光芒，瞬間從他們的眼前消失了，笨蛋兩人組只能茫然地看著眼前發生的事。

而杏繞到了他們的身後，使用了「影分身」，狠狠地咬上了他們的頭。

「「呀啊啊啊啊啊啊啊啊啊啊！」」

悽慘的叫聲響徹了下午的宿舍。

杏很在意自己雖然身材瘦小，胸部卻意外大這件事。而茨維特他們多餘的話正好激怒了她。

不合理的暴力懲罰折磨著兩個愚蠢之徒。

這一天，茨維特和好色村一直被打到臉都腫了，杏才停手。

這雖然是題外話，不過杏在伊斯特魯魔法學院中漸漸變得有名了起來。

作為一個神出鬼沒的內衣商人……

第三話　異世界的大門偶爾會打開

伊斯特魯魔法學院，魔法學特殊研究大樓。

這裡是聚集了包含聖捷魯曼派在內的魔法研究派系，索利斯提亞魔法王國的最高研究機構。

主要是成績優秀的學生會被招攬進來，在這裡進行各式各樣的魔法及魔法藥的研究。

這個設施和位於王都的索利斯提亞魔法王國軍部特殊研究所有所往來，特別擅長藥草類的成分分析方面的研究。

魔法的開發由於無法順利解讀魔法文字這點而停滯不前，不過最近由於聖捷魯曼派發表的研究成果而開始上了軌道，總算可以解讀魔法術式了，然而距離完全理解還需要很長的時間。

不過在推進這個研究的人之中，有個大放異彩的人。

那就是庫洛伊薩斯·汎·索利斯提亞。

入學考試時便考出了歷屆最高的成績，擁有成績徹底勝過他人的優秀頭腦，總是立於學院頂點的天才。是個有一段時間被稱為「魔導寵兒」的獨特魔導士。

然而他不但是個最近開始被身邊的人稱為「喚來災厄之人」的問題製造機，也是個讓講師們頭痛不已的怪人。

而他現在正在給拉莫特這種類似老鼠的生物投藥，確認藥效。

只見在玻璃箱中的拉莫特誇張地大鬧起來。玻璃箱簡直快被弄壞了，同時拉莫特的身體也悽慘地開始崩壞。

「如何？庫洛伊薩斯。你弄清楚什麼了嗎？」

「瑟琳娜……這是非常危險的魔法藥。不是可以存在於這世上的東西。」

庫洛伊薩斯難得的露出了嚴肅的表情。

他的眼中帶著驚愕與輕視的神情。

「這麼危險嗎？總覺得拉莫特好像鬧得很兇耶……唔噗！」

「這個魔法藥在精神興奮起來的同時也會強化肉體性能。如果只是這樣，也有其他類似的魔法藥，問題是這個藥會強制性的將儲存在身體裡的營養給發揮出來，以驚人的再生能力治癒傷口。」

「怎麼，聽起來全是優點啊，哪裡危險了啊。」

「這個藥的依存性很強，只要用了一次就無法戒掉了。而且因為會把肉體強化到極限，只要施展攻擊身體就會損壞，然後強大的再生能力又會修復身體……更會讓人變得兇暴，甚至化為魔物。重度中毒者會立刻死亡。」

這是三天前，薩姆托爾使用並致死的魔法藥。雖然是受了茨維特的請託，他才會來分析調查這個魔法藥的成分及效果的，但這是一種效果危險到超乎他想像的毒品。

「……做出這個的人是惡魔吧。這個不應存在的魔法藥，到底是為了什麼而做出來的呢。」

「欸……假設，只是假設喔？這個魔法藥在市面上流通的話……」

「人類中將會出現大量的魔物……這實在太危險了。雖然也很讓人在意就是了。」

「這、這不是一句危險就能了事的吧……這根本就是會喚來災厄的魔藥不是嗎？到底是誰做出了這種東西……」

「誰知道？不過想像一下，要是把這個魔法藥給死刑犯服用，送到戰場前線的話會怎麼樣？」

「！這、這個……」

要是強化死刑犯的身體，把他們送到戰場最前線的話，就可以給敵軍帶來莫大的打擊。

而且再生能力也很強，只要放著不管，他們就會戰鬥到自我毀滅為止。對於敵國來說，沒有比這更可怕的兵力了。

「可以防止精神抑制肉體強化的麻藥成分……還有不知道是以什麼做成的神祕物質。一定是這個東西促使身體變化，以及帶來強大的再生效果的。照這個性能來看，恐怕是為了軍用而開發的吧。這要是流通在一般市面上……」

「……很可怕呢。不知道城裡的人什麼時候會失控。」

「薩普依波羅特爾想必是被拿來當作實驗品了吧。然後死了。不，這種情況下該說他是自我毀滅了吧？」

「他叫薩姆托爾。人家好歹也是王族喔？同樣是王族，你好歹記住人家的名字吧。」

「我沒興趣。反正我是次男，也不會繼承家業。而且人都已經死了，我沒必要記住吧。」

庫洛伊薩斯不會記住任何他沒興趣的事情。

要是他可以記住名字的話，那一定是在特定領域十分優秀的人物，或是歷史上的偉人。

朋友的名字他雖然努力記住了，還是經常會搞錯。所以和他無關，更何況是死人的名字，他當然不可能會記住。

總之他就是非常的自我中心。

「雖然哥哥也說了，這應該是實驗……但到底是打算摧毀哪個國家呢？」

「不是這個國家嗎？現在薩姆托爾被盯上了喔？你不覺得這是針對王族而來的嗎？之前你哥哥也被盯上了吧？」

「不……既然出現了犧牲者，國家就會對這個魔法藥——為了方便起見，就稱之為『惡魔的藥錠』吧，國家就會對『惡魔的藥錠』有所戒備。因為索利斯提亞是個小國。」

「是嗎？可是既然有這麼強大的藥效，依據使用方法，或許能派上用場吧？」

「前提是不會變成魔物的話呢。因為依存性太強了，無法估計這個藥錠的危險程度。也不知道使用者何時會變成魔物襲擊同胞。這可是會演變成重大事件啊……」

「……光想就覺得那景象有如地獄啊……」

「總之我先整理到報告裡吧。上頭的人會負責做出後續的判斷，我們就一如往常的……」

「一如往常？一如往常的引起爆炸、弄出有毒氣體、出現大量的暫時性精神病患叫做一如往常？」

「……不，就解讀和改良一下魔法術式……」

「那還好。要是再鬧出什麼騷動，所有教授都要胃穿孔了。」

「真過分……明明不失敗就不會有進步，你們卻要阻止我嗎？」

「以庫洛伊薩斯的情況來說，造成的損害太嚴重了。沒鬧出人命反而很不可思議呢。」

「我還是有……做好防範對策和事前檢查啊。」

不管事前做了多少檢查和防範對策，全都無法發揮效果才是問題所在。

不知道為什麼，庫洛伊薩斯的實驗只要失敗，就會從意想不到的地方造成更大的損害。就算準備了魔法屏障，立刻讓室內換氣，以結果來說這些行為都只會讓事情變得更糟。

「……你不是故意想造成這些後果的吧……」

不過對庫洛伊薩斯來說，失敗也是一種成功，只要能夠得到有意義的資料就好了，他是個徹頭徹尾的研究家。或許被稱為天才的人，都有某些地方欠缺一般人該有的常識吧。

「瑟琳娜，請妳幫我把這個結果提交到教職員辦公室。我要去把這件事告訴哥哥。」

「……然後事情就會從那裡傳到德魯薩西斯公爵，接著傳到王室耳中吧。以某方面來說這樣情報的傳達比告訴講師們還要更快吧？」

「因為這裡只有研究家啊。要是不告訴他們，他們說不定會擅自創造出這個『惡魔的藥錠』，沒處理好的話有可能會偷偷地瞞著外界研究。」

「唉，這棟研究大樓裡的傢伙都有些欠缺常識，不小心一點的話的確很危險。我知道了，這件事就交給我吧。」

「拜託妳了。那麼我收拾完這裡後，就去告訴哥哥這件事。」

「好。」

瑟琳娜拿著板夾離開了研究室。

「好了……這個魔法藥，下次會被用在哪裡呢。不管怎樣一定會出現犧牲者吧……到底會發生什麼事呢。」

庫洛伊薩斯難得地露出了凝重的表情。

他每天都會確認有沒有濫用魔法藥的事件。而從過往的案例來看，這次的事件也讓他有種非常不好的預感。

看到庫洛伊薩斯想著這種事情的側臉，周圍女孩們的臉全都紅了，男生們則是全在心中燃起了嫉妒之火。

◇◇◇◇◇◇◇

收拾完之後，庫洛伊薩斯便去了他認為茨維特應該會在，有許多惠斯勒派成員會去的戰術研究大樓……但是很遺憾的，茨維特不在那裡。

他又抱著猜測的念頭走向了大圖書館，卻也沒在那裡發現茨維特的身影。

「哥哥……到底在哪裡……」

就算等級多少提升了，庫洛伊薩斯還是相當欠缺體力（正確來說體力只上升了一點點）。

在寬廣的學院裡，而且還是來回和大圖書館位置正好相反的戰術研究大樓，讓他的腿和腰發出了悲鳴。他為了消除肌肉痠痛而喝下了「回復藥水」。

他看起來就像是一邊喝著能量飲料一邊工作的上班族。庫洛伊薩斯平常都過著足不出戶的生活，體力比任何人都還要差。只讓人覺得他是在浪費魔法藥。

雖然他找茨維特找了好一陣子，但已經累到不想再移動了吧，庫洛伊薩斯決定回宿舍去。然而他在宿舍看到的是……

「…………」

「真慢啊。你是上哪去了。」

「唷，好久不見。」

在宿舍前面等庫洛伊薩斯回來的茨維特和好色村。

找錯地方、擦身而過、預測錯誤，庫洛伊薩斯的行動就這樣全都白費了。

去做平常不會做的事情，不知道為什麼就會失敗。庫洛伊薩斯初次獲得了這種體驗。

「哥哥和……你是叫色情狂嗎？為什麼會在宿舍……」

「才不是咧！至少叫我榎村吧！」

「不，我想說偶爾也在你的房間裡聽你說吧，不過考慮到你宿舍的房間可能鎖上了，所以才在這裡等你。」

「……你們是什麼時候……到這裡的？」

「十分鐘之前吧？在那之前我人在『書庫』。」

「書庫」是大圖書館的俗稱。也就是說庫洛伊薩斯一開始就前往大圖書館的話，就不用浪費這麼多體力了。

因為雙方都做了平常不會做的事情，才會擦身而過。

「既然都到宿舍來了，可以去我房間裡啊……為什麼要在這裡等？」

「不是，一般來說會上鎖吧？」

「我房間是不上鎖的喔？畢竟鎖壞了，而且搬運資料時怎麼想都只會礙事，很沒效率。所以我就讓門鎖維持那個樣子了。」

「同志啊。你弟弟不是普通的隨便耶？」

「你啊，要是有小偷進去怎麼辦……」

「沒問題的。會進我房間的人不多……哦？」

庫洛伊薩斯打算開門時，從裡面傳出了微弱的歌聲。

『啦～啦啦啦啦～♪打掃、打掃，把房間掃得乾乾淨淨～～♪氫氰酸、硫酸，全都倒下去～～♪』

「「……這什麼歌啊？」」

「「…………」」

『庫洛伊薩斯會不會很高興呢～♪然後、然後……呵呵呵。』

一陣寒風吹過。

「是伊．琳啊，看來她又來幫我打掃了。雖然很感謝她……不過這會讓我不知道東西放到哪裡去了啊。真困擾。」

「「人家好意幫你打掃，你說這什麼話！這個死現充！」」

「我很感謝她啊？只是先不管魔法藥，我基於興趣的蒐集的東西都不知道消失到哪裡去了，光是要找出來房間就又亂了。」

「那你就自己整理啊！不要讓人家做！」

「而且是女生吧！這種喜歡照顧人的女孩子可不多了。真令人羨慕啊，可惡！」

「唉，站在這裡也沒用，進房去吧。會擋到其他人的……咦？」

他說完後轉動門把，門卻不知為何打不開。

庫洛伊薩斯雖然露出了狐疑的表情，仍不斷試著轉動門把。

「真奇怪，門打不開。」

「不是從裡面鎖上了嗎？」

「等等，同志！你弟弟的確說過『門鎖壞了』吧？」

「或許從內側還是可以鎖上？到底是怎樣啊，庫洛伊薩斯。」

「從內側也一樣喔。因為門鎖完全壞了，所以應該不可能會鎖上才對……嗯，真令人在意啊。」

——咕嘎啊啊啊啊啊啊啊啊啊啊啊啊啊！

『呀啊————！』

「「「！」」」

裡頭突然傳出了野獸的咆嘯以及少女的尖叫聲。

他們慌張地想打開門，門卻像是鋼鐵製成的一樣沉重，連一點點都打不開。

——滋嗡嗡嗡！沙沙……啪噠……

可以聽見大小和重量聽起來不像是可以進入房間裡的生物的腳步聲，以及大量液體從上方滴落，還有某種東西被拖行的聲音。

不管怎麼想那都不是該從室內傳出的聲音。

「……這就是傳說中的奇異現象嗎。我還是第一次知道呢……」

「裡面到底發生了什麼事？不，比起那個，那個巨乳獸人妹不要緊嗎？」

「獸人，而且還是巨乳！到底要讓人……羨慕到什麼程度啊……真想燒死你！」

『救、救命啊……誰來救救我——！』

「「「發生緊急狀況了嗎！」」」

——噗嚕嚕嚕嚕嚕嚕嚕嚕。

——叮鈴、叮鈴。

『『哇哈哈哈哈哈哈！』』

『喔～呵呵呵呵～♪』

不知道從哪傳來的機車引擎聲，以及像是有什麼東西在發光的音效。

『…………』

還有高亢的笑聲。

——鏘啷啷啷啷！轟！（繞上了鎖鏈一類的東西，點火的聲音。）

——砰！噗滋！（用鈍器毆打，被銳利的東西刺穿的聲音。）

——唰！劈里！（用劍切開，結凍的聲音。）

——吱嘎啊啊啊啊啊嗡！啪嘰啪嘰啪嘰！（甩動什麼重物之後打下去，像是撕裂了什麼的聲音。）

——啪————鏘啷！（某個東西碎裂四散的聲音。）

『咕喔……啊……啊啊……』

接著回歸寂靜。

「「「…………………」」」

不知道該說些什麼，現場維持著奇妙的沉默。

『一直以來真的很謝謝你們。骸骨四戰士的各位。』

「「「骸骨四戰士？一直以來？一直以來都是他們來救妳的嗎？」」」

門後發生了難以置信的事情。腦袋有好一陣子無法運轉的三人，就這樣在房間前茫然地看著門。

等到回過神來時已經日落西山，天空染上了一片紅。

「嚇！一下子失去意識了。現在……已經傍晚了？」

「怎麼會……我們在這裡已經待了超過三個小時嗎！」

「比起那個，狀況是不是不太妙啊？有很多感覺會出事的聲音……」

眼前是一扇極為普通的門。可是只隔著這扇門的短短距離，卻讓他們三個覺得非常的遙遠。三人都有點猶豫該不該踏進這發生了異常狀況的房間。

雖然很擔心伊．琳，可是踏進去，前方或許是個沒有生命保障的未知空間。這樣一想，他們便不敢輕易的踏入房內。

這時在這三人的眼前，門靜靜的打開了。現身的是有著下垂犬耳的獸人族，伊．琳。

「啊～是庫洛伊薩斯～你這樣不行喔？要好好整理房間才行啦～」

「伊．琳……不好意思，但我想問一下，到剛剛為止這房間裡發生了什麼事？」

「嗯～？我在打掃房間啊？因為亂七八糟的，很辛苦呢～」

「不，比起那個，骸骨四戰士是什麼啊……」

「骸骨四戰士？那是什麼啊？新品種的怪物嗎？」

三個人面面相覷，一頭霧水。

不管怎麼看，伊．琳都不像是在裝傻或是說謊的樣子。可是根據他們在門外聽到的，伊．琳的確說了骸骨四戰士。

「該不會只要走出門外後，記憶就……？」

「怎麼可能……只有這個房間裡面有別的法則在運作嗎……？」

「比起那個，著作權……感覺有很多地方可以告啊，以別的意義上來說很不妙喔。」

他們三個一臉認真地討論時，一旁的伊．琳疑惑地歪著頭。

「伊．琳……我再確認一次。妳在打掃房間的期間，沒有發生任何事情嗎？」

「嗯～……這麼說來，感覺好像發生了什麼很不得了的事情……但應該是我多心了吧～？」

「果然不記得啊……庫洛伊薩斯，你的房間到底變成怎樣了？」

「我不知道。我的確是很在意自己的房間變成什麼樣子了，可是就算揭穿了真相，會失去記憶的話就沒有意義……不對，從之前聽到的卡洛絲緹的案例來看，或許也不能一概而論……？」

「只有這個房間是奇妙的空間啊……」

「比起那個，難得我都打掃乾淨了，這次可別再弄亂嘍～？很辛苦的。」

「「以別種意義上來說。」」

總之他們決定先不管解謎這件事，三人戰戰兢兢的進了庫洛伊薩斯的房間。

房間被整理得一塵不染，一看就知道被打掃過了。

在三人緊張地調查房間時，伊·琳說了句「我肚子餓了，先去吃飯喔」，便前往了食堂。看來她好像是沒吃飯就來打掃了的樣子。

兩個反現充派的人以羨慕又嫉妒的眼神看著庫洛伊薩斯。實在是讓人看不下去。

「找不到奇怪之處呢……」

「是啊……不過不能大意。」

「嗯，既然什麼事情都沒發生的話，正好，我們來討論一下關於那個魔法藥的事情吧。」

「說得……也是。那畢竟是我們原本的目的……」

「真的不要緊嗎？真令人擔憂啊～……」

在那之後一個小時，庫洛伊薩斯和茨維特根據魔法藥的分析報告，以及由此推測的製作意圖，預測接下來有可能會發生的事情，並將想得到的事情全記在紙上。

這也不脫推測的範疇。說不定最後也只是讓他們獲得一時心安而已，但總比什麼都不做來得好。

只要把推測的事情告訴學院方的話，多少可以做些預防的對策吧。

然而這時他們三個都忘了。這個房間是會連結到異世界的危險房間……

接著好色村的擔憂便徹底成真了。

『可惡！這個怪物是怎樣啊！而且這個廣大的世界到底是……』

『這玩意不是生物，是機械！是生物般的機械！』

『不妙……啊。這樣下去的話魔力會……不僅每況愈下，還有像他們這樣的……糟、糟了！』

——腦〇啊啊啊啊啊啊啊啊啊……

『『庫洛伊薩斯啊啊啊啊啊啊啊！』』

他們似乎被捲進了奇怪的世界。

『庫……庫洛伊薩斯那傢伙被吃掉了嗎……』

『那什麼啊，好像在哪裡看過的樣子……喔喔喔？』

『同志！』

——女人啊啊啊啊啊啊啊啊……

『就算變成了怪物，你還是這麼喜歡女人嗎！好色村————！』

——那當然啊啊啊啊啊啊啊……

『居然回答了！等等，啊——』

發生了各式各樣不妙的狀況。

從庫洛伊薩斯的房間裡傳出了強烈的爆炸聲，以及彷彿在和什麼巨大生物格鬥的聲音。從走廊上經過的學生聽到那聲音後，都臉色蒼白的跑走了。

透過門扉，有時也會聽到『攻擊，想辦法讓那傢伙停下來！』，或是『我可不是隨便玩玩的！』，還有『就靠這一招結束一切吧——！』等喊叫聲。

真不知道到底是連接到哪裡去了。

「喂，又來了喔。你去偷看一下啦。」

「我拒絕！我才不想被牽連進去，這麼有興趣的話你自己去看啊！」

「別開玩笑了。我才不想偷看那種讓人感到不舒服的房間。」

沒有任何人敢偷看裡面，全都迅速離開了那裡。大家似乎都心照不宣的知道那裡是個不該踏入的地方，這件事也早就在學院中傳了開來。

隔天，三個人感情很好的一起倒在房間中間。

雖不知道為什麼，但他們宛如重獲新生一般，迎接了一個清爽的早晨。而且等級好像也稍稍提升了一些。

這裡是危險的房間。和異世界相連的次元房間。

結果到最後還是不知道這個房間到底是怎麼誕生的。

因為就連當事人都忘了自己的身上發生了什麼事……

地點是地球的日本。位於某處的公寓一房。

狹窄的房間裡放滿了遊戲機，雜亂地堆成小山的漫畫和書櫃遮住了陽光。

要洗的衣服也堆著，隨意亂丟的零食空袋和寶特瓶，明顯地訴說著這裡是個家裡蹲的房間。

在這個跟垃圾堆沒兩樣的房間裡，一個年紀像是高中生的少年正用攜帶型遊戲機玩著連線遊戲。

靜悄悄的房間裡只有操作按鈕的聲音。

「……哦，有客人嗎？」

「嗨♪凱摩先生，好久不見。」

門明明沒有被打開的跡象，一位年約二十來歲的女性卻在不知不覺間出現在房裡。

「——小姐啊……怎麼了？」

「才不是怎麼了咧。那個世界啊……次元的平衡開始崩解了喔？要是不趕快採取對策的話，會影響到這裡的。」

「……次元平衡？他們又召喚勇者了嗎？」

「不太一樣呢。光是召喚就讓次元空間的扭曲變得更嚴重了，現在還經常會出現特異點呢。而且每次都會連結到不同的世界……」

「掌握住原因了嗎？要是只有這些情報我也很困擾啊……」

「特異點出現的位置是固定的。只是和異世界接觸這件事情是隨機發生的。該趕快決定『觀測者』了，不然會很不妙啊。雖然現在還沒事，但再過上百年，很有可能會引發次元融合喔。」

「是呢。不過現在的我們無法干涉。要是她復活那又另當別論就是了。」

「你已經送去了吧？還沒再生嗎？要是發生對消滅狀況可就麻煩了。」

「就交給他了。我想近期內他就會讓她復活了喔？我就是為此才會把個性有些難搞的玩家給送去的。」

他以不像少年的成熟語氣說出的，是些聽起來實在不像在訴說現實狀況的話語。

從旁人的耳中聽來感覺就像是中二病的人會說的話吧。

可是這兩個人的表情都非常認真。

「結果還是得等她復活啊～……事情沒辦法隨心所欲的進行呢。不能視為特例嗎？」

「因為事情是發生在那個實驗世界啊。產生的影響會逆流到這裡來才是問題。唉，雖然聖約已經被撤銷了。」

「那是當然的吧。要是這樣還維持聖約的話，我們可是會真的動怒喔。」

「唉，我可是有給過忠告了喔。『不要太小看人類比較好』。」

「我不覺得那些笨蛋會老老實實的接受你的忠告喔？畢竟那些笨蛋覺得自己和我們是同等的。」

「也是。不過只要她復活了，那些傢伙總會知道沒辦法一直這樣下去的。」

「所以你才把他送去？那是你朋友吧？」

「啊哈哈哈♪唉，要是他真的生氣了，我就給他揍一頓吧。他希望的話，我可以幫他實現任何願望。」

「唉～那傢伙也很不負責任呢～……所以才會留下這麼麻煩的事。」

「也無所謂啦。正好能打發時間吧？就暫時拜託妳監視了。」

「真拿你沒轍……不過特異點的事情，你不能想點辦法嗎？」

「現在沒辦法。我們無法互相干涉吧？耐心等候吧。」

明明在討論重要的事件，語氣卻忽然變得輕鬆起來。

話中已經沒了剛剛的緊迫感。

「是說，妳來只為了這件事嗎？」

「剩下就是我個人的事情了。讓我在這裡玩幾天吧。」

「又要去牛郎俱樂部了嗎？」

「別管我！我今天一定要攻陷ＡＴＳＵＳＨＩ！」

「……還真是學不會教訓呢。唉，適可而止啊。」

在少年的話說完之前，女性的身影轉眼間便消失了。

簡直像是從一開始就不存在的樣子……

「好了，一切都要靠你了喔。加油啊，傑羅斯……」

少年抬頭看著空無一物之處低聲說道，接著又再度玩起了攜帶型遊戲機。

公寓的一房內又再度只剩下遊戲機的按鍵不斷被按壓的聲音。

第四話　給勇者的敕命

梅提斯聖法神國的聖都「瑪哈·魯塔特」。

這是在古時創生神教繁盛時，由大量的信眾們築起的都市。

邪神戰爭期中有許多擁有古老歷史的城鎮毀滅了，但這裡是少數沒有受到什麼損傷，殘存下來的城鎮之一。

建築物全統一為白色，優美的景色給許多人神聖、清淨的印象。

然而這只是表面，實際上這裡的貧富差距非常嚴重，神官們的權勢異常的強大。

四神教廣受人民信仰後，沉溺於權力中的神官人數也增加了，逐漸成了以布施為名，惡意榨取稅金的政治體。

當然也有許多認真的神官，但有一部分的神官把富裕的生活視為理所當然，衝上了和自己推廣的教義完全相反的道路。「貪婪」、「怠惰」、「色慾」、「暴食」、「嫉妒」、「傲慢」。可說是在七大罪中，當政者就稱霸了六項的國家。

而「憤怒」也在居住於這裡的民眾之間擴展開來。這之中有很大一部分的原因來自於沉重的課稅以及「擁護妖精」。

大半的收入都以徵稅的名義被奪走，因為妖精造成的損害讓工作無法順利進行，損害不斷擴大。明明是這樣，國家卻不想辦法處理妖精的問題，只會讓應該守護人民的神聖騎士團和勇者去侵略他國，不斷引發戰爭，把欠債都交給民眾負擔。

掌控政權的神官們極盡奢侈。認真的祭司們則是對此視而不見。

而且這個國家的政治都是由神諭來決定的，與其說本末倒置，不如說完全停滯了。

「你們也差不多該好好為政了吧。是不是太仰賴神了啊？」就連被召喚來的勇者們都忍不住這麼說。悽慘的狀況一目了然。

而位於國家中央的四神聖殿，不僅身為決定治國方針的政治中樞，同時也是祭祀神的據點。

十幾名全副武裝的戰士們走在神殿內以許多大理石柱排列而成的迴廊上。

所有人都是十五歲左右的男女，各自穿著統一為白色的鎧甲。

沒錯，他們是勇者。

「唷，姬島。好久不見了。」

「……………」

「無視我啊。妳也差不多該忘掉那個死掉的傢伙了，成為我的女人吧。」

「……………」

「雖然是個人渣，但他也是派上了用場啊。我們也拜此所賜而活下來了。儘管是個沒用的傢伙，好歹最後死得挺壯烈的，順便解決了嘍囉們，感覺清爽多了。」

「吵死了……不要一副跟我很熟的樣子找我說話。人渣！」

面貌方正、戴著耳環的少年露出下流的笑容接近少女，卻被少女用帶著侮蔑意義的話語給拒絕了。

被稱作姬島的少女眼中沒映照出任何東西，透露出的只有憎恨與輕視。這兩種情感都是對著少年發出的。

「真是的……岩田你也是學不乖呢。明明都已經被徹底的輕視了，還是要去搭訕姬島同學。而且誰會接受對女性那麼粗暴的男人啊？」

「什麼？我才不想被你這麼說咧，笹木！你身邊還不是圍了一群女人！」

「不要說得這麼難聽。我是很真誠的和女性來往的，無論身心都是。」

「哼！女人就是要靠力量制服的玩意吧，意願什麼的根本不重要！」

「所以你才會被甩吧？姬島同學的個性專一，所以她的愛意才會以那件事情為由，轉變成憎恨啊。你對成了有勇無謀的突襲作戰的犧牲者之一的他做了些什麼？」

「你是想說是我的錯嗎！那種人渣死了也是理所當然的吧！」

「是你的錯吧。因為你欠缺思慮的突襲導致我們少了一半的人。作為引發這件事情的人，她會恨你恨到想殺死你也是理所當然的吧？你沒忘記現在對你來說，姬島同學是個你必須要防範的人吧？」

他們是三年前被召喚來的。

當時還只是普通國中生的他們，整個班級都被召喚到這個世界，不由分說地被迫進行了戰鬥訓練。然後為了從仇視這個國家的「邪教」國家手下守護人民，而參加了和「魔族」之間的戰爭，但結果非常慘烈。

說是「魔族」，但其實只是宗教上的主張不同的一個小國，說穿了只是單純的民族紛爭。而且雖然是小國，但他們的戰士等級高到無法透過「鑑定」來確認，以一擋百的強大實力將勇者們逼到了絕境。

戰況到途中為止都對人數上具有優勢的梅提斯聖法神國比較有利，然而敵國利用魔物，使騎士團被擊潰了。這魔物的強度徹底勝過勇者們，被召喚來的人有半數都因此死亡。

當時被任命為前線指揮官的就是這個叫做「岩田定滿」的少年，他不經思考要大家衝向前線，使得許多人因此受傷，最後還以身為夥伴的勇者們為盾，自己逃走了。

當時在他們之中等級有到500的人並不多，而且他們從一開始就沒想過會和比自己還強的戰士或魔物戰鬥。簡單來說，他們是以玩遊戲的感覺上戰場的。

然而來到悽慘的戰場上讓他們的士氣大幅下降，還因為敵方壓倒性的實力而被輕易打倒，人數上占了上風的狀況也在敵國的策略下輕易的被破解了。

而「姬島佳乃」就在這場戰爭中失去了朋友，以及她初戀對象的青梅竹馬。正確來說是被視作失蹤，可是根據戰場的狀況來看，怕是凶多吉少。她會憎恨及輕視岩田也是當然的。而且還抱持著殺意……

「姬島同學……真的變了一個人呢。以前是乖巧的大小姐，現在卻成了修羅……」

「原因就出在這傢伙身上啊。那時候他不要胡亂行動的話，就可以成功撤退了吧？」

「就算我方的人數比較多，對方的實力明明就在我們之上……」

「這邊全是戰士職，所以也沒有來自後方的魔法援護，而魔族的傢伙們卻連魔法都能運用，對我們使出強力的魔法。看起來明明是戰士系職業的說……怎麼可能贏得了啊。」

「雖然以回復為優先，可是一直有人受傷，回復的速度根本追不上。對方是故意不殺我們的吧。」

「最後還有成群的魔物……居然有那種強悍的生物在……」

「「「結論！岩田，都是你的錯！」」」

在了解到狀況不妙時，前線已經完全崩壞，被成群的魔物給吞噬了。

這時岩田率先逃了出去，把事情全丟給其他的同學。待在分隊的勇者們也從殘存下來的夥伴們那裡得知了岩田不經大腦突擊的事情。

「這是戰爭吧，弱小的傢伙會死也是理所當然的！你們要纏著這件事到什麼時候啊……」

「我們可不想被身為始作俑者的傢伙說這種話。風間可是為了讓夥伴們逃走，一直奮戰到最後一刻喔？明明是唯一的魔導士……跟他相比之下……」

「沒有防禦力的魔導士在前線努力著，而你做了些什麼啊。你馬上就逃走了吧？我記得姬島同學也在現場對吧？你為什麼還有臉向她搭訕啊？」

其他勇者們紛紛責備岩田。

經常擅自行動的岩田，結果被夥伴們給徹底孤立了。

沒有人會信任發現自己的作戰失誤就立刻率先逃走的指揮官。也沒有人想跟可以若無其事地將夥伴當作盾牌的人組隊。

無能的人當然被降了下來，現在是由姬島擔任前線的指揮官。

勇者們一邊爭論一邊走著，來到了巨大的門扉前。

上頭刻著宗教傳說的大門打開，他們沉默地走進位於神殿深處的法皇室。

四位女性和身穿法衣的初老男性站在祭壇前。

他們的周圍則是站滿了同樣身穿法衣的大主教們，所有人都面色凝重的盯著勇者們。

勇者們也察覺到現場的氣氛不太好。

「勇者們啊，辛苦你們前來。這次有重要的事情要傳達給你們。」

初老的男人，「米哈洛夫・威爾薩皮歐・馬克列耳法皇七世」靜靜地開口。

「幾天前，神給了神諭……下達了要給你們的神命。」

「神諭……嗎？」

「嗯……邪神好像復活了。神表示希望你們能找出邪神並討伐祂。」

勇者們受到了很大的衝擊。

邪神早在遙遠的過去就已經被討伐，現在他們以戰勝魔族為優先事項。

邪神復活了的話，勇者們就必須拚上全力來打倒邪神。

然而現在的他們怎麼想都不可能打倒邪神。

畢竟連被說是邪神眷屬的魔族士兵都能讓他們陷入苦戰了，實在沒有半點獲勝的可能性。

「我可以理解你們擔憂的心情。不過邪神在消滅了某國的土地後便消失到不知何處了。以這點來看，邪神或許還未完全復活。」

「四神大人希望你們可以找出並討伐尚未完全復活的邪神。」

「這是神命！現在勇者們無須再執行討伐魔族的任務。立刻去尋找邪神吧。」

旁邊的大主教們接著法皇的話，非常單方面的如此宣告。

勇者們沒有選擇。因為他們就是為了這一刻被召喚來的。

勇者們無話可說，聽了法皇和大主教們的話，得知了關於邪神的傳說。然後在他們心中浮現的，只有『啊～這下完了，怎麼可能打得贏啊』這句話。

正常來想，他們身上完全沒有半點可以勝過一擊便能毀滅大國首都的怪物的要素。就算這樣還是要他們去找出邪神並戰勝祂，到底是多亂來啊。

「為了祈禱你們能成功完成這個任務，將進行洗禮儀式。勇者們啊，走向前來。」

接下來有很長一段時間都在進行不知道到底有沒有保庇的神聖儀式，一直過了超過三個小時，他們才從這個難以形容的無聊時間中獲得解放。

雖說已經習慣了，但他們畢竟是現代的日本人。無論是誰都很不擅長度過這種時間。

從這天起，除了被交付特殊任務的勇者以外的人都開始準備踏上旅程，三天後將前往各地去探索。

「姬島同學。妳要怎麼辦？我們是要去各個小國家裡蒐集情報就是了。」

「我要去前線……邪神那種東西，怎樣都好。」

「姬島同學……」

「這種世界……毀滅算了。擅自召喚我們過來，逼我們上戰場……」

「可是他們說不打倒邪神就無法回去吧？說召喚的聖約是這樣訂定的……」

「你們真的覺得有那種東西嗎？你不覺得他們只是想找方便好用的棋子，才召喚我們過來的嗎？」

姬島佳乃親眼目睹了失去重要之人的場面，變得對一切都充滿猜疑。

聖女和祭司們的話……就連神諭她都覺得是可疑的笑話。

雖然也有想要回到日本而拚命戰鬥的人，但是沒有什麼能保證他們能夠回去，讓她不禁覺得一切都只是順著對方的意所編出的謊言。這是大家心中都想著，但沒有說出口的事情。

現在在她腦海中的，是自己邊哭邊逃跑，不斷回頭時所看見的景象。

守護著明明是戰士職卻只會扯後腿的自己和其他人，一個人當作誘餌，不斷戰鬥的魔導士，同時也是自己的青梅竹馬最後的身影。

「姫島同學……那種話，最好不要在其他人的面前說喔。畢竟有人是真的相信這件事的。」

「風間——不，卓實被召喚時就說了。『這個國家很可疑』……」

「風間嗎？為什麼……召喚我們來是為了打倒邪神吧？」

「那為什麼在邪神復活前就召喚了勇者？」

「這、這是……因為打倒邪教也是勇者的任務……」

「那獲利者是誰？雖說是邪教，但結果只是地球上也有的宗教戰爭不是嗎。為什麼我們非得戰鬥不可？而且對於不同種族的迫害也是以此為開端的。因為信仰不同宗教，就不認同對方是人。這也是地球上有的種族歧視，是大家都知道的歷史吧？」

「那麼，我們被召喚過來的理由是……」

「我們只是為了提升四神教權威的棄子。想要打倒邪神的話，四神自己出馬就好了。之所以辦不到，是因為四神無法戰勝邪神。你們覺得這樣的邪神到底是怎樣的存在？」

這話是在否定四神教。

在四神教的教義中，世界是由四位女神創造的。然而如果是能夠創造世界的神，擁有足以打倒邪神的力量也不奇怪吧。

「不是因為一定要靠勇者才能打倒邪神嗎？他們說這樣會破壞世界的平衡吧。」

「我覺得那是後來才加上去的。他們只是在封印了邪神之後才改寫了教義的內容，沒想到邪神會復活吧……首先，如果四神有足以創造世界的力量，照理來說不可能會創造出自己無法處置的存在。最後就推說是來自異世界的神。說到這種程度，事情實在太剛好了吧。而且四神很焦急。因為自己打不贏的對手醒來了……」

「風間也調查過這件事了吧。本來還以為他只是個噁心阿宅，沒想到他是在認真檢視教義內容，冷靜地把握狀況……」

「嗯……主教們也因此很忌諱他就是了。不過他比誰都來得清楚現實。」

「那時候的我們還像是在玩遊戲一樣……沒人覺得自己真的會死。甚至還覺得就算死了也會復活……真愚蠢啊。明明不可能會有這種事的……」

面對了嚴苛的現實後，他們才知道自己錯了。

失去夥伴，勇者們因死亡的恐懼而顫抖不已。更何況死者根本不可能復活。

佳乃連自己的心意都沒能傳達出去，就這樣看著賭命奮戰的青梅竹馬的背影，活了下來。

這就是現實，這裡是個極為冷酷又殘忍的世界。他們被迫體悟了這件事。

最後他們在那場戰役中失去了一半的勇者，大規模的侵攻作戰也因此停擺。

「姬島同學，妳真的要去那裡嗎？」

「嗯，抱歉。一条同學……因為只有去那裡，才能夠見到那個人……」

「就算妳去報仇，我覺得風間也不會感到高興的喔？」

「我知道。可是……我已經只想得到這個辦法了……要是我死了，卓實會生氣嗎？」

「……會生氣吧。至少我不會原諒妳喔？因為這會讓風間所作的事失去意義……」

「嗯，謝謝……一条同學。」

和所剩無幾的朋友道別，佳乃隔天前往了戰場最前線。

她的腦中深深地烙印著擁有黑色羽翼的女戰士身影。

殺害了自己重要的人的戰士。

血腥味和那地獄般的景象如今仍刻劃在她的記憶中。

從傷口噴出的鮮血及痛楚。她到現在還能聽到「風間卓實」到最後仍在喊著『快逃』的聲音。無法停止責怪沒用的自己。

最後身為她青梅竹馬的少年施放了威力足以將敵人捲入其中的魔法，就這樣消失在火焰之中……

在名為「姬島佳乃」的少女心中，只剩下要將世界全數燒毀般的憎恨、無力感、焦躁，以及對於無法將心意傳達出去，過去那膽小的自己的懊悔。

第五話　大叔說了句多餘的話

十幾位男性圍著桌子就座，等待著某個人物。

聚在現場的男性身上穿著有如貴族的服裝，其中也有穿著地方民族服飾的人。

他們是聚集到索利斯提亞魔法王國來的各個小國家的大使，儘管不知道那一位是為什麼要他們過來，他們仍在思索著接下來可能會提出怎樣的協議。

現在小國家群們都因某國的侵略，以及可說是強制性的要求而困擾著。還沒被侵略的國家也由於經濟壓力被硬塞了難題，實在非常令人頭痛。

至今為止小國們都互相尊重彼此的利益，透過討論，時而互相幫助，時而通商，各自都為了維護自己的國家而投注了不少心血。

戰爭什麼的只會損害彼此的利益，國家本身並不會因此獲得好處。只是對於礙事的大國，小國也無從抵抗，亞人種的國家更是被大國給盯上了。

正因如此，至今已經有兩個國家被毀滅，那個國家的人民也被當成奴隸來販售。

其他小國家接納了這些因戰爭而生的奴隸，並且善意的保障了他們的生活。所有國家都非常不滿大國這蠻橫的行為。

其中最悽慘的莫屬「伊薩拉斯王國」，礦產是他們唯一的收入來源，卻硬是被便宜的收購。

基於歷史背景，他們只能住在山岳地帶，除了放牧以外沒有適合的農耕產業，由於國家貧困，只能戰戰兢兢度日，工業也沒有起色。能夠開闢為田地的土地很少，也很難培育藥草，國土小到只要有傳染病，便會瞬間擴展到全國的程度。

原本就已經是個光是能夠維持國家存續就等同於奇蹟的極貧國家了，更糟的是鄰國現在也仍在戰爭中。就算想用船運送物資，也會被正在作戰的對手國給中途打劫，無法送到國內。

沒錯，他們的鄰國「阿爾特姆皇國」現在仍在和「梅提斯聖法神國」交戰中，但阿爾特姆皇國仍有提供伊薩拉斯王國糧食上的援助。

也就是說，因為阿爾特姆皇國對他們有恩，所以他們並不想與之為敵，可是……

「唉……」

「怎麼了？韋斯閣下……」

「路歐．伊魯肯閣下……最近梅提斯聖法神國一直煩人的逼迫本國和他們結盟。以我個人而言，實在是不希望與身為鄰國的貴國敵對。可是……」

「他們在戰力和經濟層面上對你們施壓是吧……真是可恨的國家。這樣妄稱神之名的侵略者……」

「但是考慮到糧食問題……恐怕他們的目的是要包圍貴國吧。」

「是啊……他們應該不會給你們任何援助，只會強逼你們捐獻，對你們見死不救，讓國民陷入生不如死的狀態吧。」

「傀儡國嗎……可是我們也不能就這樣拒絕。」

韋斯深深地嘆了一口氣。

身為亞人種，擁有黑色羽翼的路歐非常同情他。

這兩人是長期以來一直維持著良好關係的朋友。雙方也都不希望因各自的祖國而分道揚鑣，變成必須互相廝殺的關係。可是依據國家的決策，很有可能變成這種發展。讓雙方的心情都十分沉重。

「因為他們擁有神聖魔法啊。對於無法使用治療魔法的我們來說太難熬了。」

「該不會就連神官的派遣都包含在他們的援助中吧？」

「是啊……他們也就是利用這一點，以派遣為名，實際上是派人來監視我們的吧。雖然可以製作魔法藥，可是要蒐集素材，就必須踏入法芙蘭大深綠地帶。欠缺決定性的要素，讓我們無法果斷的拒絕他們的要求。」

伊薩拉斯王國相當缺乏人力。

因為是位於山間的小國，收入來源只有礦山。

儘管有來自阿爾特姆皇國的糧食援助，然而他們和旁邊的梅提斯聖法神國中間只隔著一個建在山間的城砦，要是受其侵略，一定馬上就會淪陷吧。

對於阿爾特姆皇國來說，伊薩拉斯王國消失並非他們所樂見的狀況。

「可是……索利斯提亞魔法王國是為了什麼才把我們聚集過來呢？在座的全是位於梅提斯聖法神國週邊的國家……」

「不知道。不過叫我們來的是那一位啊……」

「……德魯薩西斯公爵。我覺得那位閣下很可怕……有種不知道他會做出什麼的恐懼感。」

對於大使們來說，德魯薩西斯公爵也是個危險的對象。

他以強到讓人感覺要是與之為敵，就算是大國也有可能會滅亡的手腕，透過和抱有各種問題的國家間的貿易，賺取了高額的利潤，不僅如此，也讓交易對象獲得了莫大的利益。

反之，要是與其敵對便會立刻被弄垮，蒙受沉重的經濟打擊，是個不能大意的交涉對象。

「我們的軍事諜報部……曾經假想要侵略這個國家，而派人前來調查，可是侵略桑特魯城的路線似乎已經被封住了。不，軍事部那些傢伙是真的想侵略這個國家吧，對方卻先做好了對策，讓他們恨得牙癢癢的。還真是做了蠢事啊。」

「不，韋斯閣下。以貴國的立場而言，也是不得不這麼做吧……畢竟狀況是那樣。」

「然而這確實不利於交涉。不想點辦法的話，和我國間的交易就會受阻了。」

「如果是那一位，就算他已經得到了相關情報也不意外吧。他就是高深莫測這點可怕啊……」

「軍事部的失敗怎樣都好。問題是又給我增加了麻煩的工作。一想到往後的事情……我的頭就很痛啊……」

伊薩拉斯王國的軍事部將索利斯提亞魔法王國視為假想敵，派了諜報人員過來。似乎做好了根據調查的狀況，不惜開戰的覺悟。

韋斯後來收到報告，知道自己國家的人在索利斯提亞魔法王國內做魔法藥媒材實驗的時候，忍不住用頭撞了好幾次桌子。要是這件事被對方知道，肯定會演變成最慘的狀況。

他立刻送了一封寫有「做什麼多餘的事情，也想想我這邊的辛勞吧！」這種委婉地表達了自己的不滿的信給位於本國的軍事部幕僚。

結果後來對方送回的信中，簡單來說就是寫了「你要想辦法矇混過去喔？要是被發現國家就糟了，所以就算要討好對方，也要想辦法安撫他們喔，拜．託．你．了♡」這樣的內容。

不知道會先禿頭還是會先胃穿孔，又或者是因為壓力過大而精神失常，韋斯就是處在一個非常尷尬的位置上。

「真鬱悶……我真想乾脆逃到這個國家來……」

「你也很辛苦啊……」

在各國大使交換著各式各樣的意見時，請他們聚集於此的當事人，德魯薩西斯公爵和穿著黑衣的男人們一同現身了。

他雖然看起來有些疲憊，但眼神仍銳利的讓大家說不出話來。

從德魯薩西斯公爵身上散發出一股不像是王族會有的危險氣息。要是問初次見面的人他看起來像是什麼從事職業的人，肯定會說他是黑手黨的頭目或是老練的軍人吧。

不僅可以符合對手的要求，還能找出雙方都能獲利的妥協點。絕對不會讓對方單方面的享盡好處。他的交涉手腕就是這麼乾脆俐落。

要是太過纏人，他便會輕易地採取斷交的手段，根據狀況不同，甚至有可能會若無其事地幹出和交涉國的敵對國家聯手這種事。而且還會給予對方沉痛的打擊，非常難對付。

儘管有很多不想讓人與之為敵的對象，但是讓人無法與之為敵的對象，除了德魯薩西斯公爵外還沒見過第二個。

德魯薩西斯公爵靜靜地入座，充滿威嚴地瞪視著在場的外交大使們。

「嗯，抱歉讓各位久等了。有件事讓我稍微費了點功夫。」

「不會……所以你是為什麼把我們各國的大使叫來呢？感覺是有什麼重要的事情。」

「嗯，首先請你們看一下這個……」

德魯薩西斯示意後，穿著黑衣服的男人們將地圖張貼到了設置在房內的黑板上。在張貼途中，女僕們也將文件發給了各位大使。

地圖上畫有「梅提斯聖法神國」目前的侵攻路線，以及與此相關的商人們的通商路線，同時也畫上了物流的經路。文件上則是詳細記載了各種不合理的交易內容。

「現在包含我國在內，梅提斯聖法神國派遣了主教們到各個貿易都市。同時，從其收益中所獲得的稅收，有一部分會流入他們的國家，這點大家都知道吧。那麼大家知道事情會變成這樣，最大的原因為何嗎？」

「那是為了神官們所使用的神聖魔法。能夠治癒傷勢的回復魔法只有神官可以使用，由於其重要性，我們只能接納他們。」

「接納許多的神官們入國，為民眾治療，其收益會變成給梅提斯聖法神國的獻金。此外，作為信仰四神教的證明，在貿易上也要採取比較優待的政策。這是各國的現狀。」

「問題是如果不接受他們的條件，他們就會拒絕派遣神官，威脅要從國內抽走所有神官吧。」

「只有神官能夠使用可以治癒他人的神聖魔法。我們無法治療傷者。而且魔法藥的價格又大多比較昂貴。儘管不合理，我們還是必須吞下這些條件。」

能夠治療疾病或傷勢的回復魔法，現在只有神官們能用。藥和魔法藥的價格又高到民眾無法輕易購買的程度，接受神官的治療便宜多了。就算條件多麼不利，各國仍希望能夠多招攬一些神官到國內來。

為此，各國都盡可能地在貿易上優待梅提斯聖法神國，必須看他們的臉色行事就是各國目前的現況。光是可以使用回復魔法，對國家來說就是極為重要的人才。

「嗯，那麼……要是破壞這個前提的話，你們覺得事情會變成什麼樣子呢。」

「「「「……啊？」」」」

「看來你們很疑惑啊，我換個說法吧……要是魔導士可以使用回復魔法，現在各國對他們的優待政策會變成什麼樣子呢？」

「……該、該不會……不，怎麼可能會有這種事……」

「這不可能！神聖魔法是神官特有的魔法。你說魔導士可以使用這到底是怎麼一回事？」

「這個說法不太正確。實際上沒有所謂的神聖魔法存在。魔導士也可以使用回復魔法，只是比神官們用起來的效果差了些。」

「原、原來如此……是『職業技能』的效果嗎。可是……對外公開這件事的話，可不知道那個國家會說些什麼喔？」

「伊薩拉斯王國和阿爾特姆皇國的立場特別危險。不僅貿易路線只能經由歐拉斯大河，現在還在交戰中不是嗎。」

對於小國來說，貿易本來就關係到重要的國家收入，現在卻因為目前簽訂的條約，使得國家無法獲得足夠的收入。

而且世上也是有各式各樣的神官，其中也不乏會要求高額治療費的冷血神官。治療沒有一個公定價也是個問題。

可是就算如此，與大國為敵還是很危險。

「簡單來說只要使用回復魔法的人不是神官就行了。前天我讓身為醫師，同時擁有鍊金術士技能的人習得回復魔法後，他的既有職業就變成『醫療魔導士』了。也就是說可以有效利用回復魔法的不只有神官。也沒必要讓那個國家繼續囂張下去了。」

「的、的確……可是，神聖──回復魔法被那個國家給獨占了耶？就算知道可以使用回復魔法了，也沒有魔法卷軸……」

「這個會由我國提供給在座各位的母國。之後只要複寫，間隔一段時間後再對外發表就好了。宣稱回復魔法是各國合作開發出來的。理想上是希望各國內可以分別準備幾位醫療魔導士，這樣可信度也會提升。」

「「「「！」」」」

知道德魯薩西斯公爵是認真的打算讓神官們失勢，在座的大使們不禁背脊一涼。

他要藉著免費提供回復魔法，讓回復魔法在各小國內傳開，徹底奪去梅提斯聖法神國的優勢地位。

這是個極為駭人的計畫。

不僅可以複製卷軸，這麼做對於小國來說也有很大的好處，往後他們就不需要繼續回應主教和神官們不合理的要求了。這樣等同於無須從國家預算中擠出多餘的花費，也能使商人們恢復以對等的立場來交易的狀況。

更進一步來說，願意跟上這個計畫的話，小國們也會結為同盟，只要聚集所有國家的軍力，要勝過梅提斯聖法神國的軍力也並非難事吧。

然而這是理想的狀況，只有兩個國家察覺到這在實際施行上是有困難的。

那就是伊薩拉斯王國和阿爾特姆皇國。

「請等一下。公爵閣下的策略若是能實現的確是再好不過了……可是阿爾特姆皇國目前還在交戰中。而其鄰國伊薩拉斯王國目前更是無法順利進行對外的貿易行為。就算組成同盟，照這樣繼續交戰下去的話，這兩國會被滅亡的。這樣的話別說包圍那個國家了，連這計畫都行不通啊！」

「是指經由歐拉斯大河的通商路線受阻的事情嗎？這沒問題……各位應該知道我國內存有過去舊時代的矮人們打造的地下都市吧？」

「那個地下遺跡嗎？至今仍能運作，為數不多的現存魔法都市……要、要利用那個嗎？」

「嗯。只要不經由歐拉斯大河，打造經由地下都市通商的路線就好了。而且幸好那個地下都市的主要街道包含兩國，一直延續到我國來。為了可以活用那個地下都市，我們從克雷斯頓前公爵時代便派了調查團進去。現在也在進行修復的工作。」

「「什、什麼！」」

「因為也有矮人定居在那座都市裡。我們利用最近開發出的土木工程用魔法，正迅速地進行修復。工事的進行狀況比你們想像的還快喔？」

也就是說，往後可以透過陸路來進行貿易，避免物資被梅提斯聖法神國給從中掠奪。而且既然從前公爵的時代就開始進行了，想必開通也只是遲早的事吧。

「等一下！為、為何要修復通往我國地底的地下道？我想應該不至於，但你們莫非有意侵略……」

「這是你多慮了。我國的礦物資源貧乏，可以開採的礦山數量也很有限。雖然伊薩拉斯王國的礦產非常豐富，但想要與貴國交易，也會被那個國家從中阻撓。這樣你能理解了嗎？那個國家想要併吞伊薩拉斯王國……而這樣做不僅可以徹底推翻他們的計畫，我等多國同盟也能對貴國提供援助。」

「原來如此……也就是說貴國已經無法再繼續容忍梅提斯聖法神國的蠻橫。為了重創那個國家，必須將這亂來的計畫付諸實行……」

「因為那個國家將我們索利斯提亞魔法王國視為眼中釘啊。必須先發制人。」

各國大使們從以前就有在考慮要組成這個梅提斯聖法神國包圍網了吧。

然而這個計畫一直未能付諸實行，是因為手上沒有決定性的王牌，可以使用回復魔法的神官人數也是個問題。

如今這個問題既然被解決了，就沒有什麼障礙了。

「因為對方在軍事上占有優勢啊。那麼只要動搖其根幹的話，那些傢伙也會心生疑惑吧？畢竟魔導士可以使用回復魔法，這對神官們來說是會使他們的信仰根基動搖的重大事件吧。」

「他們會開始對自己的信仰起疑。只要神聖魔法失去優越性，衝擊便會自動一口氣擴散開來……真的是很可怕的手段啊。」

「但是最近梅提斯聖法神國的行動實在讓人看不下去。要是不在此重創他們，就只會換成我們被他們壓榨吧。」

「嗯……最近要給他們的獻金，金額也愈來愈高了。這樣下去財政會很吃緊啊。」

「我們就參與這個計畫吧。不過他們手上可是有勇者喔？」

「嗯……只是以一個勇者為對手的話，只要有我阿爾特姆皇國的一位戰士就能擋下了吧。他們早已失去了半數的勇者，所以不會輕易地投入戰場中。」

勇者們雖然不能小覷，可是趁現在戰力低下時，還有辦法應對。只要各國聯手，就可以和大國並駕齊驅。然而梅提斯聖法神國的法皇和主教們完全沒注意到這件事。

這一天，小國家們展現出團結的意志，打算和宗教國家那獨善且強硬的政策正面對決。惡作劇的準備和調整逐步進行，其結果將在幾個月後呈現出來。

——鏘！鏘！喀鏘喀鏘……

這裡傳出了敲打金屬以及像是在裝上什麼細小零件的聲音。

在受到陽光照射的庭院中，身穿灰袍的大叔正在修理機器。

他正在製作的是洗衣機，不過因為是試作品，目前還在測試到底能不能順利運作。

他邊哼歌邊讓洗衣機運作並再反覆調整，結果到目前為止不是轉盤的轉速太快讓水噴了出來，就是產生了像攻擊魔法「水龍捲」那樣的水之龍捲風，接連失敗。

構造本身雖然沒有問題，不過因為流入的魔力過多，導致機器發揮了超乎預期的威力，至今已經解體三次了。他現在正在進行第四次的組裝。

「到底是哪裡不行啊……果然是魔石的大小嗎？這邊應該要換成魔寶石嗎？唔嗯～應該可以靠魔法術式控制住才對啊……搞不懂。」

「伯伯，你又失敗了喔？」

「開了一個很不得了的大洞耶？伯伯……」

「剛剛也爆炸了對吧？」

「比起那個，給我肉～多汁的肉～」

「一直埋首鑽研感覺也不會比較順利呢。倒是傑羅斯閣下，能否跟在下來場死鬥呢？」

孩子們還是老樣子，不過有個人的發言特別危險。

小楓用格外銳利的視線盯著他，放出隨時都有可能拔刀出鞘的殺氣。

看來她是真心想和強者交手。

「小楓？妳剛剛才和山凱交手過吧？還不夠嗎？」

「不偶爾和不同的對手交手的話，便無法衡量自己的實力。在下想了解世界的廣大。」

「就算這麼說，也不該是死鬥吧……太極端了。」

「刀這種東西不就是為了斬人而存在的嗎？積累下來的生命重量，將會讓在下變得更強。」

「這話……是不是若無其事的在說妳想砍死我啊？」

「呵……劍士的人數絕對不會增加。因為只要一個強者誕生時，就會有一個劍士逝去……」

「拜託妳不要看向遠方說這種話。妳是哪裡的騎士啊？……過於熱愛殺戮這點很糟糕就是了。」

愈和咕咕們鍛鍊，小楓的修羅之道就愈渴求鮮血。

而她卻是個高階精靈，就是這樣才奇怪。

「我等也差不多想體驗實戰了。安潔他們也興致勃勃的想去狩獵喔？」

「沒有人陪同監視可不行吶。要不要拜託嘉內小姐她們看看？」

「嘉內姊說還太早了，不肯答應～我們幾個可不是一直都長不大啊。」

「明明不管是誰，一開始都是新手啊。拉維和凱的實力也提升了。差不多想要試著進入實戰了啊。」

「欸，伯伯。拜託你。我們從明年開始就要自立了，得先開始準備才行。」

「我想要吃肉……今天想吃雞肉。」

其實傑羅斯本身也是這樣想的，差不多是時候可以教導孩子們去狩獵了。

想利用迷宮一舉致富的孩子們當然是以登錄成為傭兵為目標。可是要準備裝備之類的也需要錢，以目前這種賺零用錢程度的賺法是絕對不夠的。

只是要讓還未出師的人進去森林裡也有問題。要是沒人在一旁監視的話，他們一個不小心就有可能會丟了性命。要是事情變成這樣，路賽莉絲一定會非常傷心吧。

「唔～嗯……要是有實力適合的護衛就好了……」

「這沒問題。我們有朋友。」

「朋友？你們有這種玩意嗎？」

異常充滿幹勁的五隻咕咕出現在孩子們的身後。

看來這些咕咕就是他們所說的朋友。

「原來如此……沒有比這更好的護衛了。可是只能去附近狩獵喔？先在城鎮附近的森林提升實力，習得『職業技能』會比較好。」

「就是這樣，所以伯伯，給我們魔法卷軸吧♪」

「我想學攻擊魔法。」

「也想要輔助魔法呢，可以的話想要能夠強化身體能力的。」

「身體強化有鍊氣功就夠了吧？」

「我要去獵肉回來。沒有比每天都能吃肉更開心的事了。」

「在下也該學學魔法嗎？因為在下是精靈，所以魔法適性應該很高才對……」

孩子們還是老樣子，十分堅強。

明明沒有任何人教過他們，他們卻很有計畫性的在行動。

「不先跟路賽莉絲小姐商量可不行吶。這可不是憑我的意見就能決定的事。」

「的確……告訴修女，貫徹道義是我們理當該做的事。」

「可是修女聽得進去嗎？」

「畢竟修女是個會過度保護的人嘛。」

「她太會操心了啦～希望她能再信任我們一點啊。」

「肉肉肉肉肉……」

「唉，路賽莉絲小姐會擔心你們也是理所當然的，不過你們真的想實現夢想的話，就應該好好跟她談談吧。畢竟在傭兵的世界裡必須對自己負責，就算失敗了，也沒有人會幫你們負起這些責任的。」

現在孩子們只是擅自行動，隨心所欲地去做他們想做的事情罷了。

可是這是在路賽莉絲的保護下才被容許的，如果他們真心想要做什麼的話，不管怎樣都需要好好和路賽莉絲談談。

「欸～……伯伯你去幫我們說服她啦。」

「要是她說不行，我們也無計可施啊。」

「修女一定會跟來吧……」

「因為她很愛操心啊……」

「既然受人照顧，貫徹道義才符合武士的禮節。無可避免。」

「你們啊，這種事情可不能假手他人喔？要決定自己的將來這麼重大的事情，我建議你們還是好好跟她談談。」

他了解孩子們很有幹勁。

可是這時大叔心中湧現了一個疑問。

「這麼說來，你們有裝備嗎？劍啊弓啊，還有防具一類的。」

「哼哼哼，可別瞧不起我們！」

「賺取不夠的錢、儲蓄，然後……」

「終於買下了二手的裝備！」

「雖然不太合身就是了……肉～……」

「沒有適合在下的裝備……沒有重視行動性的裝備嗎……」

「……這樣不行吧。在奇怪的地方碰到困難了啊。」

一直到最近為止都很缺乏營養，在成長上明顯落後了些的孩子們，沒辦法穿一般市面上販售的裝備。

小楓則是由於文化上的問題，不習慣這裡的裝備材質和外型，無論如何都會想避開這裡的裝備。如此一來只能訂做了。

「最近你們好像也長高了，不配合成長狀況更換裝備的話可不太妙啊。要是不能穿就沒意義了。」

這年紀的孩子成長速度比想像中還要快。

也有一年內就長高到讓人誤以為自己眼花了的孩子，要是沒把成長的速度計算進去來製作裝備，很快就得買新的來替換了。這樣子不管有多少錢都不夠用吧。

更何況他們還是孩子，就算想買新的替換，也很難解決資金的問題。

「這樣吧～如果你們說服路賽莉絲小姐，我就做裝備給你們吧？唉，也只是簡單的東西就是了。」

「伯伯，你此話當真？」

「你不是騙我們的吧？伯伯。」

「真的假的？好，去找修女吧！」

「我的肚子好像太大了，沒問題嗎？」

「凱啊……在下覺得你瘦下來會比較好喔？太重有時是會妨礙行動的喔？」

狩獵是為了當上傭兵的必備技能，而且可以索敵或是伏擊的「獵人」職業技能非常好用。

但想要學會就必須親自去狩獵。

「那麼我們去找修女『談談』吧。」

「去一決勝負吧！」

「讓她見識見識我們的覺悟！」

「要是能去狩獵的話就可以吃肉吃到飽……我要成為肉王！」

「賭上性命說服修女正如在下所願。」

「你們……是打算去幹嘛？是要說服人吧？是去取得路賽莉絲小姐的許可沒錯吧？」

有了念頭後便立刻行動。沒人可以阻止這些孩子們。

不斷朝著夢想奔馳的他們無法抑制住心中的熱情，隨心所欲地衝了出去。

從他們的身上隱約可以看見某種覺悟。

「路賽莉絲小姐……不要緊吧。那些孩子們不要太亂來就好了。」

不小心激發了孩子們的動力，讓大叔有些擔心起來了。

孩子們一路狂奔，在身後揚起塵土。大叔冷汗直流地目送他們的背影逐漸遠去。

◇◇◇◇◇◇

「叔叔～……我的裝備弄好了嗎……？」

「妳看起來還真累啊……是那麼辛苦的工作嗎？」

傍晚，被嘉內她們拖出去的伊莉絲一臉精疲力盡的樣子跑來問裝備強化進行的狀況。傑羅斯很在意她眼睛底下的黑眼圈。

她身上裝備著劍和盾牌，像是個初出茅廬的劍士，沒做魔法使的打扮。

「妳是熬夜沒睡嗎？總覺得妳看起來跟趕同人誌的稿子趕到最後一刻，在活動三天前才送印的同人社團成員一樣……」

「我不會吐槽你的喔？我現在沒那個心情……」

「我們試著讓伊莉絲以哥布林為對手練習近身戰鬥，可是她好像很抗拒拿武器殺害生物，打了一陣子之後就開始吐了……」

「心靈太脆弱了呢。明明跟用魔法殺死魔物一樣啊……」

雷娜一臉無奈的說。然而對於生活在和平日本的伊莉絲來說，應該受到了很大的衝擊吧。

「用劍刺殺時的觸感……用權杖擊殺敵人時，權杖陷入頭蓋骨中的那種手感……」

「唉，畢竟妳是第一次做近身戰鬥，可以理解妳會覺得不舒服啦……可是妳的臉色真的很糟喔？有這麼難受嗎？」

至今為止伊莉絲從未親手殺過生物。

不，她是有踩死過螞蟻，不過那和殺死與自己大小相當的生物感覺完全不同。不如說能夠喜孜孜地殺死和自己對等的生物那才有問題吧。

大叔實在是有些同情她，便讓她在椅子上坐下。

「她可是第一次親手殺害其他生物喔？我能懂她為什麼會變成這樣。畢竟我以前也一樣……」

「嘉內訓練時還哭了對吧～？那個時候明明那麼可愛的說……」

「抱歉啊……現在這麼不可愛。」

「不不不，嘉內小姐很可愛喔？可愛到讓人忍不住想把妳撲倒的程度。」

「不要一臉認真的說出這種話！調侃我有這麼有趣嗎！」

「妳就是會做出這種誇張的反應所以可愛啊。只要把調侃視為一種愛的表現就好了吧？」

「愛？在、在說什麼啊……」

她過度反應，不知所措的樣子確實很可愛。

只是在這種吵鬧的狀況下伊莉絲仍然毫無反應，趴在桌上。

殺害生物這個行為害她的道德觀念快要崩解了吧。

「唉，只能去習慣了。不管是用魔法還是武器來殺死對方，結果都是一樣的，明知如此卻有罪惡感還比較奇怪咧。」

「叔叔……你真冷漠啊。身上會一直帶著血腥味喔？支解也是……」

「妳……自己動手支解了嗎？真的假的？這一下跳太快了吧。我覺得妳應該先習慣用武器殺害生物才對啊……」

「我也有阻止她，但她堅持要做……然後就變成這樣了。」

「因為……不趕快習慣的話，很難在這個世界上存活下去啊……」

「雖然我從伊莉絲那邊聽說了，不過薔薇妖精有那麼過分嗎？那是妖精吧？」

妖精生存的地點有限，很少會在城鎮裡看見。

所以大家才會對妖精有種只會在童話故事裡出現的印象。

「我手上是有記錄了被害者們遭受了什麼對待的畫像啦，妳們要看嗎？我個人不太推薦就是了。」

「作為傭兵來說……這是必要的……對吧？」

「有點可怕……不過很在意呢。而且說不定會接到討伐的委託……」

「我就敬謝不敏了……雖然只是推測，但我現在看了八成會吐……我暫時也不想再看到肉了。」

「還真嚴重啊～……」

接著大叔拿出了一張圖。

接過那張圖拿去看的瞬間，雷娜和嘉內便全力衝向外頭。

「反應真大啊～……這威力還真驚人啊～是吧～」

「那兩個人也要吃不下肉了呢……畢竟那應該比我今天所看見的東西還要慘上一百倍吧……」

「妳要看看嗎？」

「……不要。」

她的吐槽沒有平常來得犀利。

「唉，這樣妳也做好痛下殺手的覺悟了吧。我是不會叫妳打從心底習慣這件事啦，不過這是個弱肉強食的世界。光是理解到太過弱小就會死這件事就算是跨出了一大步了。」

「太過弱小就會死……嗯……我體認到這點了。這可不是遊戲呢……」

「沒錯，這是嚴苛的現實。當自身暴露在危險下時，下不了手殺人的話就無法存活。這裡就是這樣的世界。」

「唔……感覺上還是無法完全接受啊～」

「妳的心情我能理解，不過還是得捨棄天真的想法……不然會死的。啊……她們回來了。」

面色蒼白的兩人搖搖晃晃的走了回來。

她們受到的精神傷害想必不是普通的大吧。

「你給我們看了什麼啊……恐怖也該有個限度吧……唔噗！」

「妖精……用殘忍來形容完全不夠。惡魔……這是惡魔……」

「實際上差點就要誕生出惡魔了呢～在孕育出惡魔前就炸飛……啊。」

「叔叔……那時候你對村人說是因為魔力囤積處過度反應才會爆炸的吧？雖然我知道你不小心搞砸了什麼，但你沒跟我說你到底做了什麼事對吧？」

「這個世上啊，有沒必要知道的現實喔。知道了真相只會變得不幸……」

大叔非常拚命。

的確有無須知道的真相。可是在這種情況下，會變得不幸的只有大叔而已。

伊莉絲是在生命和價值觀上，將現實和遊戲的感覺混淆了，而傑羅斯則是在攻擊上，還停留在遊戲裡的感覺。

儘管有好好地面對現實，可是他一旦戰鬥起來，還是會轉換成「敵人這種東西只要全數殲滅就好了」這種不夠周全的思考方式。只要沒有人命之類需要優先考慮的事情，大叔就不會認真思考，不由分說地放出毫不留情的魔法。以某方面而言他這狀況比伊莉絲還糟糕，然而當事人完全沒有自覺。

或許是因為轉生過來時被丟在有大量兇暴魔物棲息的地方吧，他已經養成了先收拾掉敵人的習慣，會在無意識下選擇可以確實地消滅敵人的手段。

「唉，不管那件事了，今天妳是為了什麼……啊～妳是要來拿強化好的裝備的。」

「叔叔你忘了啊……」

「不是，我幾天前就已經好好地曬乾了喔？現在拿到裡面去陰乾了，請妳自己去拿吧。」

「搞不懂大叔你是仔細還是隨便耶。」

「真不知道變成怎樣了，有些擔心呢。」

伊莉絲為了去拿自己的裝備，搖搖晃晃的走向了裡面的房間。

另一方面，大叔在廚房裡用菜刀削起了馬鈴薯的皮。

他接下來要開始準備晚餐了。

「傑羅斯先生……那個粉末是什麼？」

「混合了好幾種香料製成的咖哩粉。我記得是叫做馬薩拉吧？」

「咖哩？沒聽過呢……好吃嗎？」

『呼喔喔喔——————！』

從門的另一邊忽然傳出了不知道哪來的戰隊會發出的聲音。

就在他想說發生了什麼事而回過頭時，只見裡頭的門打開，異常興奮的伊莉絲穿著改良後的裝備衝了出來。

裝備的設計本身是沒變，不過顏色稍微變淺了些，有蕾絲裝飾的地方變成閃閃發光的銀色，所以看起來的感覺多少有些不同。

原本顏色有些樸素的披風也因為褪色及化學反應，色澤往好的方向轉變，顯得更為豔麗了。

「叔、叔叔……！這、這、這個，我可以收下嗎！真的可以嗎？」

「可不可以收下什麼的……這原本就是伊莉絲小姐的裝備吧。留在我手上也沒用啊？」

「不……如果你非要不可的話，只要變身成女性穿上就行了吧？」

「我才不幹！妳在說什麼可怕的事情啊！」

回想起恐怖的記憶，大叔不禁立刻開口反駁。

看來伊莉絲興奮到整個情緒都不一樣了。

「伊莉絲……妳為什麼興奮成這樣啊？」

「上頭做了這麼厲害的強化嗎？」

「被雷娜小姐一說就有種色情感……算了，那種事情無所謂啦。這個啊，可不只是強化而已喔！除了強化外還增加了『提升魔力回復效果』、『增強魔法效果』、『提升物體攻擊抗性』、『強化魔法抗性』的輔助能力！」

「順帶一提，考慮到這算是實驗性質的強化，所以在價格上打一點折扣後……大概是這樣吧？」

大叔一邊撥算盤一邊秀出金額，結果算是超級良心價。

便宜到伊莉絲喊著「好！我付了！」就當場付清。

「我懂你為什麼說這樣會讓其他工匠失業了。叔叔你實在太犯規了。」

「我是不是也該再拜託大叔幫我強化裝備呢～……好羨慕喔。」

「嘉內和我的裝備強化需要用到金屬，所以得想辦法準備才行呢。」

「唉，這就交給兩位自行判斷了。好了……我繼續來準備晚餐吧。」

「啊！這、這邊這個，莫非是咖哩粉？我想吃！叔叔，我來幫忙，你讓我吃咖哩吧！」

「妳喜歡咖哩嗎？這個是我比較喜歡的辣味咖哩喔……」

「我超喜歡的！不過辣味啊……唔嗯～有總比沒有好，分我吃吧！」

伊莉絲喜歡甜一點的咖哩。

不過轉生者總是渴望能夠嚐到懷念的味道。

雖然怕辣，但她還是決定妥協，一嚐久違的咖哩滋味。

「唉，我是無所謂啦……那蔬菜就拜託妳處理了。那麼肉……就用飛龍的吧。」

「「「飛龍肉？」」」

他們就這樣開始做起了咖哩。

花了兩個小時熬煮出的飛龍咖哩比他們四人想像中的還要美味。

他雖然把一半的咖哩分給了孤兒院，但是隔天早上孩子們便闖入傑羅斯家，翻出分別用小鍋裝起來存放在冰箱裡的咖哩，把鍋裡給舔得一乾二淨，連一點殘渣都不剩。

把別人家當作自己家一樣的長驅直入。孩子們從各方面說來都很飢渴。

第六話　大叔為了孩子們的裝備而煩惱

洗衣機是一般家庭必備的家電用品。

不僅可以洗衣服，在農家也能用來洗蔬菜，非常方便。

可是真要製作起來又很有難度。

洗衣槽的轉速以及所需的魔力量。還有運作時間的調整等各式各樣麻煩的設定，就算想要一一解決，其他地方又會產生新的問題。

不是會轉就好了，得在維持可以確實洗去汙漬的轉速下加上定時設定，計算魔力的消耗量，讓洗衣機可以持續運作到設定的時間結束為止。

要是加上脫水功能，至少要花上三個小時吧。可是問題就出在要從哪裡找來可以持續運作這麼長時間的魔力儲存容量。

然而不是因為魔力過剩而引發爆炸、就是外殼由於回轉產生的震動而分解……雖然構造十分單純，但反而容易對機體造成過多的負擔。他本來是想說太重就沒辦法搬運了，才盡可能的輕量化，結果卻使得本體非常的不耐用。

「嗯～……真難搞。是哪裡發生了魔力逆流嗎？我應該已經換成魔寶石了啊。」

製作完咖哩的幾天後，傑羅斯還是老樣子，在庭院裡和洗衣機奮戰。

經過了多次改良後，構造本身應該已經沒有問題了，但是不知道為什麼會有超出規定量的魔力流入，導致魔力驅動式的馬達轉速過高。

他雖然加了控制用的術式進去，但不管怎樣都會失控。

這實際上是因為大叔的魔力太高了，使得魔寶石變質，化為了會吸收超過規定量魔力的玩意，才會導致魔力失控。隨意儲存進去的魔力量膨脹到了意想不到的程度，只要使用洗衣機，過多的魔力就會一口氣流入其中。

簡單來說只要大叔刻意將魔力壓制到最低限度，或是讓其他人來輸入魔力就好了。可是傑羅斯沒注意到這麼單純的事情，不斷地煩惱著。

他其實也差不多該察覺到自己持有的魔力量不尋常了，可是當事人到現在還沒導出這個答案。沒有什麼比單純的答案更容易被忽略的了，實際要發現想必很困難吧。

畢竟原本是生活在沒有魔法的世界的人，所以無法徹底掌握那個感覺。

陷入開發謎團中的大叔不經意地看向前方，只見路賽莉絲正和孩子們一起朝著這裡走來。

「伯伯～～～！你還活著嗎～？」

「我們辦到了喔！伯伯！」

「我們使用了最終手段，終於獲得了修女的許可喔。伯伯！」

「昨天把修女給綁起來……那畫面真是太煽情了。」

「你們幾個────到底對路賽莉絲小姐做了什麼啊！」

為了去狩獵，孩子們似乎做出了非常不得了的暴行。

看來他們是不擇手段也要實現夢想。

「在下等人只是將修女綁起來，用咕咕的羽毛幫她搔癢喔？說是拷問未免過於誇大了。」

「……我可沒說是拷問喔？是說這根本就已經是拷問了吧……妳、妳還好吧……？路賽莉絲小姐……沒有因此被開發出什麼奇怪的興趣吧？」

「才沒有！」

路賽莉絲滿臉通紅的否認。

大叔感覺心中有什麼東西在噪動著。

「沒想到這些孩子居然會做出那種暴行……他們到底是在哪裡學會那種綁法的啊……那、那種……那種丟臉的……」

「丟、丟臉的……？」

路賽莉絲話愈說愈不完整，同時漸漸地低下頭去。

儘管覺得有些失禮，大叔的腦中還是忍不住浮現出不該有的妄想。

他畢竟是個男人。

「是附近的大姊姊教我們的！」

「她很常把老公綁起來喔？」

「還會用鞭子打他耶？她老公……看起來很開心呢～不痛嗎？」

「那簡直就像是……叉燒肉。好想吃肉……」

「這對孩子們的教育太不好了——！」

不該有的妄想似乎是事實。

沒想到鄰居中有喜歡那種玩法的夫妻。

從那種已婚婦女手上學來的捆綁技巧，讓路賽莉絲成了可憐的犧牲者。

「為什麼……為什麼我昨天沒去教會呢！憾恨終生啊……」

「請你不要打從心裡失落到連用詞都變了～～～！那種樣子要是被看到，我就嫁不出去了……」

「別擔心！如果這樣就嫁不出去，我會負責收下的……」

「啊唔！這、這……你忽然這麼說我也很困擾……像這種事情還是要循序漸進的……（可以的話希望連嘉內也一起……）」

「……妳剛剛最後是不是說了什麼很不得了的話？是說……只要循序漸進，總有一天可以……」

「啊！我、我真是的……都說了些什麼啊……」

「「「趕快去結婚啦。修女……」」」

「這樣的話就可以每天吃肉了……肉～……」

「結婚……那是人生的墳墓。劍術之道是不需要丈夫的……」

有兩個絲毫未顯動搖的孩子。

一個是食慾、一個是血腥的習劍之道。沒有要讓路賽莉絲和傑羅斯湊成一對的意思，徹底的順從自己的欲望而生。

「比起那個，伯伯！做鎧甲給我們！」

「順便也做劍和槍吧。我們基本上都會用，所以想要都試試看。」

「那麼，也想要弓跟箭呢。要是所有人都有，就可以改變隊伍組成，做不同的分工戰術訓練。」

「我們要精進武藝。為了得到肉！」

「「「是為了夢想吧！為什麼會以肉為優先啊！」」」

「在下有刀就行了。只要夠鋒利、不會折斷就行了喔？」

「你們幾個愈來愈不客氣了吶……要準備的可是我耶。」

真是亂來的要求。

武器傑羅斯算是都有，所以不用另外準備。

問題是防具必須配合最近開始成長的孩子們的體型來準備。

雖然知道尺寸的話他是可以做，可是要準備這麼多人份是相當累人的工作。

「不能做聖劍嗎？『選定之劍』之類的？」

「或是『死亡之槍』？」

「要我做選定王者之劍還有魔槍？你們是想在這個國家裡掀起戰爭嗎？」

亞瑟王拔出的石中劍，以及凱爾特神話中庫丘林所使用的魔槍。

居然想要神話級的武器，這已經超過不客氣的程度了。

本來在「Sword and Sorcery」裡，要製作這兩種武器都是可行的，傑羅斯手上其實也有。不過這些武器對這個世界來說實在太過強大了。

這不是可以簡單給出去的武器，他也不可能說出自己會做這件事。

傑羅斯立刻決定矇混過去。

「傳說的武器這種東西怎麼可能做得出來呢。而且那也不是該給還不成熟的你們用的東西。你們就乖乖的用普通的鐵製武器吧。」

他雖然刻意不提，但是擁有傳說武器之名的裝備具有「職業」適性，條件不符的人裝上絕對會被詛咒，所以拿了也沒用。

這是因為依據武器不同，上面帶有的魔力或瘴氣不是普通的強大。這強大到會侵蝕身體的力量，如果沒有足夠的「魔法抗性」，很有可能一拿就會死了。

「只要有適性就不要緊了吧？」

「我們幾個運氣很好啊。」

「也有只要唱歌就能裝上的武器吧？」

「我們幾個一定可以的！」

「不行的話就給我肉〜〜！」

「不，一般來說會死吧……沒有任何根據啊。不過你們是從哪裡學到適性這個詞的啊。這些孩子們的情報來源太神祕了……」

有許多人嚮往著強大的武器。無論是傭兵還是騎士，每個人都希望能夠獲得並揮舞最強的武器。可是愈強力的武器就愈難運用這也是事實。

作夢是個人的自由，但要在現實中實行就太有勇無謀了。

「抱歉，孩子們說了這麼亂來的事……」

「與其說亂來，不如說不可能吧。如果真有那種技術，世界應該會發展得更為進步才是。」

「全套鎧甲要分別穿上這點很麻煩耶。感覺很不實用。」

「要是可以自動穿上就好了。像是活鎧甲之類的？」

「那個穿上之後，鎧甲會自己擅自動起來吧？」

「這樣很輕鬆啊，滿好的吧？我還希望可以附帶煎肉的平底鍋。」

「這麼說來……似乎有聽過會將生者困在其中的活動鎧甲。想要的話應該可以做得出來吧？」

話愈說愈危險。小楓是很想穿上那種不妙的裝備嗎？

不過大叔無法回應孩子們的期望。

雖然他是做得出危險的東西，但他不可能把這些危險的玩意交給他們。

要是這麼做他肯定會被衛兵給逮捕吧。是足以被判處死刑的重罪。

「好了好了，不要再強人所難了喔？伯伯我也是有辦得到跟辦不到的事情。」

「「「是～～～」」」

「真遺憾……穿上詛咒鎧甲的修羅之道……那也很不錯啊……」

「要是還保有武士魂的話是無所謂，不過一般來說那樣會變為單方面被鎧甲操控的不死者。這樣妳還能繼續鑽研劍術之道嗎？」

「唔唔！的、的確……在下居然沒注意到如此簡單的事……」

「被活鎧甲給操控的話，不管怎麼想都無法再繼續鑽研劍術吧。因為根本不是靠自己在戰鬥。」

發現了根本性的問題，小楓一臉遺憾的樣子。

修羅及羅剎之道，和闊步於黑暗者是完全不同的存在。

「呼……首先來量尺寸吧。我只會做普通的裝備喔？就算是手誤我也沒打算加上什麼奇怪的機能喔？」

「那個……我來幫忙吧？這些孩子的尺寸我大概有個底。」

「拜託妳了。畢竟也有女孩子。」

「好的！」

就這樣，他們開始為孩子們的初次狩獵做起準備。

要製作的是符合他們體型的防具與武器，還有準備弓和箭。

雖然問題出在數量上，不過他認為只要適當的準備一些就行了。

「槍也準備一下比較好吧？拿剩的好了，反正也沒在用。」

「那個……傑羅斯先生？雖然是孩子們要去狩獵，但我可以一起跟去嗎？」

「咦？這當然是沒關係，不過裝備要怎麼辦？」

「我自己有，所以不用費心……」

「平常會去參加的慈善活動呢？也有需要回復魔法的人吧？要是事前沒說好，之後會很不妙喔？」

「因為祭司大人們說『請妳去休假吧』，所以我打算把特休用在這裡。」

「原來這裡有啊……這種出勤系統。」

比起孤兒院的見習神官，更像是幼稚園老師。

「明天開始我會去拜訪大家，告訴他們休假的事情。畢竟只有這些孩子們，我很擔心他們會在我看不見的地方做些什麼……」

「……我懂。可是這樣可以確定什麼時候能出發嗎？」

「這個嘛……我想我應該可以休個一週的假。日期我之後再通知你……啊，也得先跟祭司大人聯絡才行……」

「需要很多麻煩的手續啊。要休假還真是辛苦呢～」

每天都是星期天的大叔有些羨慕。

大叔不但無業還是個不受拘束的自由人，如果只是要活下去他也有不少生財手段。

可是看到認真工作的人時，他心中還是有些罪惡感。

這時強尼拿著像是紙張的東西跑到了大叔的身邊。

「伯伯！把我們的裝備做成這個樣子吧。」

「這個？你認真的？……不，放棄吧。這個不行吧……」

畫在紙上的造型，是宛如會在某世紀末出現的裝備。

那像是在世界末日後的電影中，抑或是在受管束的世界下暗自活動的反抗軍那樣的設計，讓大叔傷透了腦筋。

加上了莫霍克髮型般裝飾的頭盔，配上彷彿只要一轉頭就會被刺到的滿是尖刺的肩甲。這種東西看起來沒有半點實用性。說實話品味很糟。

他完全不能理解想穿這種裝備的孩子們的眼光。

他們強烈要求說要盡量重現他們的設計，讓大叔頭痛地開始做起製作裝備的事前準備。

◇　◇　◇　◇　◇　◇　◇

隔天。在傑羅斯開始製作孩子們的裝備時，路賽莉絲正為了休假而造訪各個孤兒院。

她必須拜託其他人幫忙照顧平常自己負責使用回復魔法治療的區域才行。

桑特魯城裡共有四所孤兒院。其中一個是路賽莉絲所管理的老舊教會，不過其他三個都在新市鎮周邊，而管理神官們的祭司就待在其中最大的孤兒院。

要說起為什麼會變成這麼麻煩的配置，那全都是下任當家茨維特精神失控所造成的。

處於洗腦狀況下的茨維特遇見了路賽莉絲，引發了戀愛症候群。此時洗腦魔法和症候群的症狀混合的恰到好處，最後便創造出了一個想靠力量讓女人成為自己東西的混帳傢伙。因為洗腦而失去了原本誠實性格的茨維特慘烈地失戀了。只是因為他那時亂來的結果，原有的孤兒院就這樣因此解散，分散到位於城鎮四角的教會。

可是這個政策絕對不是沒有意義的。

從祭司和神官們的角度來看，因為訂出了各人需要負責治療的範圍，他們就不需要耗費多餘的體力，在城裡四處跑了。

這只添增了路賽莉絲的困擾而已，對於祭司們來說其實是個令他們感激不盡的政策。

唯一的麻煩是要休假時，必須前往由祭司管理、位於南側的教會。

而那個教會的祭司正是養育了路賽莉絲和嘉內的恩人。

路賽莉絲深呼吸後鑽過嶄新的教會大門，看見裡面有兩位神官正在教導孩子們身為一個人該有的道德觀。

然而這些難懂的道理對孩子來說實在是太無趣了，已經有好幾個人睡著了。

路賽莉絲看著這樣的景象，不打擾對方工作地向神官們輕輕點頭致意，便朝著教會深處走去。

沿著照得到陽光的通道前進，她在祭司所在的房門前停下腳步，敲了敲門。

「梅爾拉薩祭司大人，我是見習神官路賽莉絲。今天想申請休假，故前來拜訪。」

『我在，趕快進來。我最討厭麻煩事了。』

「打擾了……」

她打完招呼開門，進入房裡後，眼前的是盤腿坐在桌上喝著酒，年約五十多歲的女祭司。明明穿著神官服，卻手拿裝了酒的玻璃杯，嘴上叼了根菸在那裡吞雲吐霧。

就算是說客氣話，這也不像是聖職者該有的樣子，不過路賽莉絲在嘆氣之後低聲說了句「妳還是老樣子呢……」。看來在這個教會，祭司放蕩的樣子已經是稀鬆平常的事情了。

「唷，路！好久不見了。今天是怎麼啦？」

「我是來申請休假的。因為孩子們要去狩獵，我決定要帶領他們，跟著一起去。所以希望能夠請個幾天假。」

「狩獵？妳那邊的小鬼們嗎？這還真是下定了決心啊。」

「孩子們充滿了幹勁……我已經沒辦法制止他們了。」

「啊哈哈哈哈！那些小鬼們都是些問題兒童嘛，不過我雖然覺得他們會比較早獨立，但這比我預料中的還快呢！而且是狩獵啊，那些孩子們是想成為傭兵嗎？」

「是的……我雖然不希望他們去做這麼危險的事情，但那些孩子是認真的。」

「這樣啊。不錯啊，就去吧。」

梅爾拉薩祭司個性非常豪爽。不僅喜歡喝酒和賭博到讓人想不到她是個祭司的程度，還強得嚇人。而且很喜歡跟人打架。

從平常的行動看來，她實在是個不像祭司的無賴，儘管如此，這個城鎮的人們依然十分信賴她。

她和船員們特別意氣相投的樣子。

「可以這麼簡單就決定嗎？我很不放心……」

「畢竟是路妳第一次照顧的孩子們嘛，我也不是不了解妳的心情喔？可是啊，不能一直把他們當孩子看待，他們總有一天會獨立的，妳也一樣不是嗎？」

「是……可是忽然就去狩獵，這……雖然他們平常確實有在做訓練，可是那畢竟和實際戰鬥不一樣……」

「戰鬥？他們不是去狩獵嗎？為什麼事情會變成那樣？」

「以那些孩子的情況來說，他們一定會亂來，去找強大的魔物。一開始先不說，但他們肯定會以大型魔物為目標的。」

梅爾拉薩的腦中浮現了開心地衝向魔物的孩子們的身影。

她也知道這些在自己管轄下的孩子們的個性，所以相信路賽莉絲這番話並非杞人憂天，而是真的會發生。孩子們在奇怪的方面受到了信任。

「啊～……真奇妙呢。我彷彿可以看到那個景象出現在眼前。他們肯定會這麼做呢……」

「對吧，所以我才擔心……他們肯定會一心只想打倒強大魔物的！」

「不過該怎麼說呢……當年那個兇巴巴的女孩如今也會擔心其他人了呢……我也老了啊。」

「祭司大人……請妳不要這麼說。小時候的事情就……」

「拿著木棒把附近的壞小鬼們全都打倒的那個路呢……還真是變得相當有女人味了啊。怎麼？有男人了嗎？根據我聽來的消息，妳好像迷上了個年紀大到可以當妳爸的男人不是嗎，你們做過了沒啊？」

「妳、妳在說什麼啊！祭司大人！」

與其說是女性祭司，不如說是喝醉酒的大叔。

她用手指挾著酒瓶搖晃著，帶著壞心眼的笑容調侃路賽莉絲。

這個放蕩祭司意外的被老街坊鄰居們稱作大姊頭，很受大家的仰慕。

「而且是個魔導士是吧？嘉內也很在意他的樣子，所以是三角關係？真好啊～真是青春呢～在我這個沒男人的剩女眼中看來豈不是很讓人羨慕嗎！可惡！」

「祭、祭司大人……妳到底是從誰那裡聽到這些事的！是說妳喝了多少酒啊？……妳醉了嗎？」

「哎呀，我才沒醉呢。我啊～只不過喝光了十瓶酒，怎麼可能會醉呢？嘿嘿嘿。」

「不，一般來說會醉的吧……為什麼妳還能保持清醒啊。」

「那是因為我酒量好啊！啊哈哈哈哈哈哈！」

她不管怎麼看都是個醉漢，不過路賽莉絲知道，她就算這樣也是沒醉的。

真的喝醉的祭司非常厲害。那時只有一陣強烈到無法留在記憶中的恐懼掃過，等回過神來時眼前已經是一片慘狀。

受傷的人數非同小可，而且不知為何都是些混黑社會的人。

沒人知道發生了什麼事，但每當這種時候衛兵都會來感謝她。

「是說啊，最近嘉內的狀況怎麼樣？那孩子說要當傭兵的時候我可嚇了一跳呢。畢竟她原本是個相當保守又怕生的女孩啊……」

「她很有精神的在做好份內的工作喔。偶爾也會來孤兒院借宿。」

「我很擔心啊。模仿他人是無所謂，可是那孩子原本內心就很纖細。硬是去學別人，稍微有些狀況就會破功吧。」

「唉，畢竟對嘉內來說，『強悍的人』＝『祭司大人』啊。而且講話用詞雖然變了，但內在還是跟以前一樣可愛喔？」

「從那孩子的眼中看來我是那樣的人嗎？總覺得心裡有些癢癢的啊……」

提起她們小時候的事情實在讓路賽莉絲非常不好意思。嘉內強烈的受到了祭司的影響，路賽莉絲則是在修道院裡學習了各種禮儀規範，被矯正成了現在的樣子。

路賽莉絲和嘉內跟小時候相比，給人的印象也變了很多。在孤兒院時期的朋友們看到現在的她們，無論是誰都會說「這不適合妳」吧。

「而且啊，路……妳不相信神那種東西吧？就算再怎麼想要幫孤兒院的忙，也沒必要成為神官吧。」

「我相信喔？雖然只是一般人的程度……而且祭司大人不也說過嗎，『神不會替你做任何事，自己的人生是要靠自己的力量來開拓。』我只是多少想幫助和我有同樣境遇的孩子，所以選擇了這條路。」

「就算這麼說，也沒必要為了使用神聖魔法而去做神官的修行吧？」

「因為那時候我覺得這是最快的辦法。換成是現在我就不會這麼做了，最近在城裡也經常有聽到傳聞……」

「我也有聽說。妳是指『各國的魔導士們合作做出了回復魔法』的事情對吧？最近大家都在談論近期內會開始販售魔法卷軸這件事呢。雖然不知道這消息是真是假。」

最近忽然出現了大量關於販售回復魔法的傳聞。

因為不清楚傳聞的真實性，讓梅提斯聖法神國派遣過來的祭司和神官們都十分困惑。只是梅爾拉薩和路賽莉絲原本就是這個國家的人，所以不像被派來的祭司們那麼不知所措。

畢竟索利斯提亞是魔法國家，哪天開發出回復魔法也不奇怪，所以她們也沒有很驚訝。不如說她們甚至覺得如果真有回復魔法的話最好能夠普及化。

「派遣過來的傢伙們好像相當慌張呢。這下他們不僅不能隨便哄抬治療費用，神聖魔法的價值也會一落千丈。魔導士一旦可以使用治療魔法，神官們就失去立足之地了。」

「神聖魔法好像只是普通的魔法喔？魔導士和神官的差別好像只有『職業』的效果不同而已，所以雖然效果比較差一點，但魔導士也可以使用回復魔法的樣子。」

「妳啊，這情報是從哪裡來的？我可從沒聽過這……啊～是妳的男人啊～原來如此～是說那也是嘉內的男人嘛。是在床上聽他說的嗎？」

「才不是！他很普通的告訴了我這些事。說魔導士和神官是一樣的……」

「這話妳還是別說比較好喔？路……既然隸屬於四神教，妳會被視為異端審問的對象吧。妳要注意，可別把這話對外傳開喔？聽到沒！」

「異端審問官……可以在這個國家內活動嗎？這裡好歹也是魔法王國喔？」

「很困難吧。不過風險還是少一點比較好。」

異端審問官是梅提斯聖法神國的祕密部隊。說是負責處罰違背教義的神官的地下機構，但實際上只不過是暗殺組織。是一支會遵從法皇和主教的命令抹殺神敵的危險部隊。

「呼……唉，這事妳就藏在心裡吧。比起這個，休假的事情我知道了。好好照顧那些小鬼們吧。要是他們做了什麼蠢事，痛揍他們也是教育的一環啊。」

「打孩子不是虐待嗎？這我有些猶豫。」

「教導天真的小鬼們如何判斷是非也是大人的責任。一味地溫柔對待他們可不是良好的教育。」

「但不問理由就揍他們這也有點……教育是很困難的。」

「能夠理解這點的話就不會做錯了吧。總之妳去吧，路上小心啊。」

「好的……我不在的這段時間就麻煩妳了。出發日期我之後會再來向妳報告的。」

「喔，好……再來開個三瓶吧。反正是人家給的，沒必要客氣，今天內全都喝光好了……」

「…………」

她從桌子下面拿出酒瓶，靈活地用手指拔去軟木塞後，像是要一口氣把整瓶給喝光似地喝起酒來。

而這樣的人卻是祭司，實在不太對勁。她為何沒被抓去異端審問實在是件令人費解的事。

不管怎樣，路賽莉絲的休假申請通過了。

第七話　大叔和孩子們一起去狩獵

終於到了孩子們初次去狩獵的日子。

大叔總算是想辦法完成了符合孩子們體型的裝備。

雖然他花了五天來製作，不過這裝備完全沒有半點世界末時尚感的要素。

他一開始是想尊重強尼提出的設計，可是在不斷地嘗試與失敗後，考慮到孩子們的安全問題，只能含淚捨棄這個念頭（也可以說是途中就覺得太麻煩所以放棄不幹了）。

大叔前往教會後，把裝備交給了孩子們。然而孩子們卻當場就開始換裝。三個男孩子就算了，安潔和小楓這樣做實在是不行。

路賽莉絲連忙將她們兩個帶到裡頭的房間去。

總之孩子們終於獲得了自己的裝備。作為替代，孩子們把自己花錢買的二手裝備給了大叔，但老實說大叔根本不需要。

大叔所作的裝備，安潔、強尼、拉維、凱這四個人都一樣，胸甲、護手，以及內部加了鐵板的皮靴。武器是短劍和支解用的小刀，一套弓箭以及投擲用短槍。還多準備了小型的盾。

小楓則是由於本來就有一套日式輕裝，大叔便以那套裝備為基礎，以輕量化和施加金屬強化來做了改良。成了一套相當對御宅族胃口的少女武士風裝備。

武器則是準備了武士刀和脇差、一套弓箭以及十字槍。

而說起穿上了這些裝備的孩子們……

「感覺一點都不醒目……我想要有尖刺的肩甲這種比較有衝擊性的裝備啊。」

「伯伯，我對你很失望耶……我還期待胸甲是鎖鏈之類的說，這樣很沒個性耶？」

「大家都一樣……你偷懶了對吧？我覺得跟人撞衫很丟臉耶……」

「只要可以吃肉的話怎樣都好……肉～」

全都給了非常不好的評價。

世紀末時尚的確是很有個性啦。可是在實用面上完全沒有意義，也幾乎沒有任何防禦效果。

真要說起來，既然要去狩獵，露出肌膚是很危險的，基本上都會穿上比較厚的衣服。

儘管對擁有尖銳的牙齒或爪子的魔物派不上用場，但可以有效的防範有刺或是葉子邊緣相當銳利的植物。其中也有帶有毒性的生物，要是不小心受傷，讓身體碰到毒物就糟了。

為了防身，比起外觀來說，實用性更為重要。

「你們……真的覺得可以穿那種世紀末裝扮去狩獵嗎？那樣馬上就會死了喔？」

「要是死了的話修女會哭呢。」

「沒辦法。賺錢來強化吧。」

「有點重呢……不提升等級可不行呢～」

「趕快給我……快給我肉～」

看來他們也覺得讓路賽莉絲擔心不是好事，乾脆地接受了。

不過孩子們的動作還是因為裝備的重量而變得不太順暢，這下很難說他們到底能不能去狩獵。唉，畢竟是第一次，這也是沒辦法的事。

小楓似乎很滿意裝備，一臉滿足的樣子。

「不錯……這就是在下的武具嗎……呵呵呵。」

只是她的眼神格外的銳利……簡直不像小孩子會有的眼神。

「對不起！對不起他們說了這麼失禮的話！」

然後是不斷低頭道歉的路賽莉絲。

雖然大叔不太在意，不過她道歉成這樣，反而讓大叔有些惶恐。

而她的裝備則是在長袍外穿上了胸甲、護手甲及脛甲。武器是晨星錘搭配鳶盾。

雖說是有如僧兵的裝扮，但這似乎是神官的標準裝備。

「這盾還真大呢。這次只是要陪孩子們去，我想應該不需要幫忙當坦喔？而且我來做就好了。」

「不知道會發生什麼事，為了保險起見我還是準備了比較紮實的裝備。真有什麼萬一時我可以當盾來爭取時間。」

「我知道妳很擔心孩子們，不過這會不會太過頭了？是說路賽莉絲小姐有去狩獵過嗎？」

「在修道院修行時有稍微去過……這是因為要記住神聖魔法，無論如何都得提升等級才行……雖然教義上應該是禁止殺生的。」

「神的信徒卻殺生啊。感覺他們就會說出『魔物是骯髒的生物，所以殺了也無所謂』這種話。」

「你還真清楚耶？主教大人說了一樣的話。」

「既然為了生存下去而殺生是理所當然的，加上這種理由也有點……嘴上否認自然法則，但只要有正當理由就可以殺戮這種說法實在是……」

雖說殺生是罪過，可是這也是為了獲得糧食而必須要做的事。教會明明否認這個事實，卻用對自己有利的話語來包裝這件事。

如果這是戰爭的話，他們也會提出一些大道理來正當化自己的行為。根本就是他們單方面說了算。

「為了國家利益，就可以若無其事的允許殺戮行為呢……慈悲和寬容上哪去了。」

「『感謝成為食糧的生命』，神官們用餐時都會這樣祈禱喔？我是不在意，不過仔細想想，他們也很普通的在吃那些骯髒的魔物呢。雖然由我來說好像也不太對，但總覺得有些奇怪。」

「不管怎麼想都是偽善吶……」

「以這種意義上來說，這些孩子們不受這些價值觀拘束呢。而且他們也會在肉舖幫忙支解動物……」

「這些孩子們……平常就在做些什麼啊？到現在還沒獨立還真是不可思議耶……」

「誰知道呢……我也沒能掌握住這些孩子們的行動範圍。有時也會聽到他們出沒在風化區的傳聞……」

孩子們神出鬼沒，行動範圍異常的廣大。不僅是舊街區，看來連新市鎮的邊陲處也在他們的行動範圍內。風化區裡頭也有妓院，實在不是孩子們該去的地方。

這些帶有許多謎團的孩子們正在拔劍揮舞或是舉盾，確認裝備的狀況。

真不知道他們是從哪裡獲得這些知識的。

「伯伯，趕快出發啦！」

「要和修女打情罵俏是無所謂啦，但你是不是忘了我們啊？」

「準備萬全！也充滿了幹勁！」

「好了，出發吧！肉在等待著我們！」

「嗯……雖然是鐵製的太刀，但用起來還不錯。這下可行……」

接下來這一週，先到附近的村莊找間旅館落腳後，再帶孩子們去低等級的傭兵們會去狩獵的森林裡進行實戰訓練。這座森林雖然沒有特定的名稱，不過新手騎士們都知道這裡是其中一個訓練處，而在傭兵間也是可以賺點外快的知名地點。

這裡是能以從史萊姆開始的初級魔物，到被稱作「猛暴魔豬」的巨大山豬型強大魔物為對手的地方。除此之外還有許多的魔物會出現，不過那些恐怕是從法芙蘭大深綠地帶那邊移動過來的吧。

不論哪種都是常見的魔物，不過比伊斯特魯魔法學院用來做實戰訓練的拉瑪夫森林來得更強，對於經過和咕咕的訓練，技能等級異常高的孩子們來說是個恰到好處的地點。

畢竟技能等級高，就很難提升身體等級。比起安全地在拉瑪夫森林狩獵，在這次要去的森林提升等級的效率比較好。

雖然危險程度也相對的比較高……

「是說那台馬車是？是教會的馬車嗎……看起來好像也不是啊。」

教會旁邊停著一輛馬車，上頭坐著一個陰沉瘦弱的中年男性，在等著客人上車。

「是祭司大人租的。回程時得在村裡租馬車才行，不過真有什麼萬一也可以用走的回來。」

「出租馬車……原來也有這種生意啊。我第一次知道……」

出租馬車大多是從農村來城裡做生意的人在使用。

要一早到鎮上的市集做生意需要交通工具，但並非所有的農民都有馬車。

特別是小型農村，村民們大多是共同使用村裡的馬車，要到市集裡做生意的話，怎麼說馬車的數量都不夠。碰到這種狀況，他們就會利用這種出租馬車。

各個村裡都有辦事處，藉著提供往返一定距離的服務成了一門生意。

當然也有車夫，可以算是一種輸送業吧。

「……這不會被盜賊襲擊吧？感覺是個絕佳的肥羊啊。」

「根據傳聞，盜賊們好像不會對這一類的馬車下手喔？因為不僅收穫不多，還很容易變成通緝犯。」

其實負責營運這個出租馬車服務的是傭兵公會，因為有確實地管理運送距離及抵達時間，如果馬車的抵達時間晚了，公會馬上就會知道出了什麼狀況。要是出了事他們便會直接派遣傭兵過去，盜賊纏上來的話沒兩下就會被包圍。

馬匹身上也有烙印，所以就算盜賊騎著馬匹逃走，公會也追查得到。而且雖然數量不多，但也有每隔一段時間就會透過魔導具監視的馬車，被抓到的風險實在太高了。

唉，儘管如此也不能說絕對安全啦……

順便補充一下，大商家基本上都是使用自備的馬車。

「這還真是……做了很完善的安排呢。」

「如果不是通緝犯的話也能租用就是了。」

「當作自己逃亡的手段嗎。可是要是被車夫記下長相的話，馬上就會曝光了吧？唉，既然是有組織性的營運，沒辦法隨意利用也是理所當然的……」

「比起那個，趕快出發吧。孩子們已經搭上馬車了喔？」

「啊……我忘了。哎呀哎呀，從日常對話中也能得到各種情報呢。」

半強制性的被登錄為S級傭兵的大叔沒機會得到這種情報。

說起來路賽莉絲的情報來源是嘉內，而嘉內是一步一腳印的在提升傭兵等級的。相較之下大叔是因為公爵家在背後撐腰才暫時成了傭兵，所以不是很清楚這方面的常識。

順帶一提他的S級傭兵登錄資料還沒被解除。傑羅斯是無所謂，但傭兵公會似乎沒打算放走這寶貴的戰力。

不如說他反而被當作最後王牌而永久登錄上去了，不過這時的他還無從得知這件事。

「那麼出發吧。」

「「「喔————！夥伴們也充滿了幹勁呢！」」」

夥伴是指五隻咕咕。一隻分別當一個人的護衛。

這些咕咕們恐怕自認為是孩子們的師兄吧。

「要是一路平安就好了。」

「修女……出發時說這話很不吉利喔？」

小楓這句話絕對不只是單純的譬喻。

「喔，要出發了嗎……？嘿嘿嘿，真興奮啊～……嘻嘿嘿嘿嘿……」

「「「「總覺得有種不好的預感……」」」」

車夫的眼神非常不妙。他的眼睛充血，簡直像是碰了什麼奇怪藥物而染上毒癮的人，唾液也從嘴角垂了下來。

「嘻哈————哈哈哈哈哈！好好抓緊了，臭小子們～！現在，我要帶你們去最……爽的天國啦！嘎哈哈哈哈哈哈哈哈！」

接著從跑起來的馬車上傳出了有如消防車般的警鈴聲。

馬車的車輪處似乎加裝了利用回轉來發出聲音的裝置。

「嘻嘿嘿嘿嘿嘿嘿，這個激烈的節拍讓我這DQN的心燃燒起來啦啊啊啊！本大爺的甜心們最棒啦～～！不管有多少人都無法阻止我們。要一口氣————衝到終點！屁眼收緊了沒？現在開始我會讓你們爽翻天的～咿哈！」

馬車就這樣以猛烈的速度開始奔馳。

看來車夫只要握起韁繩人格就會改變。

「這……仔細一看這馬居然是斯雷普尼爾！為什麼聖獸會出現在這種地方……咕呸！」

「咿哈哈哈哈！咬到舌頭了嗎～？你們就乖乖的數車廂裡的汙漬吧！接下來是本大爺的舞台，老子是高速之星啊啊啊啊啊啊啊！」

「「「「救命啊啊啊啊啊啊啊啊啊啊！」」」」

「嘎哈哈哈哈！這叫聲不錯嘛～？嘻嘻，我都快爽翻天啦～！不過啊～我們可不只有這種程度喔～？讓老子享受到最後吧Yaaaaaaa！」

馬車一路狂奔，沒要停下。應該停不下來吧，車夫太危險了……

出租馬車的確是屬於傭兵公會的，不過看來員工裡沒什麼像樣的人材。飆車狂操縱的馬車一口氣穿過了桑特魯的城門，不僅無視衛兵的盤查，還超過了前面的馬車。而且完全沒有要顧慮乘客的樣子。

馬車實在太過驚人的速度和搖晃程度，讓大叔等人失去了意識。

在意識逐漸遠去的途中，彷彿聽到車夫那低級的聲音說著：「怎麼？已經爽翻了嗎～？老子的心和下體都還硬梆梆的呢～！嘎哈哈哈哈哈！」

不過沒人能夠開口抱怨。因為所有人都陷入了深沉的黑暗之中……

◇◇◇◇◇◇

回過神來，眼前的是平穩閒適的小鎮。這裡實際上是個村落，不過與其說是村子，看起來完全是個繁華的小鎮。

這裡原本是為了輸送物資到城砦所作的中繼站，因為從附近的森林裡可以採取藥草或蒐集魔物的素材，有許多傭兵會造訪這個村子，村子也因此繁榮了起來。

從十年前開始，以提升等級為目的的傭兵便帶來了許多素材，打算批這些素材拿去賣的商人們也開始來到這個村子。

這個村子幾乎在正對法芙蘭大深綠地帶的「諾加斯城砦」與桑特魯城兩地的中間，發生什麼事的話，是可以立刻做出包圍網的區域，所以也沒什麼盜賊，相對安全。

不過會來這個村子的大多是傭兵等血氣方剛的人，也就經常會引發一些問題，所以自衛隊和衛兵們都常態性的駐守於此。

馬車已經停在傭兵公會的停車處，四處都找不到瘋狂的車夫和拖著馬車的斯雷普尼爾的影子。

大叔站起來環視周遭後，看見旁邊的馬廄裡有六匹馬。

「……我還活著。我……還活著喔喔喔喔！」

從恐懼中生還的喜悅與湧上的安心感填滿了他的心。

這一瞬間他打從心底覺得世界真是美麗。

『不過沒想到會是三匹斯雷普尼爾在拉馬車……那個車夫到底是什麼人？不是轉生者吧？』

他回想起的是「Sword and Sorcery」裡的多人共鬥戰。

那時他們以成群的惡魔為對手，在前線陷入膠著狀態時，為了擊潰敵方的前衛而派騎兵部隊衝了進去。他想起在那之中也有個像這樣情緒高昂的笨蛋。

那是個騎著斯雷普尼爾，拿著巨大的長槍衝入前線，一身騎士打扮的召喚士。雖然他也沒資格說人，但他明明是法師系的職業卻喜歡強行闖入敵陣，是個讓人搞不懂的傢伙。

召喚士本來應該是讓定下契約的魔物或聖獸當前衛來防衛，自己從後方用魔法施展攻擊的支援型魔導士才對。

那個召喚士卻穿著騎士的裝備，喜孜孜的朝著前線突擊。而且在其他多人共鬥戰中也經常看見他的身影。

在某場多人共鬥戰中他大喊著「呀哈哈哈哈哈！去死、去死啦、去死吧啊啊啊啊！我要用你們的慘叫聲創造出最棒的節奏，入場費就是你們的性命～不用客氣喔？來～讓老子聽聽你們的慘叫聲吧～給我來點狂熱的吶喊吧～！」這種不知所云的話，讓周遭的人都對他退避三舍。

『那個車夫……跟他的感覺很像。該不會真的是他吧～……？』

大叔曾經在多人共鬥戰中被那個召喚士給輾過。

如果等級不高的話他應該會「死掉重生」，沒辦法重回前線吧。

老實說大叔一點都不願回想起來。

「對了！孩子們……」

他的視線掃過車廂，只見孩子們全都暈頭轉向的。

經歷了剛剛那暴力的飆車行為這也是理所當然的。沒有任何人被甩下車，只有暈過去這點已經是不幸中的大幸了，不過大叔很在意這是否在他們的心裡留下了陰影。

「雖說沒事是無所謂，但要是被甩下馬車了怎麼辦啊？為什麼會僱用那種危險人物……」

「呀啊！」

「……呀啊？」

對失控的車夫一事感到疑惑的同時，大叔不經意的把左手放到了旁邊，這時伴隨著驚呼聲，他的手上傳來一陣柔軟的觸感。

大叔沒看自己的手放到什麼東西上了，不過心中只湧現出不好的預感。

「…………」

大叔有如機械般緩緩地轉頭後，發現自己的手乾脆地放到了非常不得了的東西上頭。

令人困擾的是他在轉頭的過程中為了確認那是什麼，用手揉了兩三下那個柔軟的東西。

「「…………………」」

一臉尷尬的大叔，以及臉紅得像煮熟章魚的路賽莉絲。

兩人沉默地看著彼此。儘管如此，大叔的手還是放在那上頭。

沒錯，她豐滿的胸部上……

「抱、抱歉！我、我沒想到會發生這種事……！有點開心……不是不是，走運——不是啦，總之非常抱歉！」

「哈嗚哇啊！不，你不是故意的那就沒關係，但……請你快點把手拿開啦～！這樣下去的話，我會站不起來的……」

「喔喔！抱歉！發現是什麼之後我就忍不住不想拿開——不是，我馬上拿開。雖然很遺憾……不是，我真的不是故意的喔！」

驚喜又害羞的突發事件。然而當事者明顯地相當驚慌失措。

度過了漫長的單身生活，從沒想過這種戀愛喜劇般的發展會降臨在自己身上。

在內心強烈地想著要是可以真想再多揉一下的大叔。身邊很久沒有女人了，他說不定意外的禽獸。

「啊～……嚇了我一跳～沒想到這把年紀了還會碰到這種事……」

「嗚，第一次被男性……丟臉到我都沒辦法見人了……這樣要我怎麼嫁得出去……」

「要來嗎?嫁到我家……真要的話今晚就……」

「請你不要開這種玩笑!反而更不好意思了……」

「不,我意外地很認真喔,今晚也打算去夜襲呢。」

「拜託你不要動這種念頭!我還沒做好心理準備……」

「……欸?」

「「…………………」」

大叔說這話只是想掩飾害羞,卻因為路賽莉絲的自爆而使得氣氛變得更尷尬了。

『還沒做好心理準備』,簡單來說就跟在說『等我做好心理準備後,請美味的享用我吧』一樣。

兩人不發一語地低著頭,尷尬的沉默流過他們之間。這年頭的國中生都比他們進展得快。

「「「你們……趕快結婚啦,現充……」」」

不知何時醒過來的孩子們看著他們。

「你、你們醒來了嗎!」

「畢竟是這些孩子,應該滿久之前就醒來在偷看了吧~不過在那種速度下,真虧你們沒被甩下車啊。」

「不愧是伯伯!可是那個大哥實在很過分耶~」

「差點就要死了。我們可不能在實現夢想前死去的說。」

「雖然是為了過著墮落的生活就是了。不過那是我們的夢想。」

「肉……肉~……上面滿是肉汁……」

「凱啊，你究竟做了什麼夢？」

看來馬車的高速也讓孩子們非常難受的樣子。

仔細想想，這個世界裡的人大多都是靠自己的腳來移動，要做長距離移動時也是利用馬車。這世界上沒有會用誇張速度奔馳的交通工具，能夠超越馬速度的動物頂多只有鳥類了。然而斯雷普尼爾不同。

其速度完全不輸傑羅斯的機車，時速可以超過一百三十公里。

而且那是聖獸。若有人擋在前方便會以腳踩殺對方，若是有倒下的樹木就會以雷電使之粉碎。不僅個性兇猛還會殲滅外敵，是相當狂暴的馬。

「不過……傭兵公會有在養斯雷普尼爾嗎？那樣暴衝是不行的吧。」

「斯雷普尼爾是什麼？是魔物嗎？」

「要從這裡開始說明啊……斯雷普尼爾是外型像馬的聖獸喔。雖然和魔物是不同的東西，但個性很兇暴。幾乎不太能被人類馴服，要是有牠看不順眼的東西就會毫不留情的踹開，非常狂暴。主要是作為神話中神所騎乘的神獸而聞名……」

「……那些馬嗎？那是聖獸……看起來非常的兇暴耶？看過那個之後，就連脾氣不好的馬都顯得可愛多了……」

「因為牠們不會讓自己認可的人以外的人騎在背上啊～畢竟是聖獸，所以比這附近的魔物強上了一大截。要是大鬧起來很難應付呢～……如果看到的話建議你們還是別靠近牠。」

聖獸和魔物之間只有一線之隔。

實力上也遠比魔獸來得強，因為特別針對單一屬性發展，所以很難對付。
就算是低等級的聖獸，也有與高等級的魔獸相當的實力。
「好了，既然已經到了村子裡……接下來就是旅館了。」
「這個村子裡有旅館嗎？我完全不熟悉桑特魯以外的地方……」
「不要緊的，修女！」
「我們就算在外面野營也活得下來！」
「只要有肉，哪裡都好……」
「我們可不是白當街童的！」
「在下在和雙親的長途旅行中已經很習慣野營了，沒問題。」
身為孤兒的孩子們就算要野營也無所謂的樣子。真的非常強健。
他們原本就有睡在巷弄裡，靠著翻餐飲店的廚餘過活的經驗。
有著打不死的野狗魂和飢餓精神。說不定比新手傭兵還要強。
「是說你們的夥伴咕咕們呢？我記得牠們搭上馬車了，現在卻沒看到。」
「經你這麼一說……那些雞上哪去了呢？」
咕咕們在大叔等人暈倒後，忽然消失了蹤影。
「牠們該不會被甩下車了吧？」
「那些傢伙應該不要緊吧？牠們也不是那麼簡單就會被甩下去的咕咕。」
「畢竟是我們的夥伴嘛，一定是去找獵物了。」

「如果出了什麼萬一的話就當成肉……」

「凱！那些咕咕是夥伴吧？你真的想吃牠們嗎！」

夥伴是什麼呢？大叔實在無法跟上凱那永無止境的食慾。

要是肚子餓了，就連夥伴都打算吃掉。與其說是夥伴，根本是儲備糧食。

『有什麼不行嘛，小姐。別管這些小鬼們，和我們一起去玩吧。』

『請、請你們放開我！誰、誰來救救我！』

『幹什麼求救啊！這樣豈不像是我們做了什麼壞事嗎。』

『對啊對啊，我們接下來可是要做些開心的事情呢，把人說得像是壞人一樣～可不行喔～』

『『『『咕咕──────────！（有罪！）』』』』

──啪嘰！叩咚！喀鏘！咚叩！喀嘰喀嘰！碰！

「「…………………」」

從大街上傳來了不祥的聲音。

看來咕咕們沒事，還解決了蔓延在村裡的惡徒。

「嗯，沒事就好……看來牠們立刻就很有精神的開始活動了。是牠們的習性嗎？」

「那個……牠們很明顯的制裁的太過頭了吧？傳出了很危險的聲音耶。」

「是他們不對，做出那種會被咕咕們襲擊的事。硬是要搭訕只會給人添麻煩，被幹掉也無話可說吧～」

「還是幫他們治療一下比較好吧？要是之後被告可就糟了喔？」

「不要緊的。妳仔細聽。」

被這麼一說，路賽莉絲便豎起耳朵。

『嘖！這些傢伙還活著啊？』

『趁現在給他們致命一擊，帶去埋了如何？囂張的人渣們，就算失蹤了也沒人會在意吧。要是丟在森林裡的話魔物們會幫忙處理掉的。』

『那些咕咕們真是幹得不錯啊。如果是人的話真想請牠們喝兩杯。』

『這些垃圾真該死死算了！』

『我們家女兒也曾經被他們給纏上過喔？從那天之後就嚇得不敢出門了呢！他們現在這樣也是活該！』

看來壞人們相當受到居民們的嫌惡。這樣也不需要擔心善後的事情了。

「……看吧？」

「這樣好嗎？還是該聯絡一下衛兵，讓他們接受法律的制裁吧？」

「路賽莉絲小姐……法律啊，不是為了人民而存在的喔。只要了解法律，想鑽多少漏洞都能鑽，也能將好人當作壞人來制裁。覺得是法律在保護人民的話，會被當成笨蛋喔？」

「為什麼你說起來會這麼有說服力呢……？是過去曾經被捲入什麼麻煩之中嗎？」

「是啊，我不太想去回憶就是了……親姊姊引發的問題吶……」

他曾有過這樣的經驗。沒錯，法律不一定是用來守護善良市民的東西。

大叔在姊姊的離婚協議中，不知為何被當作證人給牽扯了進去。

夫妻間的事情他是不清楚，但令他驚愕的是其他證人都格外地將姊姊當成一個好人來看待。不管他說了多少姊姊非常毒辣的證詞，因為是先生那方先外遇的，結果以私下和解告終，在未能判明根本性問題的狀況下就閉庭了。

所以法律這種東西根本不能信任。

「唉，那件事情無所謂啦。現在得先找旅館。」

「說得也是。雖說是村子，但都發展到這種程度了，我想旅館應該還是有的。」

「是說孩子們呢？」

孩子們似乎已經先到了大街上，傑羅斯從馬車停車處的小屋稍微往前走之後立刻找到了他們。

然而在他們面前的建築物很有問題……

「伯伯！這個旅館好像有空房喔？」

「粉紅色的看板很令人在意耶？」

「能住的話哪裡都好，有肉吃的話哪裡都好喔？」

「只吃肉會胖的喔？」

「可是為何看板上畫著赤裸的男女呢？感覺不像是旅館啊……」

「「嗚哇————！」」

沒錯，粉紅色的醒目看板上畫有男女交纏的黑色剪影。

這不管怎麼看肯定都是以那種行為為目的的旅館，這種地方實在太不適合帶著孩子們一起住了。在那之前他們根本沒打算讓孩子們住在這種地方，也沒有勇氣進去。

選擇這種旅館是最後的手段吧。

「愛情賓館……原來這個世界也有這種東西啊。唉，畢竟人類是種整年都在發情的生物嘛～是說這裡到底是個怎樣的村子啊……」

「這、這個看板實在太露骨了！要是被人看到從這種旅館裡出來……」

「休息三千金……住一晚六千金啊。就算再怎麼便宜吶～我是不想住啦……」

「到底是誰創設這種旅館的啊……咦？那是……」

看板上大大的寫著「創業三百年．新月夜旅館．TSUKISHIMA」，旁邊不知道為什麼刻有旅館創辦人的名字，名字是「KENJI．TSUKISHIMA」。

「從這名字看來……創辦人莫非是勇者？為什麼會來經營愛情賓館啊，好在意到底是發生了什麼事！而且創業已經過了三百年了！這豈不是百年老店嗎！」

「不會吧，這間旅館最早的經營者是勇者？他到底……是在想什麼呢？」

在長達三百年的歷史間持續經營下來，老店中的老店。而且除了這個村子外，在其他地方也有分店的樣子，已經發展為財團的規模了。

旅館前的告示牌親切且詳細地記載了旅館創業以來的歷史。簡直像是什麼重要文化資產的說明文。

只要這個世界上還有性慾，就永遠都會有使用者吧。

「「「伯伯，我們住這裡吧。感覺好像很便宜耶？」」」

「「這裡不行——————！這裡很明顯就是為了其他目的入住的旅館——————！」」

「唔……有何不可？」

這也不能對孩子們說明。

不，是有必要教導他們性教育，可是不該是在這種地方。

「這裡絕對不行，去找普通的旅館吧……」

「是……啊。這對孩子們的教育也不好……我對那旅館也有點……」

儘管只是見習，但這不是神官該住的旅館。仔細一看附近也有很多在經營旅館生意的民宅。看來這個村裡的主要產業是住宿業和農業。

既然有很多可以住的地方，選擇看起來乾淨又便宜的旅館比較好。

大叔等人決定花一些時間來尋找適合一行人入住的旅館。

◇◇◇◇◇◇

結果一行人決定在外觀有如小木屋般的旅館落腳。

穿過大門後，一位看起來人很好的初老女性在櫃台迎接大叔等人。

「歡迎光臨。要住宿嗎？」

「是的，我們想住個三天。日期有可能會再延長。」

「目前只剩下兩間空房了……不過孩子們應該不要緊吧～」

「錢要先付是嗎，總之這裡是三天份的住宿費……要延長時會再付款的。」

旅館名是「森林樹蔭」。雖然只有六間房，但由於打掃的非常乾淨仔細，讓人可以悠閒地放鬆下來，氣氛相當平靜舒適。和最初看到的旅館簡直是雲泥之差。

木頭的香味和簡單的擺設反而讓心靈十分平靜。

「那麼我帶你們去房間。」

初老的女性在前方帶路，大叔等人跟在她身後。

來到的其中一個房間是給孩子們用的房間，有三層的上下鋪分別設置在左右兩側。

房間本身也相當寬敞，是預設要給傭兵們入住的裝潢。

這時傑羅斯就該注意到了。一間房要給孩子們用代表了什麼意思……

「………真的假的？」

「唔……」

大叔和路賽莉絲被帶來的房間裡，有張大大的雙人床占據了房間中央。

「唔呼呼，兩位請用這個房間吧？不要緊，我懂的。」

「不，男女同住一間房本身就很不妙了……」

「沒、沒錯！有沒有其他的房間……」

「現在沒有其他空房了呢。哎呀，別在意我，兩位可以好好地相愛一番喔～」

「「我們還不是那種關係啦！」」

大嬸用非常棒的笑容豎起了拇指。

「我知道的～你們很在意年齡差距對吧？放心吧，一切都交給我就對了！」

「要、要把什麼交給妳啊……」

「和未婚女性同住一間房實在不太好吧。孩子們的房間還有一張空床，路賽莉絲小姐就睡那……」

「不用這麼害羞也沒關係吧？年輕很棒呢，就算打得火熱也不用擔心喔？這個房間的隔音效果很好。」

「什麼啊！不對，拜託妳聽人說話好嗎！為什麼一直在說那種幫人相親的鄰家大嬸會說的話啊！」

「別在意、別在意。男女之間的關係不透過身體確認是無法弄清楚的嘛，還請別客氣，盡情地享受一番吧。唔呼呼呼。」

這多餘的關心實在太可恨了。大嬸的臉上掛著宛如在說『沒問題，我全都懂。』的笑容，像是覺得自己做了件好事一樣，一邊點頭一邊離去了。

完全沒有發覺這行為是在多管閒事。

傑羅斯和路賽莉絲就這樣被留在現場，房裡充滿了尷尬的沉默。

第八話　大叔對孩子們感到驚愕

大叔和路賽莉絲被留在放有雙人床的房間裡。

光是他們正開始互相在意起彼此，處在這個環境中就絕對不是什麼好事。

幸好這房裡還有放一張沙發。但畢竟還是有可能會發生個什麼萬一，路賽莉絲一臉不安的看著大叔。

「唉……沒辦法。反正枕頭有兩個，我就睡沙發上吧。路賽莉絲小姐換衣服的時候我去外面就好了吧。」

「那、那個……傑羅斯先生也要換衣服吧？特別是雙方都要換衣服的時候該怎麼辦？」

「唉，只要不是全裸，男人被人看到自己在換衣服也沒什麼感覺啦。比起那個，總覺得好像忘了什麼事情……啊，我記得強尼他們是十三歲吧。和女孩子共處一室不太好吧？那個年紀正好是會開始對異性產生興趣的年紀。」

「啊！那、那麼，我跟安潔還有小楓一起睡這間房的話……」

「嗯，反正床很大，這也算是一個解決辦法吧～去問問那些孩子們如何？」

「就、就這麼辦！忽然要睡同一間房，這難度實在太高了。」

路賽莉絲因為緊張而手腳僵硬的打開門，打算走去安潔他們的房裡。

「喂喂，路賽莉絲小姐？妳走路同手同腳喔？」

那動作簡直像是古老的鐵桶機器人。

路賽莉絲帶著一絲希望向孩子們討論分房的事情，傑羅斯也跟著一起過去了，然而……

「「「「否決！修女應該要跟伯伯黏在一起！」」」」

「為什麼～～！」

她的期望被孩子們乾脆地給否決了。

「可是男女共處一室這……」

「我們在孤兒院裡也是睡同一間房啊？」

「修女也差不多該掌握住自己的幸福了。伯伯也有那個意思吧？」

「這樣下去的話妳會跟嘉內姊一起錯過婚期的喔？」

「太好了呢，伯伯！可以有兩個老婆。後宮、後宮～」

「嗯，修女趕快安定下來也好吧。在下也贊同大家的意見。」

孩子們和旅館的大嬸一樣，擁有深厚的理解力。

順帶一提，剩下的一張床被五隻咕咕給占據了，所以已經沒有空床了。

「這下不行了……我想這些孩子完全沒有要分房的打算。妳最好放棄吧。」

「可可可、可是……一一一、一下子要共處一室這、這我會很困擾的～」

「完全亂了手腳呢……在這種狀況下對她出手的話，她也太可憐了……」

「「「伯伯真紳士～！不過我們覺得這個時候應該要出手才對喔？」」」

「你們啊……也未免太懂了吧。你們的心意我是很感激，不過你們是不是太瞧不起我了啊？」

孩子們絕對不是想欺負修女或是以惡作劇的感覺來說這些話的。他們這也算是在擔心路賽莉絲。

只是這無視當事人意願的行為太過強硬了些。

「嗯嗯，我們覺得修女也該獲得幸福啊～」

「眼前既然有條件不錯的對象，就該像野獸那樣吃乾抹淨。」

「Hey！伯伯是塊上好的肉，好好享用吧Yo——！ME——AT！」

「這個假期結束後，修女就要結婚了。」

「強尼……那個不是所謂的『插死旗』嗎？修女會死的喔？」

已經沒有退路了，路賽莉絲只能做好覺悟。

以某方面來說孩子們非常的重視她。這讓她很高興，但同時也是一種考驗。

「……神是敵人。居然給了我這種考驗，我是沒辦法跨越的。」

「我同意神是敵人，不過哀嘆到這種程度我也是有些受傷啊～比起這個，要去傭兵公會了，你們準備好了嗎？」

「「「「當然已經準備好了！」」」」

孩子們並非有正式登錄的傭兵。想狩獵也得先去傭兵公會辦手續，報告關於素材販售及何時會進入森林等預定行程，不然是無法去森林裡狩獵的。這是為了安全起見的必要措施。

要是失蹤了，只要有先辦好這個手續公會就會展開搜索。反過來說，要是沒辦手續，進入森林後下落不明的話也是自作自受，會被放著不管。

無視規定的傢伙死了也不關傭兵公會的事，不過這下就變成親屬得委託公會展開搜索或是尋回遺體、遺物，會額外添增一筆開銷。

這個規定就是為了避免這些問題而訂定的。

「要成為傭兵的話就需要相關的情報，去公會聽聽其他傭兵怎麼說也不錯吧。接下來開始就是為了成為傭兵的修行了喔。」

「要獲取情報得花錢嗎？」

「想要獲得一些關於魔物的情報吧？」

「嗯，我等不知道那座森林中有哪些魔物。」

「或是會被人找麻煩之類的。是很常見的發展呢。」

「肉很好吃的魔物……肉很好吃的魔物……」

孩子們充滿了幹勁。

可是狩獵不像他們所想的那麼簡單。是個不清楚魔物的生態就無法勝任的工作。

「唔……我該怎麼辦……可是萬一真的變成了那種關係的話……啊嗚～」

只有路賽莉絲被現實世界給拋下，獨自困擾著。

最後是安潔拉著她的手，一行人朝著傭兵公會前進。

◇　◇　◇　◇　◇　◇　◇

傭兵公會是個跨越國界，由民間營運的傭兵仲介組織。

有許多的傭兵登錄在此，依據等級接下委託，確保安定的生活。

公會會徵收部分的委託報酬，藉由將大量的委託介紹給傭兵，組織也逐漸發展茁壯了起來。其版圖跨越了國界，如今甚至拓展到了獸人們所居住的領域。

傭兵有時也會被派遣到戰場上，但來自民間的委託占了大多數，基本上都是擔任商人的護衛或是討伐出沒在村莊附近的魔物。而管理去攻略迷宮的傭兵、區分委託的難易度以及在傭兵因委託失敗而死亡時的事後處理，這些也全是公會的工作。

此外公會在調查魔物的生態以及培育新人傭兵上也下了不少功夫，也開設了培育傭兵的專門學校。也有經營慈善事業，經手的工作相當廣泛。

不管怎麼說，公會都肯定是這個世界上必備的組織。

「歡迎來到龍套村傭兵公會分部！今天有什麼事呢？」

「這個村子……叫做龍套村啊。我還是第一次聽說。」

負責接待的女性臉上掛著燦爛的微笑。

在傭兵公會的接待處將名字登記在進入森林者的名簿上。這樣就算不是傭兵，獵到的毛皮和肉，或是魔石和牙等特定部位的素材也可以直接賣給公會，圖一點方便。

傭兵公會的服務非常完善。

儘管多少花了一些時間，傑羅斯等人還是大致聽了一下這些說明。

「因為這樣，獵人們也經常來使用傭兵公會。這次是要讓這些孩子們做狩獵訓練對吧？雖然也得看素材的品質，但不介意的話請讓敝會收購。」

順便當作蒐集情報，大叔和孩子們一起聽了公會的說明，作為往後使用公會服務的參考。畢竟大叔不是很清楚公會的事情。

「販賣素材的話要去隔壁的窗口啊。我想確認一下，這附近大多有哪些魔物出沒？要是有什麼稀有的魔物就好了。」

「最常見的是哥布林和獸人。狼、竊盜鳥，除此之外也有熊和鹿之類的生物喔？啊，最近好像也有看到大蜚蠊出沒。」

「噁～有小強喔～……」

「打得倒嗎？那傢伙動作很快喔。」

「很難。那速度太有威脅性了。」

「而且因為是蟲，又不能吃。肉……」

「要斬殺的話，在下還是認為人型的魔物比較好。蟲該怎麼對應呢……嗯～」

這與其說稀有，不如說是生理上無法接受的魔物。

順帶一提，昆蟲的甲殼雖然是很好的武器素材，不過具有優秀強韌度的大蜚蠊卻很不受歡迎。若是不在意外型，大蜚蠊的素材其實相當實用，卻受到會吃一般家庭廚餘的小型同類影響而被捨棄，是種非常可憐的魔物。

不過說起來孩子們擁有的情報實在太奇怪了。那簡直像是他們親眼見過的口氣，實在不像是第一次出來狩獵的樣子。

「……要是一整群出現的話就逃走喔。我不想當那群傢伙的對手。」

「傑羅斯先生居然說要撤退！那是那麼可怕的魔物嗎？是蟲對吧？」

「不，只是大蜚蠊看起來太噁心了。全長約一公尺的巨大身軀，成群出現的話，我一定會……毫不留情的把牠們燒光的。不管會對周圍造成多大的危害……」

「啊，那的確很討厭呢……又不能用拖鞋打死。」

小強沒有救贖。

不如說要是被大叔碰上，會讓人忍不住想對牠們大喊『快逃啊——————！』

外觀不用說，這或許也是因為牠們沒有可以食用的要素在吧。

「大蜚蠊？是茶色然後很大隻的蟲嗎？那個應該是經常被用來製作鎧甲的優質素材吧……」

「在小楓的故鄉不受人討厭啊～」

「嗯，又輕又堅固。沒有比這更好的素材了喔？為何不用。」

「因為很噁心吧？」

「那個移動的速度啊～……光看就覺得不舒服。」

「會成群出現在垃圾堆裡呢～要是聚集在肉上的話，抖抖抖抖……」

訂正一下，在東方的島國似乎會被用來製作鎧甲。

這下大蜚蠊和強大巨蟑也可以瞑目了吧。

「真奇怪。明明也會把其他的魔物拿來當素材使用，為什麼油蟲（蟑螂）就不能拿來當素材？」

「從使用魔物的屍體這點看來沒什麼差異吧？在下不懂大家為何會討厭成這樣。那不就只是蟲嗎？」

「「「「唔！」」」」

「不，因為那是一不小心就會大量繁殖的魔物啊？不能說是普通的魔物吧……」

「比餓鬼（哥布林）或豬（獸人）來得好吧？素材在很多地方都派得上用場喔。」

「這我是知道，但不是很想使用牠的素材呢～……生理上無法接受。」

文化差異居然會對認知產生如此大的影響。

然而如此備受嫌惡的魔物，在自然界中卻被視為良好的蛋白質來源，連龍都會以牠們為食。

會猶豫的只有具有智能的野獸而已。

「就算不是傭兵也可以輕易地接下史萊姆的討伐任務。要是遇見盜賊或變態請立刻逃跑。雖然是希望能夠抓住他們，不過非正式傭兵的人請全力逃走。如果可以發現並抓住他們那可就幫了大忙了。」

「為什麼要說兩次？比起那個，先不提盜賊，這附近有變態出沒嗎？」

「是的，最近有黑得發亮的肌肉壯漢會一邊說著『來，你們也來鍛鍊肌肉吧！要不要以優美的肉體為目標，流下美妙的汗水啊！在床上……』，一邊全身赤裸的追過來。」

「那個不抓起來不行吧？解決他們也是為了這社會著想不是嗎？」

「因為變態也是有人權的……聽說已經有幾個受害者覺醒成為同性戀了。」

「已經出現犧牲者了嗎！」

接待員相當冷靜。他們也得到了不想聽到的奇怪情報。

沒想到這附近會有變態出沒。

「聽說他是不會襲擊小孩子的，還請放心。還請各位努力提升實力。無論哪個分部都很重視優秀人才的。」

「就算妳用爽朗的笑容這麼說……這裡在別的意義上暗藏著危機不是嗎。」

明明只是想讓孩子們體驗普通的狩獵活動，卻潛藏著對教育有害的邪惡。

可以的話真不想碰上。

「比起那個啊～我們趕快去狩獵吧。」

「我會讓你們見識一下我的實力的！」

「肉肉肉肉肉肉肉肉肉肉肉肉肉……」

「這下終於可以踏出劍術之道的第一步了。在下的太刀正在渴望著鮮血，閃耀地吶喊著啊。」

「不是，妳的刀沒在發光吧？狩獵的基本是要先從簡單的獵物開始吧。」

孩子們的情緒非常高昂。

這時要是說『今天要以蒐集情報為優先』之類的話，這些孩子們一定會暴動吧。

他們很有可能會擅自跑去狩獵。

「還請盡量不要去森林深處喔？經常有新手傭兵或初出茅廬的獵人失蹤。也曾有過之前失蹤的人，三年後被人發現時已經變成了野人的例子在……」

「不，就算妳跟我們說這種特殊的案例也……」

「要是太得意忘形很快就會死了，還請謹慎行事。以上就是所有的注意事項。」

笑著說『進入那座森林就會死喔？』的接待員更可怕。

臉上明明帶著耀眼的甜美笑容，眼神卻完全沒有笑意。

「那麼你們幾個先在這個公會裡蒐集情報吧。既然要去狩獵，魔物的情報是很重要的。根據說的人不同，有時也會獲得不同的情報，所以務必要驗證，以上。」

「「「咦～？伯伯你沒有要告訴我們嗎？」」」

「就算是一樣的魔物，棲息地不同，習性也有可能會改變。經歷靠自己的耳朵去打聽、眼睛去確認的過程才能成為專家。可不會永遠都有人能夠告訴你們，努力去蒐集情報吧。」

「「「好～」」」

「還真是嚴格啊。在下也去蒐集情報吧……」

孩子們開始突襲在公會裡的傭兵們，一一向他們搭話。

「傑羅斯先生……這樣會不會太嚴格了。」

「但是有必要這麼做呢，有時也得直接付錢向情報商購買情報。唉，能不能信任那又是別的問題了，不過要是不親自驗證，讓這些成為自己的經驗那就沒有意義了。」

「自立後一切都得自己負責嗎，祭司大人也說過自由伴隨著責任，正如她所言呢。」

「這祭司大人還真是有男子氣概啊……是怎樣的人啊？」

「船員們都叫她大姊頭喔？是個非常不像祭司的人。也經常喝酒、賭博，或是找人打架呢。」

「不是破戒僧而是破戒祭司嗎……還是該說是黑道？」

在他們兩人眼前的，是孩子們在大廳內東張西望的身影。他們似乎在挑經驗老道的傭兵，刻意避開新手的樣子。

「欸，那邊的漂亮大姊姊！可以告訴我一點關於魔物的事情嗎？我第一次要去狩獵，想要一點情報呢～」

「啊啦啦～說咱漂亮什麼的，哪有這種事兒啊。真害躁呢。」

安潔向女性傭兵小隊的其中一人搭話。

從話中帶點特殊方言這點看來，應該是遠處出身的人。

另一方面，強尼坐上了吧臺，向酒保點了杯酒後，讓杯子滑過吧檯，送到了在附近喝酒的傭兵手邊。

「啊？小鬼，你幹什麼？這是……」

「我請你的。我第一次要去狩獵，想請前輩們稍微指點一下。」

「嘿，還真是個囂張的臭小子啊。挺機靈的嘛。好啊……我就稍微教你一點吧。你想知道些什麼？」

這蒐集情報的方法完全不像是小孩子。

拉維的情況則是……

「欸，你們怎麼啦……很沒精神唷？」

「沒啦……我們狩獵失敗了。」

「我覺得在這邊消沉也無濟於事喔？現在應該要想想為什麼會失敗，討論一下應該要怎麼做會比較好吧～？今天的失敗能不能聯繫到明天的成功，要看你們自己的態度不是嗎？啊，我說這話是不是太囂張了？」

「不……你說的對。這世界上沒有不會失敗的人。而且以等級來說那是我們可以打倒的對手才對。」

「稍微清醒過來了。沒錯……是我們的作法不好。得先從這裡開始檢討才對。」

「嗯嗯，積極一點吧。啊，我可以一起聽你們討論嗎？我第一次來狩獵，想要參考一下前輩的經驗。」

他向狩獵失敗的傭兵們搭話，問出詳情，以他們反省的點作為參考，打算活用在自己的狩獵活動上。而且連語氣都變了，做得非常徹底。

手腕相當高明。在蒐集情報上可說是天衣無縫。

「咦？凱不在喔？他去哪裡了？」

「他剛剛好像從那個門走到裡面去了喔？」

「抱歉，請問那個門後面有什麼？」

「啊啊，那裡面是支解場。會在那裡支解打倒的魔物，販賣給商人喔。」

接待員親切的告訴了他們。

他們在意地看了看裡面後，只見體型胖嘟嘟的凱正在和負責支解工作的員工說話。

「說到好吃的肉，應該是侏鷺蜂鳥吧？在這附近會在拔毛跟去除內臟後，稍微用一點香料調味呢～

然後整隻拿去油炸，再從頭開始咬下。」

「喔喔～那麼好吃嗎？可是那是小鳥吧，不會很難捕獲嗎？」

「雖然是動作很快的鳥，但也是有捕獲的方法喔。把史萊姆的核磨成粉，和磨碎後的黏黏米根混在一起之後，就能做出非常具有黏性的黏著物。只要把這個塗在樹枝上，就能捕獲牠們了。」

「哦～我是不是該試試看呢～」

「小鬼們都會靠這個來賺零用錢喔？城裡不會這麼做嗎？」

「城裡附近沒有什麼魔物啊。就連史萊姆都很少見。」

從意外的方向蒐集到了情報。

最後是小楓，然而她站在懸賞告示板的前面。

「嗯……那麼這個黃字的是不問生死嗎？紅字則是完全要抹殺的對象。可是這女人做了什麼？」

「聽說是盯上了公爵家少爺的組織的殺手。實力很高強的樣子。」

「哦……那在下還真是想跟她交手看看呢。」

「放棄吧，這對小姑娘妳來說還太早了。會被對方反將一軍的喔？」

無論到了哪裡都渴望著鮮血的高階精靈少女。

而告示板上張貼著大大的通緝犯畫像，那是用以前大叔所畫的親屬的畫像製成的。而且把他畫的各種版本全都用上了。

「……那孩子比起狩獵，更想和人決一死戰啊。唉，雖然大概想像得到……」

「不過……那些孩子們還真是擅長蒐集情報呢。完全不像是小孩子。」

「這個啊～是因為他們平常就在做類似的事情吧～我想以某方面來說，這些孩子的手腕比嘉內小姐她們還要高明。問話的對象也是有挑過的，是慣犯呢。可以理解……」

孤兒院的孩子們所有人都擁有某種交涉能力。

而且熟練到了相當不尋常的程度，真不知道他們是從哪裡學會這些技巧的。

不，說不定就因為是孤兒，所以他們為了生存自然而然的就學會了。

為了保身而培養出了觀察人的眼光，去市場等處從商人們的日常對話中偷學話術，甚至會利用自己看起來幼小這點來巧妙地蒐集情報。

孩子們超乎想像的狡猾，讓人害怕他們未來的發展。

「他們到底是何方神聖啊？這可不是小孩會有的手腕。」

「那些孩子們在我不知道的期間成長茁壯了呢，總覺得有些寂寞……」

獲得情報的孩子們聚在一起，一邊相互交換手中的情報，一邊盤算著各種計畫。

以傭兵來看，他們的團隊合作技巧是一流的。只要累積經驗，應該可以立刻升為上級傭兵吧。問題是不能輕忽大意。

「伯伯，今天去獵些史萊姆或兔子吧。我們想先從簡單的對手開始試試。」

「不……我還有什麼東西可以教你們的嗎？你們在某種意義上來說根本是專家啊。」

「在下希望可以趕快與人決一死戰。和高手的對決才是使劍術登峰究極之道。」

「沒有狩獵經驗的新手得在訓練所接受一年的指導才行，我們沒有那種多餘的時間可以浪費。」

「ＭＥＡＴ……多麼美妙的發音啊。魚、鳥、豬、牛、羊……有許多的肉在等著我們。嚇嚕嚕……」

「「……真的很強呢。」」

就算沒有監護人同行，光靠孩子們感覺也能順利完成吧。兩人不禁這麼想。

在龍套村的周圍，有片連接著法芙蘭大深綠地帶的廣大森林。

然而那裡的魔物從沒來過這個村裡。

因為那需要超乎想像的勞力。

畢竟中間有好幾座標高三千公尺級的高山綿延著，要是不想辦法多次越過標高較低的山間，是到不了這一邊的。順帶一提，大叔越過了那裡……

再者，如果繞一大圈遠路，是可以到達法芙蘭大深綠地帶，不過要去那邊單程就要花上三天時間吧。以前鍛鍊瑟雷絲緹娜他們的地點就是那裡。

只是從桑特魯城往東北移動還是往東南移動的差異而已。

不過靠馬車移動的話，到這兩者間的距離明明是相同的，但馬換成了斯雷普尼爾，只要半天就到龍套村了。聖獸的腳程快得超乎常理。

也就是說傑羅斯等人比預期的還要更早抵達這個村子。

拜此所賜，他們還有空去獵個小型魔物。

「好了，可以狩獵的時間頂多只有三個小時。你們必須在這段時間內打倒小型魔物，並且支解牠們。」

「「「是，長官！」」」

「目標是一人一隻。要合作還是要獨自狩獵都行。自由地思考並行動吧！」

「「「是，長官！」」」

「唉，畢竟是第一次狩獵，為了明天保存體力，去採集一些材料回來也行。交給你們自己選擇。」

「「「我們了解了！司令官大人！」」」

「好，回答得不錯！去狩獵吧！」

「「「好的，老大！」」」

「嗯，首先要找簡單的魔物啊……」

「那個……為什麼最後是老大？不貫徹軍隊風到最後嗎？」

無視路賽莉絲的吐槽，孩子們衝進了森林裡。

咕咕們也跟在後頭。

「我們也走吧。雖然只是猜測，不過我想我們馬上就會追上他們了。」

「咦？可是他們是用跑的進去森林裡耶？」

「小動物的戒心很強。只要有一點聲音就會馬上躲起來，所以為了尋找獵物的蹤跡，他們應該會停下腳步的。」

「喔……」

大叔一邊哼著歌一邊和路賽莉絲走進森林。

正如大叔所言，孩子們在進入森林裡的不遠處尋找生物的蹤跡。

「嗯……沒有腳印呢。不過總覺得有什麼東西在。」

「這裡有糞便喔？因為是綠色球狀的，應該是森林兔。」

「這裡則是有茶色的毛……是什麼呢？」

「沒有菇類。唉，在這種入口附近沒有也是當然的啦～」

「不獵肉就沒有肉吃。先來找肉吧。」

他們謹慎的在附近探索，雖然找到了生物留下的痕跡，但是還不知道在哪裡。

只要將魔力集中在五感上，是可以提升感知的能力，可是這麼做很耗魔力，只能在短時間內使用。

所以他們決定輪流探索。

現在去探索的是小楓。小楓是精靈，在森林內的感知能力相當高。看來他們一開始就派出了王牌。

「……有了。在附近……從聲音聽起來體型不大，恐怕是兔子吧。還有其他的氣息……這是蛇嗎？」

「好！那麼就照預定的計畫繞過去包圍牠們。」

「目標是哪個？兔子？還是蛇？」

「兩個都是。用弓從樹上狙擊吧。」

「可是不知道蛇在哪裡喔？」

為了順利捕獲獵物，他們訂定了作戰，並且立刻實行。

他們盡可能的不發出腳步聲，靜靜地跑著。那動作比小偷還要安靜，厲害得讓人看不出他們是第一次來狩獵。

「……那些孩子們本來就有做過隱藏氣息的訓練嗎？以第一次來說動作意外的俐落呢，該不會是用城裡的行人來做練習吧？」

「那不是跟蹤嗎？就算沒被發現地累積了很多經驗，老實說還是不值得誇獎的行為。」

「跟蹤啊……依據狀況不同，說不定會目擊到一些對方不想被人看到的現場呢～」

在傑羅斯他們聊著這些事情時，狀況有了變化。

「啊，發現兔兔了！」

爬到樹上觀察周遭狀況的安潔發現了獵物，利用手勢告訴夥伴們獵物的所在地。

看到她手勢的強尼向位在附近的小楓打了暗號後，小楓也一樣對其他的兩個人打了暗號。

大家一邊確認兔子有沒有移動，一邊謹慎地繞過去包圍住兔子，拉弓預備。

「……動作俐落得不得了。他們真的是第一次狩獵嗎？」

「真是驚人的團隊合作……」

愈了解愈覺得這些孩子們的能力實在厲害得嚇人。雖然知道他們的技能等級很高，但沒想到他們能夠以小隊的形式合作行動到這種程度。

然後，在他們準備要放箭的時候……

——沙啊啊啊啊啊啊啊啊啊啊啊！

兔子忽然被從草叢中竄出的蛇——「蝮蛇」給咬住了。

「「「「就是現在！」」」」

五人一起放箭，貫穿了腹蛇的頭部和兔子。

「雙殺！怎麼可能，難道他們是算準了要這麼做的嗎！」

「不會吧……那些孩子們，好強……」

推翻了魚與熊掌不可兼得的諺語，一下子便展現出了奇蹟般的技巧。

「意外的簡單呢。」

「沒能提升等級啊……唉，這也沒辦法。」

「要支解了喔？肉肉肉♪」

「太簡單了。得去找下個獵物才行。」

「這個能夠當作是零用錢嗎？」

孩子們喜孜孜的開始支解起獵物。

支解的技巧也十分精湛，實在不像是外行人。

看到這樣的孩子們，大叔也只能低聲說句「Oh——Miracle」。

這些孩子們到傍晚天色暗下來之前，總共獵了六隻兔子、七隻蛇、三十一隻史萊姆。

第九話　大叔的災難

溫暖的陽光從窗邊照射進來，外頭傳來小鳥們的啁啾聲。

昨晚沒怎麼睡好的路賽莉絲從床上醒來，用手揉揉惺忪的睡眼。

她平常早上就很難清醒，光是要爬起來就得費一番力氣，早上的意識不是普通的不清楚。

她好不容易才理解到自己住在旅館裡，但是除此之外的事情全忘了，所以她為了做平常日課的淨身儀式，搖搖晃晃地走向了浴室。

雖說是淨身儀式，但不是神社寺廟在做的那種修行，而是四神教慣例會做的日課。這行為不是真的具有儀式的含意。只是以鍛鍊精神為名，要見習神官學習規律等協調性。

只是一旦養成習慣了就很難改掉，所以路賽莉絲幾乎是在無意識的情況下和平常一樣來到了更衣處脫下衣服。

而和年輕女孩在同一間房內的大叔也為了讓自己清醒一些而跑來沖澡，洗好出來時正好撞見了人在更衣處的路賽莉絲。

「呼……清爽多……了……呃！」

全身赤裸、一臉茫然的路賽莉絲，和剛淋浴出來的大叔

時間停住了。

「「…………」」

大叔看著眼前的景象僵住了。而且因為是男人所以無法移開目光。

而到現在還沒完全清醒過來的路賽莉絲果然還是用迷茫的眼神看著大叔。

只是隨著時間經過，腦袋也會漸漸清醒——

「唔喔喔喔喔喔喔喔喔喔喔喔喔喔喔喔喔喔喔喔喔！」

「呀啊啊啊啊啊啊啊啊啊啊啊啊啊啊啊啊啊啊啊啊啊啊！」

——然後時間動了起來，兩人同時發出了哀號及驚叫聲。

幸好這個房間的隔音很好。

雖然是題外話，但大叔在心底發誓，他一生都不會忘記今天看到的美好景象……

早餐時間，傑羅斯和路賽莉絲之間滿是尷尬的氣氛。

無視他們兩個，孩子們活力充沛的大口吃著飯。他們簡直像是在戰場上一樣俐落的夾菜，把桌上的食物全都納入胃袋中。

他們用旁邊的牛奶將塞滿口中的食物一口氣吞下，不知為何所有人都在同樣的時間點上做出一樣的行動，同步率也太高了。

「……為什麼大家這麼同步啊？感情也太好了吧……」

「……啊嗚～」

路賽莉絲臉紅的頭上都冒出煙來了。

看來等她復活得花上一段時間。光是有慢慢地在吃早餐就不錯了吧。

「啊～吃飽了、吃飽了。好了，今天要以什麼為目標呢？」

「嗯～……森林灰熊如何？」

「昨天沒能提升等級對吧？要不要鎖定大型的魔物？我覺得野狼不錯喔！」

「在下希望是獸人。昨天一次都沒用上太刀。」

「只要肉可以吃的傢伙都行。」

跟以前路賽莉絲所預想的一樣，他們果然想要以大型的魔物為目標。

孩子們的技能等級太高了，反而很難提升身體等級。所以只能瞄準大型魔物了。

「要以大型魔物為目標的話，為了運送獵物得買信號彈才行呢。旅館好像也有在販售的樣子，可以去問問看櫃台的大嬸喔？」

「「「喔～～在旅館也能買道具啊～」」」

「應該是放在櫃台角落的筒狀物吧。嗯，服務還真好啊。」

「小楓看得真仔細呢～那麼我們趕快去買吧～」

「「「喔～！」」」

就算在森林裡打倒了大型魔物，也沒辦法就這樣運送回去。所以人們開闢森林，鋪設了一條讓搬運馬車可以運行到狩獵場的路。傭兵公會的搬運馬車會以固定的路線巡迴，販售的信號彈就是用來呼叫那個搬運馬車的。

在打倒大型魔物時呼叫這個馬車來是常識，幫忙把獵物抬上馬車也是常識。

「大嬸！妳有在賣信號彈嗎？」

「哎呀哎呀，你們想挑戰大型魔物嗎？真勇敢呢～當然有在賣喔。」

「是啊，我們要去狩獵美味的肉～♪所以我們想買五個信號彈。」

「不是肉而是獵物吧。唉，打倒了的話也能得到肉就是了。」

「在下的目的只有斬殺喔？狩獵只是順便的。」

「好～一人一個就好了嗎？」

將信號彈裝入紙袋中的大嬸，看到路賽莉絲和大叔的身影後便露出了滿足的笑容，不管怎麼看都是多管閒事的鄰居大嬸會有的笑臉。

「哎呀哎呀，昨晚好像過得很熱情呢？嗯嗯，年輕真好啊～」

「「不是這樣的！妳誤會了！」」

「我知道的～你們希望我當作是這樣對吧？畢竟小姐看來是神官，卻和本應感情不好的魔導士成了年紀有差距的情侶呢～不要緊，大嬸會幫你們加油的。我看你們兩個滿相配的，昨晚一定很激烈吧？真令人羨慕啊～♪」

「妳、妳是指什麼啊！我、我們，才、才才才、才不是那種關係！」

「哎呀哎呀，害羞了啊，呵呵呵。真是純真啊，我以前也有過和小姐妳一樣的時候喔？第一次的隔天格外在意老公，現在回想起來都覺得不好意思，不過非常幸福呢……現在都已經有孫子了，還真是令人懷念啊～」

「啊～……有這種人呢……完全不聽人家說話就單方面地一直說下去的人……」

這種類型的人大多都不聽人說話。路賽莉絲愈是否認，就愈會陷入名為大嬸的泥沼中。這個大嬸是深不見底的……

『唔嗯～……雖說是不可抗力，但我直接就盯著看了吶～真尷尬……』

『啊嗚……我明明想要忘記的，為什麼又聽到了這種會讓我回想起來的事情呢～……太丟臉了，我都想挖個洞把自己埋起來了。』

「是第一次吧？他對妳溫不溫柔啊？」

「「拜託妳，不要再問下去了～～！」」

大嬸毫不留情的往那個方向去想了。

她完全不會顧慮他人，毫不留情的穿著鞋子用力地踏進了人家的心，挖人隱私。而且因為沒有惡意反而顯得更惡劣。

不管在哪個世界，不懂得顧慮他人也不知收斂的大嬸都很煩人。對於被纏上的人來說簡直是災難。

總之非常纏人，而且很煩。

想辦法甩開旅館的大嬸後，傑羅斯和孩子們再度進入了森林裡。

今天是目的是提升等級，所以要認真的開始狩獵了。

然而困擾的是，傑羅斯根本沒有什麼可以教孩子們的。畢竟他們已經自行規劃了狩獵的方式和支解方法，更因為咕咕的訓練使得他們的實力遠勝一般的新手。

雖說沒有父母孩子也會成長，但這些孩子們的行動力和實力跟一般的孩子相比顯然不太正常。

擁有這般誇張潛力的孩子們排成了一列。

「好了，今天考量到你們的實力，我們要稍微進去更深的森林裡狩獵。各自和咕咕們搭檔，獨立或是和搭檔一起狩獵吧。大型魔物則是為了安全起見，請所有人一起對付。注意要隨時保持聯繫。」

「等等，傑羅斯先生！這麼做太危險了吧？」

「會嗎？這些孩子的實力已經完全有專家的等級了。他們欠缺的只有經驗，也已經可以巧妙的運用自己擁有的技能了。接下來只要提升等級就行了。」

「可是這些孩子們還小喔？不能一下子就要他們單獨去狩獵吧！」

「也有咕咕隨行當護衛，只要不亂來，我覺得他們辦得到喔。唉，為了保險起見我也準備了可以得知他們所在位置的道具，要是有什麼萬一的話我會過去幫忙的。畢竟他們都是些死在這裡太過可惜的人才啊。」

大叔一邊將以前執行茨維特的護衛任務時所製作的道具發給孩子們，一邊說。

那時候他雖然裝備了面具型的感應器，但這次稍微縮小了體積，改成了眼鏡。外觀看起來就很可疑的大叔戴上了眼鏡後，又顯得更詭異了。

看過昨天的狩獵狀況後，他已經了解到孩子們的欲望高得嚇人了。

雖然動機不太單純，不過擁有目標並主動做有效率的鍛鍊，這也算是某種才能吧。所以傑羅斯才打算讓他們單獨提升自己的實力。

「沒事的，修女。我們可沒那麼弱喔？」

「我們為了這一天一路訓練過來。一定會達成任務給妳看的。」

「別擔心，夥伴也在，總是有辦法的！」

「而且將來要一邊吃肉一邊過著自甘墮落的生活～我們要朝著夢想勇往直前。」

「在下等人要在這裡獲得更多的經驗，踏出邁向更高境界的一步。就算是修女，在這時阻擋我們的腳步，不覺得太不識時務了嗎？」

孩子們將戒指放在手掌上玩弄著，同時充滿活力的回答。

實在很可靠。

「路賽莉絲小姐要不要也提升一下等級？畢竟魔力增加了的話，也更能使用回復魔法吧。」

「這……說得也是呢。以治療來說魔力也是愈多愈好，要是把毛皮之類的拿去賣，也能增加孤兒院的經費。」

「辛苦了呢。不過畢竟是休假，賺點可以自由花用的錢也無所謂吧？光是販售曼德拉草的收入還不夠嗎？」

「曼德拉草雖然帶來了不少的收益，可是還是得存些錢以防萬一才行……要趁現在為了可能出事的時候多做一點準備。」

路賽莉絲的孤兒院照顧的孩子只有這五個。

蔬菜等食材很便宜，目前沒有什麼買不起的問題。可是醫療用品的物價經常會有起伏，特別是魔法藥的價格會因為購買店鋪的不同有很大的落差。

能夠以穩定的價格販售的只有規模較大的商家。

一行人這樣那樣的出發後，在森林裡走了約三個小時，踏入了危險的地區。

接下來就是不能大意的區域了。

「這附近有大型魔物嗎？」

「稍微往裡面走一點吧？說不定會有什麼。」

「沒有巨大的山豬嗎？好像是叫大魔豬？」

「好像也有叫突進魔豬的魔物在喔？會一直朝前方猛衝的傢伙。」

「什麼都好。在下只想盡快拔刀。」

「「「總之就是這樣，突擊——————！」」」

「等等，你們幾個！不管再怎麼說都興奮過頭了吧！小看狩獵的話……」

——咚！

這時大叔的身體突然飛到了空中。

本人雖然也搞不清楚發生了什麼事，但是眼下有輛搬運馬車以高速衝了過去。

而且還是由三頭斯雷普尼爾拉著的馬車。

「咿————哈————！不要擋在老子的Ｒｏａｄ上啊！本大爺會輾過所有擋路的傢伙，能在後頭的只有絞肉而已！嘎哈哈哈哈哈哈！」

大叔被馬車給撞飛了。

那台瘋狂馬車揚起塵土消失在遠方，而大叔就這樣摔到了地面上。

「呀啊啊啊啊啊啊啊啊啊啊啊！傑羅斯先生————————！」

「完全被輾過……不，是被撞飛了……」

「伯伯，你沒事吧？」

「不好好防備周遭是不行的喔？」

「……那不是有所防備就能對應的速度喔？宛如疾風般～感覺的狂風……還真是氣勢如濤啊。」

「伯伯，你還活著嗎？」

「可、可惡……那傢伙果然是……『急速‧喬納森』嗎……咕嗚！居然會僱用……那種傢伙……看來到處都……缺乏……人手……啊……」

在意識逐漸消失的情況下，大叔肯定了。

那輛瘋狂馬車的車夫就是在「Sword and Sorcery」裡駕車輾過他的召喚士。

在對這可說是天敵也可說是仇敵的人物居然出現在這個世界，而且還成了傭兵公會的員工一事感到疑惑的同時，傑羅斯的視野被黑暗給籠罩了。

「啊，死了……」

「怎麼辦？要埋葬他嗎？」

「在那之前先幫他祈禱吧。祈禱完再埋。」

「反正伯伯也不能吃，要是變成殭屍就糟了。請拯救這可悲罪人的靈魂吧……」

「「「阿阿阿阿阿阿阿阿阿阿阿門門門門門門門門門門門！」」」

孩子們超級殘忍。

他們不知為何雙手拿著劍跟小刀，將兩者疊成了十字。像是隨時都要給傑羅斯最後一擊的樣子。

大叔雖是個作弊玩家，但不是吸血鬼。

「你們幾個，不要擅自把人家當作死人！傑羅斯先生還活著喔！而且那個奇怪的祈禱方式是什麼！」

「被那樣撞到居然還沒死…傑羅斯閣下意外的強壯啊。」

只有一個人在擔心大叔。太可悲了。

在這之後，被真的生起氣來的路賽莉絲追著，孩子們一溜煙地逃離了狩獵場。

對他們來說，打屁股是絕對敬謝不敏的恐怖懲罰。

◇◇◇◇◇◇

「唔……這裡是……」

醒來後，傑羅斯發現自己躺在一棵大到不知道樹齡有多少年的樹木旁。

路賽莉絲也靠在樹上睡著。

看來他正處在令人既開心又害羞的膝枕狀態下，總覺得有些不好意思。

「居然在狩獵場暈了過去，沒出現什麼難搞的傢伙真是太好了。要是出現哥布林或獸人那種玩意可就糟了。不過話說回來，沒想到那傢伙也來到了這個世界……」

對「Sword and Sorcery」的玩家來說，「急速・喬納森」這名字相當有名。然而這名字只是看到他的玩家擅自取的綽號，沒人知道他的本名。

由於他神出鬼沒又總是隱藏著自己真正的樣貌，還使用「偽裝」技能刻意修改了自己顯示出來的能力參數，所以除了他那誇張的行為和是個召喚士這點，是個一切成謎的人物。

玩家們有一段時間還認為他是由遊戲營運公司送進來的管理員，流傳著許多關於他的臆測。而被他那誇張又亂來的行徑給牽連的受害者也非常多，如同之前所說的，大叔也是受害者之一。

「不過……年輕女孩睡在這種地方實在不太好吧。要是被壞人偷襲該怎麼辦啊？」

因為兩人昨晚都沒什麼睡，所以她才會不小心睡著了吧。

可是這裡是狩獵場。傭兵中也有不少會竊取他人財物或是襲擊他人的傢伙，不做任何防範就睡著是相當危險的事。

傑羅斯起身確認自己的裝備，發現沒有被偷走什麼東西而鬆了口氣。

「唔……嗯……咦？這裡是……」

「啊，妳醒了啊。在狩獵場睡著有些太大意了喔？」

「睡著？……啊！傑、傑羅斯先生！那個，你的身體還好嗎……」

「幸好沒有大礙。沒想到那傢伙會在傭兵公會裡……」

「你認識那位車夫嗎？」

「以前……我曾經跟今天一樣，被他的馬車給撞過。肯定是那傢伙吧……」

這對大叔來說是不願回想起的過去。可以的話根本不想再見到他。

「那個～如果是認識的人，只要提醒他，他應該就不會那麼失控了吧？」

「他可不是人家提醒就會收手的傢伙啊。實際上現在也是，妳看……」

大叔伸手指著森林裡——

「啊————！」

「嘎噗啊哈————！」

「啾噗拉呸啊————！」

「礙事，你們這些混帳傢伙全給我讓開！不管有多少人，都不准擋在我的面前，My Honey可是興致勃勃地說要撞飛你們呢！你們這些該死的猴子！嘎哈哈哈哈哈哈哈哈哈！」

馬車一邊以駭人的速度奔馳，一邊撞飛來狩獵的傭兵們和魔物。

畢竟拖著馬車的是以在地面上擁有最快的速度為傲，屬於聖獸之一的斯雷普尼爾。是只要跑起來就停不下來的狂馬。

狩獵場在別種意義上被弄得一團亂。而且原因不是魔物，而是人……

「他的工作好像是幫忙搬運其他人打倒的魔物……可是妳覺得他是會聽別人說話的人嗎？」

「感覺……不會聽呢。在躲開馬車前就會被撞上了吧。太慘了……」

「在大規模的多人共鬥作戰時也有很多人成了他馬車下的犧牲者。因為他以那個速度撞飛了在前線戰鬥的人，直接朝著成群的惡魔或獸人軍團展開突擊……那種人卻是召喚士，真的很怪。」

傑羅斯一派輕鬆地說出了「你沒資格說這種話吧！」的話。

在「Sword and Sorcery」裡使許多人受害，如今在這個異世界裡也持續在量產犧牲者的召喚士。雖然不知道他在追求什麼，但不管怎麼想，他和大叔都是同類。

「唉，先不管他的事情，孩子們上哪去了呢。」

「傑羅斯先生你被撞飛後，那些孩子們就分頭去狩獵了喔？」

「……既然不知道他們的位置，就去繞狩獵場一圈吧。」

「說得也是……那我們走吧。」

追著先去狩獵的孩子們的腳步，大叔他們一手拿著狩獵場的地圖，兩人感情很好地一起離開了。就這樣將被馬車給輾過的傭兵們放著不管……這兩個人也是很過分。

現場只剩下呻吟著求救的傭兵們。

◇◇◇◇◇◇

〈狀況1　安潔＋楓＋兩隻咕咕的情況〉

安潔和小楓兩個女孩子組成一隊，帶著兩隻咕咕（狂野咕咕的亞種「黑帶咕咕」和「劍道咕咕」）在森林裡散步。

這組成在探查能力上雖然有些缺陷，但身為高階精靈的小楓彌補了這個問題，讓她們一路上沒遇到什麼魔物，順利地來到了森林深處。

精靈的能力在森林裡會大幅地上昇。算是一種地形效果吧。

她們在找的是用雙腳步行、有著豬臉的魔物，獸人。

獸人的外型與人相似，也具備使用武器的智能。與外表不同，相當強壯，覆蓋全身的剛毛非常堅硬，防禦力也很高。個性極為好戰。作為會襲擊其他種族來不斷繁殖的色情魔物來說十分有名。

兩人沒過多久就發現了她們的目標，立刻藏身在林木之間。

不過幾個已經在和獸人戰鬥的傭兵身影闖入她們的視線範圍內，看來有人搶先一步了。

「小楓～要怎麼辦？已經有人搶先開打了喔？」

「嗯……不過對那些人來說負擔似乎太重了些……除了這些之外好像還有三隻獸人在，他們判斷打不贏就會立刻撤退了吧。」

她們一邊躲藏，一邊把手放在太刀上，或是擺出隨時可以拉弓射箭的架式。

接著如同小楓所預想的，傭兵們爭先恐後的逃走了。既然打不贏獸人，這些人恐怕是新手傭兵吧。光是懂得牽制魔物爭取時間並決定逃跑，就已經算是做出冷靜的判斷了。

「走了嗎，唔？」

「獸人往這邊來了喔？要怎麼辦？」

「兩隻獸人由我等負責。剩下兩隻就交給咕咕們。」

「「咕咕！（了解！）」」

咕咕們如同疾風般越過她們，朝著打算會合的獸人們衝了過去。

「咕咕———！（豪風直拳！）」

「咕咕咕咕！（雞昇閃！）」

一隻獸人遭受強力的打擊後撞上了樹木，另一隻則是從腹部被一口氣給斬裂開來。

咕咕們下手毫不留情。完全是一擊必殺。雖然單純是因為對手太弱了也說不定……

小楓衝向朝著她們走來的獸人，以居合斬的要訣給了對方一擊。

「留下你的腦袋——————！」

精靈少女真的很狂。

這一擊將脖子連著頸椎一起斬斷，從傷口處噴出了大量的鮮血。

完全是一擊必殺。

「嘿！『疾風影矢』！」

安潔射出的箭矢貫穿了獸人的雙眼，小楓一口氣逼近痛苦的獸人。

同時拔出脇差，以居合斬砍斷了獸人的頸動脈。

就算獸人的再生能力很強，主要的血管被切斷還是不可能輕易地癒合。

她在失血過多而倒下的獸人額頭上刺下了致命的一擊。

「搞定了喔？」

「嗯……好像升級了，但感覺沒變強多少呢。」

「和魔物之間沒什麼等級差距的話，好像不會升太多級喔？」

「原來如此……這就是所謂的格差社會嗎。」

以某方面而言這話也沒說錯。這個世界就是看格（等級）在說話的社會。

「想要去狩獵更有成效的魔物呢。」

「嗯，這些傢伙太貧弱了。」

技能等級高得不尋常的她們，想提升等級就得打倒更強的魔物，或是連續打倒好幾隻魔物才行。

雖然這裡偶爾會出現強力的魔物，可是大多都會被其他傭兵給打倒。能不能遇上完全看運氣。

「嗯？剛剛那塊石頭……是不是動了？」

「石頭？唔嗯……那個嗎？」

安潔從四散在森林裡的岩石中發現了一塊會動的石頭。

從那塊石頭下長出了被堅硬甲殼給包著的腳，最後現出了魔物的身影。

外型看來像寄居蟹，特徵是甲殼上有著藍紅斑紋的生物。是「岩殼蟹」。

由於這是一種擁有可以擬態為岩石的硬殼，以動物的屍體為食的魔物，所以又被稱作是「狩獵場的清道夫」。儘管身體很適合食用，但因為外頭有堅硬的殼包著，無法輕易打倒，還會使武器嚴重損耗，所以也是種容易被人厭惡的生物。

「那個不適合用劍或弓對付吧？」

「那應該比較適合用打擊武器來應對，可惜我等手上沒有那種武器。」

斬擊類的武器沒辦法破壞硬殼，反而會傷到刀刃，受到的損害大於給予魔物的傷害。

「咕咕——！（氣功掌！）」

「「喔喔！」」

在她們因為手上的武器無法打倒魔物而想不到好方法時，黑帶咕咕使出了可以破壞對手內部的招式。安潔和小楓因此發現了對付岩殼蟹的方法，一臉恍然大悟的樣子。

既然不能用斬擊，只要利用打擊，直接對魔物的身體內側傷害就好了。至今為止她們都有在做近身戰鬥的訓練，所以這也不是她們使不出的招式。

「原來如此，用那招就行得通了。」

「這裡有很多岩殼蟹，是大賺一筆的好機會呢♪」

因為肉質鮮美，作為食材來說有很高的需求性，殼和甲殼也可以拿去製成武器或防具，而其藍色的血液也是重要的藥品調和材料，所以岩殼蟹的素材相當受歡迎。

可是因為加工麻煩到會讓工匠哭出來，所以不管是拿去做料理、裝備還是藥品，售價都不低。

讓初出茅廬的傭兵被認可為足以獨當一面的傭兵，那登龍門之道就是岩殼蟹的裝備。

兩位少女喜孜孜地襲向魔物。

而且還是赤手空拳。咕咕們則是負責戒備周遭的狀況。

——咚！砰！咚咚！啪嘰！

不管外頭裹著多堅硬的甲殼，只要直接給予內側傷害的話，魔物也無法擋下這些攻擊，只能單方面地被踢擊和拳頭給打倒。

使出打擊的瞬間灌入魔力波動，在這攻擊之下，防禦力根本沒有任何意義。

和有等級差距的咕咕們的訓練，讓她們的實力遠遠超乎常人。

少女們往後的發展實在很令人恐懼。

「嗯，大概就先這樣吧。要用信號彈嗎？」

「也是。收拾完這裡後再稍微往裡頭走一點吧。」

安潔拿起信號彈後，依照說明，舉起筒子，拉動手邊的線。

伴隨著「砰！」的聲音，火藥一邊在高空中發出光芒。一邊噴灑出藍色的煙，

過了一會兒，一輛馬車上傳出瘋狂的笑聲，同時以驚人的速度衝了過來。

傭兵公會的搬運馬車動作非常迅速。可能只有這輛馬車特別快就是了……

這一天，大量的岩殼蟹被搬進了龍套村。

這是日後被稱作「紅髮安潔」和「羅剎姬」的兩位S級傭兵的出道戰。

傭兵公會對她們這次的成果讚賞不已。

在倍受期望的新人誕生以及繳納了大量岩殼蟹這兩層意義上……

◇◇◇◇◇◇

大叔和路賽莉絲一邊尋找孩子們的身影一邊走在森林裡。

因為事前有讓他們戴著具有類似GPS功能的戒指，所以看地圖大概可以知道孩子們在哪個區域。

「嘿咻！」

路賽莉絲發出可愛的聲音，同時用晨星錘敲碎昆蟲形的魔物。

她背上背著鳶盾，打倒了一群擁有甲殼的魔物「角甲蟲」。

以素材來說這是連三流都稱不上的魔物，肉又有一種難以言喻的澀味，不適合拿來食用。正因為不

受歡迎，沒什麼人願意狩獵而在此大量繁殖，可是這魔物又會來妨礙狩獵，非常煩人。

雖然這麼說，在經驗值上還是很賺。

「從這魔物身上只能拿到魔石呢～而且品質還很差，難怪不受歡迎～」

「不過數量很多，以累積經驗來說不錯吧？」

「但反過來說也就只有這個優點了。這種魔石只能拿來當孩子們的零用錢，跟付出的勞力不成正比啊……有可以將魔石結合在一起的鍊金術師在的話那又另當別論就是了。」

要是使用鍊金術師的「結合」、「壓縮」、「鍊成」的效果，就能夠將品質欠佳的魔石變成優質的魔石。不過要這麼做需要大量的劣質魔石，比起辛苦地去蒐集，直接打倒高等魔物獲得優質的魔石還比較快。

這個世界上的鍊金術師們也有同樣的想法，所以幾乎不會去練成魔石。

「唉，那件事先放一邊，總之先來回收這些魔石……」

大叔從被打倒的角甲蟲身上回收魔石，裝進袋子裡。

路賽莉絲不太擅長支解。

畢竟是修女，這或許也是理所當然的。可是有些奇妙的是她可以支解魚。

「啊……傑羅斯先生！後面……」

「欸？什麼…………咕喔啦哈——————！」

「咿哈哈哈哈哈！這裡可不是讓你們幽會的地方啊，混帳傢伙！我要撞死你這渾小子喔！老子要殲滅所有擋在老子面前的傢伙啦啊啊啊啊啊啊啊啊！」

——轟轟轟轟轟轟轟轟轟。

以猛烈的速度撞飛傑羅斯，揚長而去的馬車。

在那上頭的果然是「急速．喬納森」。

他看到了安潔她們放出的信號彈，正以音速趕往現場。這是在路途中所發生的車禍。

「不啊啊啊啊啊啊啊啊啊！傑羅斯先生！」

森林裡響起了路賽莉絲悲痛的叫聲。

連在「Sword and Sorcery」時的經驗也算在內的話，大叔已經被他給輾過三次了。

失去意識的傑羅斯手邊留下了「喬納森」這個死前訊息。

第十話　大叔了解了一般傭兵的現實

「咕嘎！」

「唔……」

用鳶盾接下了哥布林憑著蠻力敲下的棍棒，有些退卻的路賽莉絲立刻為了擋回去而在雙腿上施力。

她藉著傾斜鳶盾化解對手的攻擊力道後，讓哥布林失去重心。

哥布林由於失去重心而倒下，路賽莉絲沒放過這個機會，趁隙攻擊。

「嘿咻！」

——啪嘰！

由下往上揮的晨星錘上的鐵球漂亮地擊中了哥布林的下顎，發出了骨頭碎裂的噁心聲音。而且這時她還旋轉身體，賞給從後方逼近的哥布林強烈的一擊。

哥布林的臉凹了下去，醜陋的臉變得更加歪斜扭曲。

在她要給哥布林致命一擊時，又一隻哥布林迅速地湊了上來。

「嘎啊啊！」

「後面！」

哥布林高高跳起，打算從背後襲擊她。這種魔物因為體型小，跳躍力很強。

「啊嚓！」

可是路賽莉絲也轉身一跳，伴隨著奇妙的吆喝聲給了哥布林一記漂亮的膝擊。

因為她也和孩子們一起接受了咕咕的訓練，格鬥能力變得很強。

「欸——空中跳躍膝擊？」

根本是骨灰級的哏。然而這確實是會令大叔產生這種想法的華麗一擊。

簡直就像是格鬥遊戲裡會出現的泰拳選手，不過這肯定不是外表看起來像聖女的她該用的招式。反差太大了。

而且她還毫不留情的用鈍器給痛苦地倒在地上的哥布林補上最後一擊。

大叔覺得如果結婚，她一定是把老公吃得死死的那一型吧。

「呼……這附近的哥布林先生有點強呢。還滿難纏的。」

「不……妳看起來很游刃有餘啊……也很快就給牠們致命的一擊了。」

聖女大人有點誇張。

「不過哥布林啊。這個也是打倒了沒什麼賺頭的魔物呢。」

「就算是魔物，這也是在奪取性命喔？必須將這視為是罪孽深重的行為才行，傑羅斯先生。」

「是這樣沒錯啦？不過……哥布林啊……」

路賽莉絲認真的和移動中碰上的哥布林打了起來。

覺得難得有這個機會，便藉此提升一下等級。

可是哥布林身上除了魔石之外，沒有其他可以剝取的素材。

由於打倒後的屍體只能用魔法燒掉，或是挖洞埋起來，所以對於傭兵們而言是很不受歡迎的魔物。真希望牠們至少能拿些金屬製的武器……

「不過話說回來，那些孩子們到底上哪去了？找成這樣了居然還沒找到……」

他們雖然追著一口氣跑出去，四散在狩獵場的孩子們後頭，但是到現在連一個人都還沒找到。

「因為普通的對手會被他們反過來打倒，所以他們肯定沒事。不如說成為他們對手的魔物比較可憐吧。不早點跟他們會合的話，感覺他們會幹下什麼不妙的事情呢。說不定早就已經做了就是了啦。」

「說、說得也是……他們就算跑去當血腥熊的對手也不是什麼奇怪的事。不早點找到他們的話，他們一定會不斷鎖定大型魔物突擊的……」

擔心的方向性有些奇怪。

不是擔心孩子們的人身安全，兩人的腦中反而只出現了孩子們將魔物一掃而盡的身影。

孩子們就是擁有如此高的戰鬥力以及狡詐的一面。

和咕咕們鍛鍊的孩子們，早已成長為遠遠脫離這世界一般常識的生物了。

「總之來處理哥布林的屍體吧。要是放著不管有可能會引發傳染病的。」

「拜託你了。因為我不能使用魔法，這種時候魔法真是方便呢。」

「妳可以用喔？要試著學看看嗎？只是職業可能會變成『聖魔導士』就是了。」

「聖魔導士」是可以靈活運用回復魔法和攻擊魔法的法師系職業。在攻擊方面劣於魔導士，回復能力和神官相比效果也差了些。因為是個樣樣通樣樣鬆的職業，所以在「Sword and Sorcery」中絲毫沒有半點人氣。

更何況以「聖魔導士」的情況來說，就算好不容易學會了戰鬥職業的技能，格鬥能力和防禦力也會大幅下滑。防禦力也跟普通的魔導士一樣，所以只要遭受攻擊就有可能喪命。反倒是魔導士可以藉由學習格鬥職業的技能來提升各個戰鬥能力，使用上會更為方便。

如果要當聖魔導士，和生產職業一起練會比較好。

「那個……要是變成那樣，我有可能會被抓去接受異端審問……」

「發生那種事的時候請聯絡我。我會打退異端審問官的……反正那也只是些腦袋僵化的盲目信徒集團。肯定是群不聽人說話的狂人。」

「為什麼你可以如此斷定呢？你對宗教有什麼偏見嗎？」

「我只是覺得四神無法信任罷了。只是這樣而已……就只是這樣。」

對大叔而言四神是敵人，所以盲目信奉四神的信徒們也必然會是他的敵人。

以歷史的角度來看，會做出異端審問這種事情的傢伙，也不可能會聽和神官交惡的魔導士的話。既然這樣不用想也知道會演變成戰鬥。

對方絕對會擅自加些莫須有的罪名在他們身上，最後刀劍相向。這毫無疑問的是大叔的偏見。

「那麼我來處理屍體吧。『火焰』。」

「屍體……至少說是遺體吧……不，雖然意義上是一樣的，但該怎麼說呢，我還是多少有些在意用詞……」

森林中飄散著燃燒屍體的臭味。

哥布林的肉非常臭，用火燒掉會產生令人想吐的惡臭。

沒有可以拿來當素材的部位，死了還會給人添麻煩的魔物，這就是哥布林。

在這之後，大叔他們繼續為了尋找孩子們而繞行各個區域。

◇　◇　◇　◇　◇　◇

〈狀況2　強尼＋咕咕的情況〉

將稍長的頭髮隨意綁在腦後的少年——穿著鎧甲的強尼，潛伏在樹叢裡觀察著周遭的狀況。

眼前有五個傭兵和十個帶有武裝的獸人。傭兵被包圍住，陷入了劣勢。

『好了，該怎麼辦呢～這種時候應該要去幫忙嗎？可是數量很多呢～』

強尼非常的冷靜。

這時他就算出手相助，數量上還是獸人占有優勢。可是他也不能對傭兵們見死不救。

然而他畢竟是個孩子，就算幫忙，能做的事情也有限。

他的夥伴是「漆黑咕咕」。和他一樣潛伏在樹叢裡，等待適合的時機。

這次的狩獵是在蒐集了許多情報後，以試驗自己的戰鬥風格為目的來進行的，不過他不想硬是做些亂來的事情，犯下愚蠢的錯誤。因為他在公會裡已經聽到了很多這種失敗的案例了。

強尼用手對夥伴打了個暗號，藏身在草木中迂迴地前進，決定從反方向展開襲擊。只能請傭兵們再多忍耐一下了。

「可惡！這下真的已經……不行了吧？」

「你在說什麼。那些傢伙的動作都很大！只要冷靜對應，一定可以突破的！」

「說是這樣說，可是數量這麼多……箭也沒剩多少了喔～？」

「我也快要沒有魔力了……」

「要是至少能再打倒兩隻……」

傭兵們的小隊是由兩位劍士、一位重裝甲兵、一位弓手、一位魔導士構成的正統編成。

可是或許是實力不夠吧，他們的動作亂七八糟。宛如欠缺了什麼重要的東西，感覺很生澀。

強尼一邊觀察一邊想著這種事情，不過他判斷不出他們到底欠缺了什麼。

畢竟強尼也不是什麼經驗老道的傭兵，能夠注意到這點就已經很了不起了。

『好……穿過獸人的包圍網了。接下來……』

和夥伴一起穿過獸人包圍網的強尼用手打了信號，暗示夥伴要從左右分頭襲擊。接著只見咕咕似乎露出了壞心眼的笑容。

雖然因為是雞所以沒辦法看懂牠們的表情，不過感覺好像是這樣啦。

脫離包圍網的一人一雞兵分兩路，為了確實地一一擊倒敵人而開始行動。

他用的武器不是劍，而是剝取素材用的厚重小刀。

『首先是一隻……』

強尼潛伏在獸人背後，拿起小刀。

他看準時機跳起，從背後攀上獸人的脖子後，利用跳上去的衝勁將小刀刺進了獸人的頭部。

「咕喔……」

就算是魔物，只要被攻擊到要害也會死。這是場漂亮的突襲。

『好，接下來是那傢伙……』

在鎮上跟蹤陌生人所鍛鍊出的隱匿行動技巧。他徹底活用這能力，鎖定了下一個獵物。

比起傭兵更像是殺手。使用的手段相當地卑劣狠毒。

然而在生死關頭，卑鄙什麼的根本不值一提。不殺就會被殺正是這個自然界的嚴苛之處。是住在教會後面的魔導士伯伯這麼教他的。

雖是個狡猾的孩子，卻也因為是孩子所以十分單純。

他同樣從背後偷襲下一個獸人，遵循所學確實地砍斷了獸人的脖子，完美地解決了敵人。

為了不沾上濺出的血，他迅速地攻擊後便躲回樹叢中。夥伴咕咕也打倒了兩隻獸人，這下就只剩六隻了。傭兵們應該也能看到一線生機了吧。

「喂……」

「到底……發生了什麼事？」

「獸人……自己倒下了耶？」

不，傭兵們開始緊張起來。獸人也一樣起了戒心，停下了行動，開始在四周探索著。

結果雙方都提高了戒心，強尼的盤算出現了極大的失誤。

『嘖，趕快趁著這個機會打倒獸人啊……為什麼站著不動啊！』

他們會對這預料之外的情況產生警戒也是無可厚非的事。因為傭兵們根本沒注意到有人在幫他們。

然而會在這種狀況下停止行動，就代表他們往後很難生存下去吧。

他們應該要立刻做出決定，看是要趁機撤退，還是要瞄準這個空檔打倒獸人。只要有一點點大意都有可能會喪命——這也是他從伯伯那邊現學現賣來的。

『嗯～唉，這也沒辦法……』

強尼環視周遭，鎖定了落單的獸人。

他鑽出樹叢，一口氣拉近距離後，用帶著魔力的掌根朝著那圓潤肥滿的肚子打了下去。

「『氣爆掌』！」

身長超過兩公尺的獸人飛到了空中。強力的一擊以及會對體內造成傷害、猛烈的魔力衝擊波把獸人打飛了出去，將性命連同意識一起奪走了。想必當場就死亡了吧。

讓敵人不須受苦便死去的必殺技。還真是充滿慈悲的攻擊。

「小、小孩子？」

「騙、騙人的吧……其他獸人也是那個小孩打倒的嗎！」

「太強了吧……我們在那個年紀的時候……可惡！怎麼會……」

這對傭兵們來說是令人驚愕的事實。

而他們的話中也帶有些許苦澀。

強尼已經快要成年了，卻因為生活貧困、營養不足，所以發育的比較慢，不管怎麼看都還是個年幼的孩子。不過傭兵們似乎無法接受眼前這個瘦小的少年連續打倒了獸人的事實。

『咕咕………（下地獄去吧……）』

像是繼續給他們追加傷害似地，高速移動的黑影逼近獸人的身後，瞄準了他耳朵的洞，用自己的黑色羽毛水平地刺了進去。漆黑咕咕的一擊葬送了獸人的性命。

黑色的天使、黑暗的獵人，抑或是一擊必殺的業者。以強尼的隨行者來說有著超常的實力。而且那一擊非常的迅速確實。傭兵們的常識在這瞬間被破壞了。

「那、那個是……咕、咕咕？不過……………全身漆黑……」

「牠……做了什麼？感覺牠只是從旁邊經過，獸人就被打倒了……」

魔導士和弓手的兩個女孩似乎無法相信眼前所發生的事情。

「我說啊，你們可以不要在那邊發呆，趕快打倒獸人嗎？還有四隻耶……」

「「「啊……」」」

這裡是狩獵場，也是只要稍微輕忽大意就有可能喪命的危險場所。儘管發生了很驚人的事情，但眼前還有該打倒的魔物在。

獸人和哥布林不同，是很強韌的魔物。吃了獸人的一擊，隨便都有可能會丟掉一條手臂。牠們就是擁有這種程度的力量，非常強壯。就算數量減少了也不能因此鬆懈。

「好、好！再努力一下吧！就這樣一口氣打倒牠們！」

「「「喔、喔————！」」」

傭兵們看到了生機，一鼓作氣地攻向獸人。不，不能否認他們感覺有些勉強的樣子。

確認他們開始戰鬥後，強尼認為已經不需要再協助他們了，便立刻去回收剛剛打倒的獸人們身上的魔石。

沒過多久，傭兵們也結束了戰鬥，在太陽開始西斜時朝著天空打出了信號彈。

沒過多久時間，傳出高亢笑聲的馬車便來到了這個區域。

◇◇◇◇◇◇◇

傑羅斯靠著標記在尋找孩子們，可是到現在還沒能碰上他們。

不知道是不是打獵打得太投入了，孩子們沒有乖乖地停留在一個地方，在短時間內接連移動，改變所在位置。這樣不管到什麼時候都沒辦法和他們會合。

傑羅斯等人就這樣辛苦地來到了新的地方，這時那輛馬車又以驚人的速度通過了他們身邊。看來「急速．喬納森」相當活躍的樣子。

只是在他通過後，果然還是出現了受害者。

「不要啊啊啊啊啊啊啊啊啊啊！睜開眼睛啊！拳！」

「振作點，你不能死在這裡啊！我們要去抓住夢想不是嗎！」

「我可不准你在這種地方倒下！你和我的決鬥還沒分出勝負吧！」

「拜託你睜開眼睛啊————！這樣我該怎麼向尤莉亞交代！」

「拜託你，別死啊！不要丟下我一個人死去！」

從狩獵場的各個地方傳來了悲痛的叫聲。

以別的意義上來說也是十分活躍啊。

「…………」

「那個，傑羅斯先生？你的確說了你認識那輛馬車的車夫……」

「我只是有被他駕車輾過，不認識他喔？我從來沒和他交談過。」

別說不是朋友了，兩人根本一點關係都沒有，所以要他為對方惹出的麻煩負責這他也很困擾。

再說就算真的去勸告他，大叔也不覺得他會接納其他人的意見。

「好了，那些孩子們應該在這裡……找到了。」

大叔環視周遭，發現了和傭兵五人組在一起的強尼和漆黑咕咕。

傭兵們似乎非常感謝強尼的樣子，像是小隊長的青年正用力和他握手。

路賽莉絲跑到強尼的身邊。

「強尼！你在這裡啊，終於找到你了。」

「啊，修女。妳來晚了耶？獸人已經都被打倒了喔？」

「獸人？你打倒了那種魔物嗎！你……沒有受傷吧？」

「修女真愛操心呢～只要瞄準空檔攻擊，意外地沒什麼問題喔？唉，是不知道如果正面和牠們為敵會怎樣啦。」

強尼有些得意，但並沒有因此驕傲自滿。

他雖然只是把事實說出來，不過聽的人倒是非常在意。

畢竟獸人是力氣強大、防禦力也很高的魔物。而且還會成群結隊行動，在某些狀況下非常危險。

「是說強尼……其他孩子們在哪裡？在這裡沒看到他們耶……」

「修女妳真的很愛操心耶。大家都在其他地方狩獵吧？是說啊，伯伯，我雖然慎重地一隻一隻解決牠們，不過很輕鬆就搞定嘍？」

「畢竟有咕咕陪著當護衛，以你的實力，獸人這種程度的魔物只是小意思吧……」

大叔沒特別區分進化後的種類，全都統稱為咕咕。

漆黑咕咕是弓手咕咕往別的體系進化，擅長隱匿行動的新種，另一個進化型態是暗影咕咕。兩者都是高機動突擊隱匿型魔物。

此外牠們也很擅長用弓以及狙擊，專長顯然是以暗殺為主。以烏凱、桑凱、山凱這三隻咕咕為首，特殊進化的咕咕們又增加了。

順帶一提，現在那三隻已經進化為終極原力大師咕咕、終極黑暗大師咕咕、終極刀鋒大師咕咕了。

咕咕的異常進化會有所進展，也可歸因於大叔的鍛鍊……或許以強者為對手，會讓牠們進化的速度變快吧。

這是題外話，不過由於咕咕們進化了外觀也不會改變，所以傑羅斯不鑑定也不會知道牠們是什麼時候進化的。進化時也不會像遊戲那樣發光。

「那個……不好意思。」

「嗯？什麼事？」

見青年有些猶豫地開口搭話，大叔做出回應。

青年看起來累積了不少作為傭兵的經驗，可是臉色有些疲憊。

不，除了他之外，傑羅斯也從其他的傭兵身上感覺到了疲憊以外的某種重擔。

「其實剛剛我們被那孩子給救了……呃，你是他的監護人吧？」

「正確來說不是，但也算差不多是那樣吧。你們被他救了？該不會是被獸人給包圍了吧？」

「是的，我們的夥伴差點就要因此犧牲了。真的非常感謝幫忙。」

「也不是我救了你們啊。要道謝的話和強尼道謝吧。」

這些傭兵都還很年輕。跟強尼他們相比應該是大了三歲左右的前輩吧。

一般來說以獸人為對手都得花上一些時間來對應。從這狀況也可以了解到和一般的傭兵相比，孤兒院的孩子們成長到底得有多迅速了吧。

『啊～一般傭兵的成長速度大概是這樣啊。是我身邊的人不太正常呢～』

傑羅斯重新體認到自己的認知偏差。

普通的傭兵不會冒險，總是會在確保安全的情況下行動。雖然這樣做也不保證事情就能順利進行，但是在狩獵魔物時更是需要謹慎行事。

他們不會像傑羅斯那樣用束縛魔法固定住兇惡的魔物之後再圍毆魔物。只讓其他人撿尾刀升級這種事情更是絕無可能，他們只能確實地累積經驗來變強。不如說這青年傭兵的成長方式才是正確的。

『要是孩子們在這種狀況下升級了會怎樣？他們現在就已經有這等實力了，會變得強得沒有極限吧？』

以等級較高的咕咕們為對手修行，或是在街上跟蹤他人，孩子們以創意提升了自己的能力。他們也因此早就獲得了好幾個職業技能，技能等級也很高。

同時持有好幾個職業技能的話，也有可能會產生出新的職業技能，而那職業技能持有的效果也會對身體能力產生影響，在各種效果相乘之下，身體能力可能會大幅提升。

也就是說，在效果相乘之下，有可能會變成非常不得了的事情。

沒錯，就像這個大叔一樣……

「——因為這樣，所以我們被獸人給包圍了……那個，你有在聽嗎？」

「啊，抱歉，我一不小心就開始想起事情來了……我很在那些未來的發展令人害怕的孩子們最後會怎樣。」

「那孩子很強呢。為什麼會那麼強……這不合理啊。居然比累積了經驗的我們還要強……」

「只能說他每天都有在鍛鍊呢。他好像有在學習格鬥術以及武器的使用方式，或是透過尾隨他人學習隱藏氣息的方法，也會利用自己的外觀來獲取情報喔？」

「……那不是犯罪嗎？學習戰鬥方式是還好，可是跟蹤……」

「是侵犯個人隱私呢……唉，只能說幸好他沒把這能力用在犯罪上。」

一個沒搞好就會培育出強大的罪犯了。

生活在巷弄裡的街童本來就很容易成為罪犯，這對各國來說也是個棘手的問題。要是強尼他們成為罪犯，以各種意義上來說都很有威脅性吧。

「以我的角度來說啊，反而因為這孩子太強了而有些擔心呢。既然可以輕鬆地打倒這附近的魔物，就表示不是特別強大的魔物他都能夠對付。現在是無所謂，但一直維持這個狀況下去的話，他很有可能會變得自負起來而太過大意呢。」

「是指他有可能會因為這份大意而喪命嗎？這的確很危險呢……」

「如果只是自己死了那還好。問題是牽連到其他人的情況。要是夥伴死了，而自己存活下來的話……我想他的心靈應該會因此受到重創。正因為很強，所以無法承受夥伴的死吧。」

「……我懂。」

看到青年那陰鬱的表情，傑羅斯憑直覺感受到他可能在最近有過夥伴死去的經驗。因為他的其他夥伴們聽到這段話也露出了相似的表情。

傑羅斯有時也會沉溺於力量中。因為他實在太強了，不太知道該如何掌握下手輕重。而他的經驗又壓倒性的不夠，無法準確判斷是否需要全力應戰。所以他一直很擔心，要是以這種感覺繼續戰鬥下去，他或許總有一天會犯下無法挽回的失敗。

實際上，他也曾在戰鬥中變得草菅人命。這有時也讓他不由自主地感到害怕。

「人一旦死去就無法再見到對方了。如果是在自己不知道的地方因生病或意外而喪命，心情上還比較過得去，可是在戰鬥中……」

「是啊。夥伴死了……被留下來的人很難受呢。」

「……這話雖然很老套，不過只能慢慢接受這件事了。我覺得在因夥伴死去而覺得很難受的這段時間，盡量接一些簡單的任務會比較好喔？我知道你們失去了很重要的事物，可是太過勉強的話有可能會再度失去什麼的。畢竟傭兵盡是在做些這樣的工作啊……」

「我了解……我們失去了小隊的隊長。是我的兒時玩伴……」

「看你露出這麼沉痛的表情我就知道了。唉，看來你們正處在最難受的時期呢……」

聽到了這不想聽的沉重話題，大叔像是要帶過這沉重的氣氛似地叼起香菸，點火。老實說這香菸的味道很苦。

他雖然有過身邊的人突然死去的經驗，可是沒有在戰鬥中失去夥伴的經驗。

他對只能用從電影、連續劇、輕小說之類的東西當中獲得的些許知識來安慰他們的自己感到非常焦躁。雖說他原本住在日本，這也是理所當然的，但是好歹也活了至少四十年了，應該要能說出一些自己的想法才是。

「我想要變強……強到不會讓夥伴死去……」

「覺得難受的話就和夥伴們談談。至少可以共同分擔這份悲傷吧。你最好不要一個人背負這件事。不然有可能會導致小隊內部分裂的。」

「……為什麼我們會這麼弱呢……要是夠強，就能夠保護他了……」

「詳細的事情我就不多問了。畢竟我說什麼都無法安慰你們。你們只能接受這難以接受的現實，努力度過這一關。不過你要記得一件事，痛苦的不是只有你。」

「……我們只能這麼做呢。明明這麼痛苦……」

「你們好好討論一下往後該怎麼樣活動吧。少了一個人，小隊的行動也會產生變化。少了隊長更是有影響。首先該找大家一起來整理出現在能做的事情。千萬別想一個人決定一切。雖然這是我的猜測，不過你應該是副隊長吧？」

組隊的經驗多了起來之後，自然會決定出隊長和副隊長。因為在共同行動的期間內便能看出各自的角色。所以容易做出獨善其身決定的人通常都不會當上隊長，大多會選具有冷靜判斷力的人。

然而意外的，沒有太多小隊能夠持續合作到這個階段。大多的小隊不是鬧起內鬨導致分裂，就是因為某個成員死了而深刻的感受到自己有多麼不成熟。

以結果來說，他們被迫得做出決斷，看是要解散這個小隊，還是繼續掙扎、朝著更高的目標努力。

「我不知道現在的你們是處於怎樣的狀況。只是往後也打算繼續當傭兵的話，就只能相信自己的夥伴，失敗了就互相推卸責任這樣太沒品了。你就繼續和夥伴們一起煩惱吧。答案會在自然而然間出現的……」

「如果……是這樣就好了。老實說現在感覺就像走在黑暗之中。」

「你的夥伴們也一樣吧？你們或許很難受，不過冷靜的分析你的夥伴死去的狀況，思考失敗的原因為何也是很重要的事。就算沒有犯下失誤，也還是有很多危險的狀況。這麼說可能有些殘酷，不過要是沒好好從經驗中學習，會再度失去夥伴的喔？畢竟現實中有很多不合理的事情吶……好了，差不多該去找其他孩子了呢～」

「抱歉。讓你聽我說了這些喪氣話……我真的很沒用呢……」

「別在意，這事你遲早要經歷的。只有繼續掙扎努力下去的人才能前進。軟弱絕對不是什麼可恥的事……」

他知道自己說了些好像很了不起的話。

不過他也不可能對背負了這麼沉重過去的傭兵小隊們說「你說能不能變強？阿伯我怎麼可能知道啊！怎麼，現在是要找阿伯訴苦嗎？」這種話吧。

大叔心中充滿了罪惡感。雖然不知道為什麼會發展成這麼麻煩的狀況，不過他是基於自己的想法在發言。至少他剛剛說的那些話都是真心的。

「好了，其他孩子在哪個區域呢～……」

儘管被沉重的氣氛與無力感折磨著，傑羅斯仍轉過身，以單手向傭兵們揮手道別，叫住路賽莉絲，帶著強尼和咕咕前往下一個地方。

大叔不知道，在他身後，年輕的傭兵小隊們正默默地對他鞠躬。

第十一話　大叔和意想不到的人物再會

以沉重的腳步前往下一個地點的途中，路賽莉絲發現強尼的樣子有些不對勁。

和平常自由奔放的態度不同，他表情認真的低著頭。

「怎麼了？強尼……」

「修女，那些大哥哥們的……夥伴死了對吧……？」

「這、這個……」

強尼這突如其來的問題，讓路賽莉絲沒辦法好好回答。

今天還一起笑著的夥伴，隔天卻成了不會說話的屍體。這就是傭兵的世界。

沉重的話題還要持續下去嗎。大叔深深地嘆了一口氣。

「沒錯，他們失去了夥伴。而這件事……也有可能會發生在你們身上。」

「我們……很強。不會讓大家死掉的……」

「強尼，我勸你最好捨棄這種想法。不管多麼小心，夥伴還是有可能會死。現在你或許還不了解這件事，不過你好好把發生在他們身上的事情給留在心底吧。」

「傑、傑羅斯先生！不說這麼嚴厲的話也沒關係吧……他還不需要去思考這麼困難的事……」

「有必要喔。更何況強尼他們是以攻略迷宮為目標。迷宮裡面有無數的陷阱。光是這樣就有很高的機率會喪命。」

得知傭兵小隊失去了夥伴的事，強尼的心中開始萌生出了些許不安。

對於死亡的不安會化為戒心。既然他的目標是成為能夠獨當一面的傭兵，如果不注意生命危險，肯定很快就會丟了小命。趁現在早點讓他了解這些事情比較好。

「技術、身體能力、情報、裝備，就算一切都準備齊全了，會死的時候還是會死。這就是現實。要追尋迷宮這個夢想，無論如何都會伴隨著覺悟與責任。」

「這……話是這樣說沒錯，可是那是這些孩子們現在就需要了解的事嗎？他們被恐懼給束縛住的話，可能會變得做不了任何事啊……傑羅斯先生太嚴厲了。」

「總比他們死了好吧？要作為傭兵生存下去，就表示要背負自己的性命、夥伴的性命，在某些情況下還要背負他人的性命。是比想像中還要更辛苦的工作呢。」

「我們……太天真了嗎？我以為只要變強就可以輕易的實現夢想。」

「太天真了呢。這可不是憑著氣勢就能搞定的工作。一個夥伴的死，就會讓至今為止的狀況產生巨大的變化。今天算是上了一堂不錯的課吧？」

傑羅斯像是在說給自己聽似地淡然的說著。

他對強尼說的話也可以用在他自己身上，這件事實在是讓他有股切身之痛。

要死的時候就會死，生命不值錢的世界。

因為這件事，讓傑羅斯再度體認到了這句話的意義。

◇◇◇◇◇◇◇

〈狀況3　拉維＋凱＋兩隻咕咕的情況〉

頂著小平頭的拉維和胖胖的凱在樹叢中瞄準了某個獵物。

兩人身邊也跟著負責護衛的咕咕，不過咕咕們正忙著驅除會妨礙狩獵的魔物。

也因為這樣，他們兩個可以無後顧之憂的集中精神在狩獵上，然而問題是他們眼前的獵物。那是擁有銳牙的中型魔物，雜食性且擁有高機動力，非常強壯的山豬——大魔豬。

這魔物的特徵就是總之只會往前衝的攻擊性。只要被牠認定是敵人，牠就會立刻突擊，那與外表不符的快速動作非常難應付。

「凱……意外的是個大傢伙耶？我們可以成功勝過牠嗎？」

「嗯～……是塊感覺很美味的肉呢。應該沒問題吧？我們也經歷了許多訓練，可以應付快速的動作，牠的動作沒有烏凱師傅牠們那麼快吧？」

「如果是這樣就好了。畢竟這是我們第一次狩獵啊……希望可以確實地解決牠。」

他們在和咕咕的訓練中，費了好一番功夫才習慣咕咕們那駭人的速度。

跟那速度相比，大魔豬的速度根本不算什麼。問題出在大魔豬相當強壯且堅韌。

因為毛皮可以拿去賣，可以的話他們是想避免用弓箭在牠身上開洞，就算想用打擊的方式攻擊，他們身上也沒有鎚子一類的武器。

「放棄毛皮比較好吧。不管怎麼想用劍或槍一類的都會戳出好幾個洞。」

「是啊。要以毛皮為目標打倒牠的話……只能瞄準頭部，一擊解決牠吧。」

「現在的我們辦不到吧。感覺會很辛苦……」

「那就放棄漂亮地打倒牠這件事吧。畢竟我也不想受傷……」

他們慎重的不像是孩子。

夢想是過著自甘墮落的生活。雖然為此需要大筆的錢，可是為了賺錢而受傷那就沒意義了。光是魔石就能賣到比零用錢多上許多的金額了，這裡沒必要逞強。

「好了，那麼就開始……欸？」

大魔豬把臉轉向了這裡，前腳踢著地面。

這是牠準備「突擊」的前置動作。

「肉發現了我們！不過這是為什麼……」

「誰知道啊！總之先看清楚牠的行動想辦法應對吧！」

答案是風。因為兩人位在上風處，味道暴露了他們的位置。

大魔豬的嗅覺非常靈敏。雖然比不上狼，但是就連微弱的味道牠們都會有反應。這是在自然界中為了尋求食物而發展出的能力，也是許多野生動物擁有的能力之一。

聽覺和嗅覺是野生動物自保的必備能力。

「噗吱吱吱吱吱吱吱吱吱！」

「「來、來啦————————！」」

大魔豬以高速展開突擊，透過敏銳的嗅覺測量和敵人之間的距離。

牠會一邊突擊一邊微調方向，打算確實地給予敵人強烈的一擊。

所以冷靜地觀察牠的動作，在擦身而過的瞬間反擊是與大魔豬作戰時的守則。

可是新手傭兵根本辦不到這件事，所以有許多初出茅廬的傭兵都曾經受過這強烈一擊的洗禮。

唉，偶爾也是有例外就是了……

「就、就是現在！」

「快躲開——————！」

對平常都在和咕咕做訓練的兩人而言，這突擊看起來十分緩慢。

他們在輕易地躲開的瞬間拔出腰間的短劍砍了下去，成功地先攻擊了對手。

然而這一下並未能給予魔物重大的傷害，只砍出了一點擦傷而已。

「牠、牠比想像中的還硬耶？感覺攻擊被彈開了……」

「牠大概做了身體強化吧。不只體毛，整個毛皮都變硬了。」

「啊～……該怎麼辦。太陽都已經快下山了……」

「嗯～利用反擊給牠致命的一擊如何？還有魔力藥水吧？」

「只能這麼做了嗎，反正用劍沒辦法造成什麼傷害，靠格鬥技如何？」

「OK！我也覺得這麼做比較好。是個讓那塊肉量過去的好機會。」

討論立刻就結束了。

在狩獵場裡晃來晃去是還好，可是他們不知道為什麼一直沒能碰上獵物。

好不容易發現的大魔豬卻和哥布林在戰鬥。他們拜託咕咕們趕走哥布林，選擇自己和大魔豬一戰。

所以這時咕咕們也無法來幫忙。

「喔喔喔喔喔……上升吧，我的魔力！」

「南無八幡大菩薩，恐怖大王沒有來……」

少年們嘴上說著彷彿在哪裡聽過，又有哪裡好像不太對的話。

過去被召喚來的勇者的宅知識，甚至給這麼小的孩子帶來了影響。

衝刺中的大魔豬由於其加速力，無法靈活地轉彎。要是沒轉好，就會順勢翻倒。

所以牠繞了一大圈轉換方向，再度朝著拉維和凱的方向突擊。

那鈍重的身體發揮出難以想像的機動性。沒有豬或山豬身上常見的多餘贅肉，幾乎全都是肌肉。用人類來比喻的話就是所謂的健美先生吧。還透過身體強化獲得了補正效果，強化了身體能力及防禦力，大魔豬成了一輛肉彈戰車。

「要上了喔，凱！」

「ＯＫ，拉維。」

猛烈衝刺的大魔豬與正在盤算時機的拉維&凱。

一擊就要分出勝負。他們把一切都賭在這上頭了。

要是正面接下大魔豬的攻擊，可不是受點小傷就能了事的。

一擊打倒對方的機會只有一瞬間，兩人的臉上都滑下了緊張的汗水。

「我們是無敵的……」

「沒有人能夠勝過我們的招式……」

「噗吱吱吱吱吱吱吱吱吱吱吱吱吱吱吱！」

「『我們的一擊是無敵的！』」

兩人的身影和大魔豬交錯而過。

這是所有人都會忍不住別開目光的瞬間所發生的奇蹟。

「天昇剛拳擊！」

「修羅死襲踢！」

凝聚了大量魔力的一擊，在大魔豬的側腹上炸裂開來。

提升的魔力強制性地強化了身體能力，發揮出超過極限力量的強力一拳以及踢擊，把大魔豬打飛到了天上。

可憐的大魔豬就這樣掉到了樹叢深處。

「『無敵☆』」

小平頭ＢＯＹ和胖胖戰士因為解決了難纏的對手而高興著，擺出了勝利的姿勢。雖然完成了漂亮的合作攻擊，但兩人也因為耗費了太多魔力而立刻倒下了。

儘管變得有些憂鬱，他們仍立刻喝下魔力藥水。

魔力藥水的味道是有些苦澀的柳橙風味。

「那麼來支解吧。拉維，肉在哪？」

「嗯？掉到那個樹叢前面了……呃！糟了……」

樹叢前面是山崖。雖然不是那麼高，但大魔豬掉到了底下的狩獵場。

問題是底下有人被大魔豬給壓垮了。

兩位少年臉色蒼白，戰戰兢兢地看著下方。

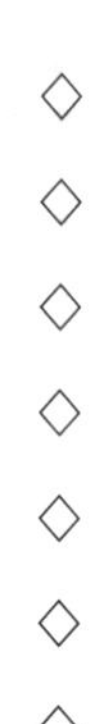

大叔、路賽莉絲，還有強尼一起走在狩獵場裡。

其他的孩子們也擅自不斷移動，讓他們一直沒辦法找到其他人。

而孩子們之中，有一方的標記開始往龍套村移動。

「這個從標記的反應上看來應該是安潔和小楓吧？正在回去村裡的路上……這樣的話在這前面的是……」

「拉維和凱吧。總算找到他們了。」

「那兩個人說要一起去找個大獵物呢～他們獵到了什麼啊？」

三人加一隻的搜索隊進入了傳出魔力反應的狩獵場，然而……那裡卻飄散出了令人想要捏起鼻子的惡臭。大叔對這臭味有印象。

「哥布林嗎……是拉維他們打倒的嗎？不過……」

「啊，拉維他們在那裡。好像在支解的樣子。」

「他們有帶『道具包』，所以才能以大傢伙為目標。」

「你們真的很強悍耶……哦？」

傑羅斯發現兩人身邊站著一位他曾見過的女性。是魔導具專賣店的店長貝拉朵娜。

而對方也注意到了傑羅斯。

她一派輕鬆地邊揮手邊走了過來。

「沒想到會在這種地方碰面呢。呃……是傑羅斯先生對吧？好久不見。最近都沒見你來賣魔石，是在忙什麼事情嗎？被那個有些奇怪的老人委託了什麼事情之類的？」

「唉，差不多是那樣啦。正確來說是現任公爵的委託就是了。」從這口氣聽來，貝拉朵娜小姐也認識克雷斯頓先生嗎？該不會是索利斯提亞派的……」

「我只是把名字借給他們而已，不過經常有委託來呢。比方說……製作冰箱用的魔法石之類的。關於你的事情我也是在那時候聽說的。」

冰箱是傑羅斯為了自用而製作的魔導具。

克雷斯頓在造訪傑羅斯家時對冰箱產生了興趣，在提出製作規格書後還不到一個月，索利斯提亞商會就已經開始販售了。現在港口邊也設有冷凍儲藏庫，商會也開始進行一些過去未曾經手的買賣。

「原來貝拉朵娜小姐也有幫忙製作那個的零件啊？那個數量應該不少吧……」

「忙得連睡覺的時間都沒有呢。畢竟除了我之外只有派不上用場的店員……」

「沒看到那店員耶？妳終於解僱她了嗎？」

「啊……要是那樣就好了，不過很遺憾的，她在那裡……」

順著貝拉朵娜的手指一看，只見背著巨大鎚子，滿身是血的女僕從支解中的大魔豬正下方爬了出來。

說白了簡直是殭屍。宛如惡靈古堡的世界。

路賽莉絲面色蒼白，戰戰兢兢地向貝拉朵娜搭話。

「那個……她不要緊嗎？滿身是血……」

「沒事的，那些全都是魔物濺出的血……『血腥撲殺者』這稱號可不是浪得虛名呢。」

「這稱號還真糟啊……而且很臭……」

滿身是血的女僕店員一邊散發出血腥味，一邊像是幽魂似地朝著這裡過來。

「店～～～長～～～～……太過分了～～～我要告妳～～～……」

發出了哀怨的聲音。

「庫緹，妳想告我的話，我是不會阻止妳啦。不過妳原本的夥伴也必須作為證人出庭喔？我也會把妳至今在店裡惹出的問題全都抖出來，這樣妳覺得妳還能告得贏嗎？也有因為冤罪而被衛兵給逮捕的客人喔？」

「……非常抱歉，我說了這麼囂張的話……這全都是我欠缺德性所造成的。」

立刻就被擊敗了。貝拉朵娜比她強多了。

在絕對的上下關係環境下，庫緹根本不可能勝過貝拉朵娜。

真要說起來，本來就是庫緹一直在自爆而已。

而且就算貝拉朵娜真的勝訴了，也無法從她身上獲得什麼。

說白了就是件沒意義的事情。

「看來裝作什麼都沒看到比較好呢～……真不想跟她扯上關係。」

「說得……也是呢？我想她一定是個非常遺憾的人吧。」

路賽莉絲也意外地很過分。然而這也是事實。

「喔，是大魔豬耶。今天要吃烤肉嗎？」

「喔喔～這點子不錯耶。雖然快支解完了，不過可以的話來幫忙一下吧。」

「嗯。這麼說來我還是第一次支解呢。看起來已經剝完皮了，接下來只剩肉了嗎。」

「也有內臟喔？回去洗洗，今晚煮成火鍋吧。我想吃內臟。」

無視貝拉朵娜她們的存在，孩子們充滿活力的在進行支解工作。

結果支解工作一直持續到了日落時分。

第十二話　大叔得知了庫緹的惡行

狩獵靠夥伴，世間靠人情。

他是不清楚這世上有沒有這種諺語，不過貝拉朵娜坐在傑羅斯和路賽莉絲面前，庫緹則是坐在吧臺座位上若無其事的吃著飯。雖然沒注意到，不過看來她們兩個也入住了同一間旅館。

在吧臺裡的大嬸眼中格外地充滿了好奇心，讓人非常在意。

支解結束，回到村裡的傑羅斯等人和先行回到傭兵公會的安潔和小楓會合了。她們因為帶回了大量的岩殼蟹，被公會熱烈感謝的身影令人印象深刻。

一行人在那之後打算回到旅館吃晚餐，卻沒想到在旅館又遇見了貝拉朵娜她們。偶然這種事要持續發生的時候就是會發生呢。

「可是貝拉朵娜小姐來狩獵就表示……店裡真的不要緊嗎？」

「當然不好啊。可是因為這個笨蛋店員的關係，客人完全不上門……我已經想把她踢出去了。只是想說既然這樣，就叫她多少付出一點勞力，賺回之前花掉的錢吧。」

「不，在妳僱用有問題的店員時我就覺得那家店很奇怪了，但妳終於下定決心要開除她了嗎？雖然有種為時已晚的感覺……」

「因為被笨蛋父母哭著拜託啊……那女孩過去雖然是個有著『血腥撲殺者』稱號的傭兵，可是在許多地方都給人添了麻煩，又完全不知反省，是個無可救藥的廢物。」

「妳說過去，可是她現在也是個廢物吧……？」

「唉，是這樣沒錯啦……不過畢竟是親戚，我想說她至少可以幫忙打掃才僱用她的。沒想到下場這麼悽慘……廢物就是廢物，百害而無一利啊。」

大叔回想起自己去貝拉朵娜店裡時，立刻就被當成小偷看待的事。要是她也像那樣毫無根據的就把罪名冠在其他客人頭上的話……不管怎麼想都不會有客人想去那家店吧。

而那個有問題的店員，正坐在吧臺上一心一意地扒著飯。在傑羅斯所見的範圍內，她已經追加兩次用大盤盛裝的料理了，顯然她比外表看起來的還要會吃。

「妳……還真是辛苦了啊……」

「是啊……很辛苦呢……庫緹，我不會付妳的餐費喔？」

「噗呼——————！」

「咿！那個……妳沒事吧？」

貝拉朵娜這突如其來的話，讓庫緹把嘴裡的東西一口氣噴了出來。

碰巧從吧臺內側走過的大嬸就這樣被她給噴了一身。

對大嬸來說真是場災難。

路賽莉絲擔心的，到底是大嬸還是庫緹呢？

「店長！為什麼要削減我的餐費！我今天有好好工作吧？」

「妳啊……妳沒忘記妳欠了我更多錢吧？明知如此，妳為什麼不但點了大盤的，還一直追加啊。是說……那是第幾盤了？妳的臉皮到底有多厚啊……」

「因為是親戚所以無法斷絕往來啊……這種毫無自覺又自我中心的人最麻煩了。」

傑羅斯的親人中也是有麻煩的傢伙在。

差別只在於一個原本就是壞蛋，一個雖然不是壞蛋，卻是會引發災厄的傢伙。

令人困擾的是庫緹這個性完全是天生的。是個煩人度百分百的純天然麻煩製造機。

「啊～的確有這種人呢。說找不到工作所以去打工，可是做事卻很隨便。就算警告他也不會改過，擅自不來上班之後過了一段時間才寄信說『要辭職』的傢伙。」

「那個啊……是知道自己很自我中心的傢伙才會做的事情吧？總之非常寵自己的傢伙……但庫緹不一樣。她完全沒意識到自己是個自我中心的人。所以會一直反覆做出一樣的事情，就算叮嚀她也會忘記，不會改過。不，應該說她馬上就會忘記，所以沒辦法改吧？今天的惡夢只要到了明天就會全都忘得一乾二淨，她就是這麼樂觀啊……」

「換句話說，庫緹小姐是個非常積極正面的人呢……畢竟她現在還在加點，用非常驚人的氣勢在吃著飯……」

在路賽莉絲的視線前方，庫緹正拿起大盤子，將盤中的料理掃入口中。

雖然付不出餐費，但已經點了吃過的料理也不能就這樣放著，所以她就繼續吃了下去……然而她又再追加了餐點。

看來付不出餐費的事實已經從她的腦中消失了。

「庫緹……餐費妳要自己賺喔？我只會付一開始點的份。剩下的全都要妳自己出！不可以用欠的喔？反正就算先讓妳欠著，妳到時候也是付不出來。」

「等……店長！那樣這些料理的錢要由誰來付！我沒有錢啦～！」

「是妳自己擅自加點的吧？拜託妳對自己做的事情負責。不要緊的，只要明天以大型魔物為目標就好了，能夠漂亮地解決的話就可以賣出高價了。」

「怎麼這樣～！這樣的話這餐的錢就得先欠著了～！」

「我才不管妳！是妳不該沒有想過錢的事，就隨便做出欠缺思慮的行動吧？為什麼我非得幫妳擦屁股啊！」

兩人的爭執還在繼續下去。

「她們兩位……總是反覆在做這樣的事情嗎？」

「根據我以前看到的感覺，大概是吧。照目前的話聽起來，她借了錢也會忘記有跟人借錢這件事，的確是個麻煩人物……這樣一想，光是了解對方抱有惡意這點，那個笨蛋姊姊或許還比較好吧？」

路賽莉絲的疑問，讓大叔開始比較起庫緹和愚蠢的親人。雖然方向性不同，但只能得出她們是同類的結論。

總覺得心情變得有些沉重，大叔喝了口麥酒，不自覺地看向孩子們。

「嗯……岩殼蟹啊，這還真是美味呢。」

「殼好像可以用來做防具的樣子，不過素材本身的售價很低呢～不過肉的部分好像可以賣出不錯的價錢喔？」

「我打倒的好像是鱈獸人，不過很遺憾，不是能吃的傢伙……」

「肉以外也很美味……這還真是讓人煩惱。岩殼蟹身上有魔石嗎？」

「好像在殼的內側。牠們會用堅硬的殼來保護弱點呢……我們只打倒了一隻大魔豬。」

孩子們一邊大口吃著飯，一邊和夥伴們聊今天的事情，交換彼此的意見。看來他們知道共享情報是件重要的事。

明明才那樣大鬧了一場回來，這些孩子真的很有活力。

「不過啊，我們幾個……行動上或許應該再慎重一點。」

「你是怎麼了啊，強尼。平常總是你衝在最前面吧？怎麼忽然說這種話。」

「不，我啊……今天雖然救了其他傭兵，但他們的夥伴好像死了。沒辦法保證同樣的事情不會發生在我們身上吧？」

「嗯……值得深思呢。在下等人的確很強。可是沉溺於強大之中，總有一天會有誰因此而死吧。」

「欸～？我們幾個應該不要緊吧？今天也輕鬆就獲勝了喔？」

「還有很多強大的魔物在。實際上，我們現在到底有多強？」

「雞肉……好吃……好吃……」

看來強尼開始重新審視自己的力量了。這是個滿好的傾向，卻未必能夠傳達給安潔他們。

可是傭兵就是不知道何時會死的工作，去探究自己的實力這絕對不是什麼壞事。沒有什麼比沒來由的自信更危險的了。

「嗯嗯，強尼獲得了不錯的經驗呢。雖然強是必備的條件，可是世界並沒有溫柔到只靠這點就能存活下來。畢竟要活在這世界上，比想像中的還要嚴苛且殘酷，哎呀，真是優秀呢♪」

「我果然還是不希望那些孩子們去當傭兵。被送來教會或神殿的很多都是傭兵，也有很多我們無能為力，就這樣失去性命的人……」

「不過也正是因為有人願意接下這種賭上性命的工作，有些人的性命才能受到保護喔？我可以理解妳不想讓他們去當傭兵的心情，不過既然這是他們自己選的路，就應該幫他們加油吧？」

「雙方的意見我都可以理解，也都沒有錯。不過結果還是那些孩子們選的路，在目前經驗不足的情況下，應該要謹慎行事吧。」

什麼地方會出錯這種事情，沒有人會知道。

只要活著就不可能永遠不會後悔，現實中總是得不斷做出選擇。傭兵只是一個選項比較嚴苛的世界，而死亡也只是一種結果。

「人總有一天要自立的。在各方面支持他們，讓那些孩子們得以自立也是大人的工作吧？雖然他們要是保持著目前的態度肯定會很危險就是了。」

「的確……他們也不可能一直待在孤兒院裡，要是能夠自立的話是很值得高興的事……可是……」

「傭兵就是個自立後卻很容易丟掉性命的職業呢。雖然也有自立後還是跑回來的傢伙啦……」

貝拉朵娜的視線前方是正拿著大酒杯豪飲麥酒的庫緹。

路賽莉絲和傑羅斯也看向那裡，察覺到了貝拉朵娜想表達的意思。

傭兵中也是有很多別說自立了，反而會給他人帶來麻煩的傢伙。

「嗯～～飯後的酒最棒了～～♪」

付錢這兩個字已經完全從她的腦袋裡消失了。

這傢伙甚至完全不覺得自己這樣做是在給人添麻煩，一臉幸福的樣子。先不管在這之後她會遭遇怎樣的不幸，至少現在她非常滿足。

「嗯？為什麼看我啊～？我是不會分你們的喔？這些酒……」

「「唔哇……超讓人不爽的～～！」」

大叔和貝拉朵娜的意見完美地重疊了。

路賽莉絲只是一心祈禱著孩子們不要變成庫緹那個樣子。

「好了，雖然還有要討論的事情，不過剩下的等回房間再說吧。」

「「「贊成！」」」

「畢竟自我管理也是很重要。窮極自我才能讓我等挑戰更高的境界吧。」

孩子們動身回去旅館的房間裡。

這時傑羅斯和路賽莉絲也想起來了。關於自己的房間的事……

「回……房去……？啊…………」

「這麼說來……我們的房間的確是……」

沒錯，是同一間房。於是兩人又度過了浮躁不安的一晚。

不用說也知道，這兩人隔天當然又睡眠不足了。

◇　◇　◇　◇　◇　◇　◇

隔天早晨，疲憊地醒來的傑羅斯又跟昨天一樣，和路賽莉絲一起被大嬸給纏上了。

不過到了第二天兩人多少有些抵抗力了，儘管大嬸煩人地追問他們晚上相好的內容，兩人仍冷漠地避開她，簡單用過早餐後，來到村裡散步。

他們老實地接納了大嬸那「狩獵後應該稍微轉換一下心情」的建議。她說這話應該是出於善意，但也有可能是大嬸特性之一的「多餘的關心」。

「唉～……為什麼明明沒有發生任何事，旅館的大嬸卻要一直問我們奇怪的問題啊……」

「那個年紀的人總是喜歡擅自臆測他人的私生活啊。雖然沒有惡意，不過總是會優先滿足無謂的好奇心……」

不管其真意為何，有很多人就是喜歡去挖別人的隱私。

因為沒有惡意，要說單純也是很單純吧，然而就是因為這樣才麻煩。因為非常死纏爛打，就算話題已經結束了，他們還是會忽然再拿出來說。

而且不知該說是好是壞，他們相當有力且毫無顧慮，就算沒有任何進展也會天真地臆測，所以跟他們對話起來非常煩人。不是什麼壞人這點更顯得惡劣。

「可是……這裡還真是繁榮的不像是個村子呢～不僅經常有商人往來，而且有很多店家呢。」

「是啊。你看，那邊有書店喔？紙明明就很貴，卻有很多有趣的書呢。是不是該買個一本呢？」

「喔～……的確。在這個印刷技術不夠發達的世界裡居然有漫畫……等等，是漫畫耶～！」

沒錯，那確實是漫畫。

而且這家店販售的還是模仿傑羅斯曾看過的某少年漫畫週刊，以及某少女漫畫月刊的書。仔細一看，店裡還放著一堆所謂色色小薄本。因為就放在可以輕鬆在店裡拿起來閱讀的位置，實在讓人覺得這有很大的問題。

真擔心在不知道的情況下讓孩子們看到會帶來什麼影響。而且數量還莫名的多。

每一本書上都包著寫有「藝術性大爆發！」的書腰，雖然漫畫文化也可說是一種藝術，然而對這個世界來說實在是太奇怪了，很不適合。

他拿起其中一本確認後，因為那簡直讓人想昏倒的內容而頭痛了起來。

那毀壞原作的方式慘得令人想哭。甚至讓讀者心中湧上了一股怒氣。

『為什麼日本的漫畫會出現在這種地方……這也是勇者嗎？是勇者的影響嗎？是勇者改編後推廣出來的嗎！』

他立刻確認，發現在書的內側寫著「梅提斯聖法出版」，想來是四神教為了賺取外幣而製作並販售漫畫的吧。

雖然不知道作者是勇者還是這個世界的居民，但是被召喚到異世界的勇者們除了戰鬥之外，似乎也在文化上做了許多麻煩的傳教活動。這種完全不顧倫理道德觀念的作法，讓他很擔心這會對初次看到漫畫的人以及年幼孩童帶來什麼影響。

對於傑羅斯來說這真是個令人頭痛的狀況。

順帶一提，路賽莉絲看到了有問題的色色小薄本，受到了一點衝擊這又是另一個故事了。

為了讓在書店遭受精神衝擊的路賽莉絲冷靜下來，傑羅斯沒多想地便走進了附近的店裡。

那是整齊地排列的劍和鎧甲的武器店。

路賽莉絲還是沒回過神來，但是傑羅斯走進店裡後心情便立刻平靜了下來。

或許是因為他原本就有在做生產職會做的事情，只要看到這些透過專業工匠之手做出的武器，浮躁的心情就不知為何會平靜下來。雖然不想被人覺得他有什麼奇怪的嗜好，不過拿起劍觀察做工的傑羅斯確實非常的滿足。

「這做得真好呢，看來製作者很用心啊♪」

「喔？你看得出來啊。那是我認識的矮人打造出來的上等貨喔。」

「嗯……看起來這有用到大馬士革呢。是為了提升鐵劍的強韌度吧？」

「因為這尺寸要是全用大馬士革，會變得和大劍一樣重啊。要調配出適合的金屬比例很難呢……失敗的話就會變得很容易斷哪。」

「我懂。我過去也曾經因為金屬的比例而失敗了很多次呢，不重複打造好幾次是做不出最棒的作品的。這真是相當優秀的作品啊。」

大叔和武器店的老闆意氣相投。滿身肌肉的鬍子老闆因為好友的作品獲得認可，十分滿意的樣子。

「你也會製作武器嗎？從這樣子看來，你是魔導士吧？」

「我會製作封有魔法的魔劍。雖然最近沒在做了，但我自認是以那個為本業的工匠啦。」

「真要說起來，比起工匠，你比較像是製作魔導具的人啊。」

「魔導具我也是會做，不過已經做膩了。畢竟有很多只知道仰賴魔導具的人啊……」

「我懂。傭兵那些傢伙也是，明明是自己的技術不好，卻怪在武器頭上。那樣武器可是會哭的啊……武器就是要給會用的人用才有意義啊。」

該說是生產職業的悲哀嗎，有很多人喜歡選擇優質的武器，卻沒有相應的實力。

可是只要使用者的技巧不好，這實力不足的狀況不管怎樣都會變成一道無法跨越的高牆。

名匠打造出的銳利武器確實很優秀，可是沒有能夠靈活運用的技術，武器也無法發光發熱。

傑羅斯製作武器時，都會配合使用者的狀況來製作，所以其他人用就會有種異樣感。訂製的武器就是這樣的東西。

「是說，那些小鬼們是想當傭兵嗎？身上的裝備不錯呢。」

「那是我送給他們的。他們想脫離孤兒院自立，所以我才做了這些東西給他們，想說多少可以防身就好了。」

「嗯，小鬼們用這些裝備是有些太浪費了……不過這麼說來，我剛剛聽說有哪來的小鬼們帶了大量的魔物到公會去，莫非就是他們？」

「是啊……因為他們有鍛鍊過，所以需要用到這種程度的裝備吧。要是給他們不夠好的武器，武器會先壞掉的。」

「哦……看來未來很值得期待呢。最近的傢伙都很沒骨氣，只在意觀感卻沒有實力，經常受了傷被送回來呢。」

看來武器店的老闆對傭兵們也是有很多意見。

「那年紀經常會出人命啊。以成為傭兵為目標的人有一半會死在狩獵場，剩下的有幾成會中了盜賊的計而喪命。能夠成為獨當一面傭兵的只有很少數的人。」

「果然是這樣啊。我知道他們欠缺經驗，不過這也沒辦法教他們，很困難呢。會以什麼為對象學習這都得看個人資質。」

「以前也有個想要成為老練傭兵的新手，不過那傢伙什麼都學不會。在各個地方給人添了一堆麻煩，完全不知反省。結果好像被夥伴給拋棄，剩那傢伙一個人繼續狩獵，然而全都以失敗告終了……」

「總覺得這話我好像在哪裡聽過耶？」

大叔的腦中想起了某個店員。

儘管覺得應該只是巧合，可是一致的地方實在是嚇人的多。

「實力是很值得期待沒錯，可是太容易做過頭了。就連要當作肉來食用的魔物都會徹底打成碎片，連確保食用肉的委託一起打爛了。當然也就表示委託失敗了。」

「那個……該不會是在說被稱為『血腥撲殺者』的女性傭兵吧？是個好像生來就不知道何謂反省與學習的人？」

「你為什麼會知道啊……我昨天久違的看到那傢伙，但她似乎還是老樣子。是說……為什麼那傢伙還活著啊？」

「你希望她死掉嗎！到底是給人添了怎樣的麻煩啊，庫緹小姐……」

「那傢伙的夥伴裡有個和她年紀差不多的女孩，是個抱有許多辛苦過往的孩子。但那傢伙卻趁著小隊解散時，半是好玩地把事情給傳了開來。讓那女孩憂鬱了超過半年……」

「那傢伙真是做不出什麼好事耶！」

庫緹超乎想像的過分。就因為她沒有惡意，所以根本無法理解自己的行動會對他人的心造成多麼嚴重的傷害吧。

簡單來說她就是欠缺為他人著想的心。或者根本就沒有那種東西。

「現在那個女孩也過著幸福的生活了。和過去同屬一個小隊的隊長結了婚，也有了三個孩子……在桑特魯城裡開了一間店，總算獲得了幸福。」

「那真是太好了。可以的話別讓她再見到庫緹小姐比較好吧。現在就算重逢了也不會有好事的。」

「如果真的發生了那種事……可以拜託你解決掉那傢伙嗎？盡量裝作是死於意外……」

「居然委託我殺人嗎！你這是在拜託素不相識的人什麼事情啊！」

「只要那傢伙還活著，往後會有更多人因此變得不幸的！我一眼就看出來你老練得有如怪物了。我只能夠拜託你了！求求你，暗地裡幹掉那傢伙！」

面對老闆淚眼汪汪地請求，就連大叔也覺得非常困擾。

雖然不知道庫緹當了多久的傭兵，不過這個老闆應該也很久沒見到她了。在那段期間內能把人逼到這種地步，看來她真的做了非常惡質的事情。

再仔細聽了老闆的話後，才知道得了憂鬱症的女孩是這個老闆的姪女，父親是這個老闆的弟弟。那女孩在作為一個人而言最爛的父親底下，和母親一起遭受了慘烈的對待。在還很小的時候就跟母親一起被逼著去做類似賣春的事情。

在母親死後，父親被不知哪來的小混混給殺了，總算獲得自由的女孩為了自立而打算成為傭兵。想必是不希望自己就這樣一直軟弱下去吧。

老闆也盡可能地幫助她，然而和庫緹認識這件事成了她惡夢的開端。

庫緹憑著她那一如往常的偵探興趣隨便去調查了女孩的過去，擅自認定她是壞人，還一直勸她去自首，那獨善其身的誤會使得小隊步向解散一途，庫緹還主張這一切全是那女孩的錯。

這時女孩的過去也在公開場合被抖了出來……實在是非常過分的事。

「……唉，先不管要不要殺她。真有什麼事的話我會對她使用魔法的。畢竟她根本不會反省。」

「拜託你……我已經不想再看到那孩子痛苦的樣子了。她好不容易才獲得幸福的……好不容易啊……」

真是罪孽深重啊，庫緹。她那不經思考的行動造成許多犧牲者。

『唉……真麻煩。』

大叔深切的期望她不要引起什麼問題。

在他因為被人委託了麻煩的事情而感到無力時，安潔以輕快的口氣向他搭話。

「伯伯，我們接下來可以去狩獵場嗎？」

「今天應該是要休息的日子吧？怎麼了？」

「嗯～因為等級比預期的升得還少，所以我們今天也想去狩獵。不行嗎？」

「唉，是可以啦。如果要以大傢伙為目標的話，要請路賽莉絲小姐一起去喔？還有不能像昨天那樣分頭行動，知道了嗎？」

「我知道了，畢竟咕咕們今天也不知道上哪去了，這也沒辦法。」

安潔喜孜孜地回到夥伴們的身邊去報告結果。

而傑羅斯則是想著『這麼說來，今天沒看見咕咕們呢～』，疑惑地歪著頭。

沒人知道咕咕們上哪去了。

結果大叔也和孩子們同行，照常去狩獵了。

第十三話　大叔在一旁守護著

開始狩獵的第三天。

孩子們踏入了森林更深處。

一般初出茅廬的傭兵只要打倒這附近的獸人，至少會升個十級吧。

可是身體能力因為技能等級而強化過的孩子們沒辦法這麼做。如果不能和符合實力的強力魔物戰鬥，等級也只會提升一點點而已。

因為技能效果實在是太強了，所以升級條件也異常的高。

如果他們照一般的狀況來提升等級的話就不會發生這種事了，可是不知輕重的孩子們連這種事情都不懂，就自行展開鍛鍊。等傑羅斯知道這個升級法則時已經來不及了。

『沒有呢……要告訴後面的安潔……』

強尼用手勢把這裡沒有魔物的事情告訴了後面的安潔，安潔也同樣比了個了解的手勢。這是為了避免聲音被魔物察覺，傭兵們經常會使用的無聲對話。

在沒人去過的領域中，經常有傭兵因為交談的聲音而引來魔物，遭遇危險。

基礎是非常重要的。

『安潔，了解。我會傳達給拉維他們。』

『了解。不要放鬆警戒喔……畢竟不知道有什麼潛伏在哪裡。』

『強尼你也要小心喔～』

強尼和安潔用手勢在對話。

其他孩子也一樣。

『了解。在下會轉告拉維……』

『拉維，了解。轉達給凱。』

『了解。發現肉的話告訴我。』

孩子們靈活地用手勢溝通，不過這種手勢大多是各小隊自創，和其他隊伍是不共通的。也就是說有多少小隊，就有多少種手勢。

所以就算是一樣的手勢，在各個小隊可能也代表了完全不同的含意。意外的有不少不小心用了習慣的手勢，結果害全隊陷入險境的小隊。

在迎接新成員加入小隊時，最辛苦的其實就是這個手勢。

「不過他們還真是熟練啊。到了這裡之後盡是在感嘆呢。」

「他們到底是從哪裡學會這些事情的呢……」

修女也不知道孩子們的祕密。

傑羅斯認為基本上是街童的他們為了不給路賽莉絲添麻煩，總是在暗地裡行動吧。不，這說穿了也只是他覺得「如果是這樣就好了～」的想法……

唉，不得不說他們也是很狡猾地行動，讓人無法掌握，不過還是不要太深入比較好。

為了自己的精神衛生著想。

『強尼擅長隱匿行動。負責偵察的人是隊長嗎？總覺得這平衡性有點差啊……』

組隊時角色分配是很重要的。比方說負責承受敵人攻擊的坦克職，活用機動性的游擊職等等。

不過很少會有隊長負責偵察，去搜索敵人的小隊。因為率先遭遇魔物的機率很高，一個不小心說不定就會喪命。

失去了隊長的小隊會變成怎樣，這只要看了昨天遇見的年輕傭兵小隊就知道了吧。夥伴們的性命暴露在危險下的可能性會提升，就算想辦法活了下來，心理上也會受到沉重的打擊。

『那是誰負責防禦、又是誰負責打游擊呢？唉，小楓也只能打游擊吧……』

路賽莉絲和傑羅斯兩人在遠處守護著他們狩獵的狀況，這時強尼似乎發現了什麼。

他立刻反覆用手勢送出暗號，要所有人以「那傢伙」為中心，包圍住這附近。

「傑羅斯先生……那些孩子們好像發現了什麼耶？」

「是啊……不要是什麼麻煩的魔物就好了。我是希望這附近沒有那種傢伙啦。」

在他們低聲交談時，拉維拿起弓，搭上箭後拉滿了弓弦。

接著慎重地瞄準目標，一口氣放出箭矢。

只是以為那箭矢射中了的時候，卻「咚」地彈了回來。

——嘓嘓嘓嘓嘓嘓嘓嘓嘓嘓嘓嘓嘓！

傳出了粗啞的叫聲。

現身的是大得不像話的超胖蛤蟆。「砲聲蟾蜍」。

土色且長滿疣的皮膚因分泌出的油脂而閃閃發光。

拉維放出的箭被那厚重的皮膚給擋下，沒能刺進去，被彈開了。

「好，打倒這傢伙！」

「「「喔喔——————！」」」

砲聲蟾蜍知道自己被敵人發現了，將魔力集中在前腳上，輕輕地拍了拍地面。

接著岩槍便以驚人的氣勢從地面上射了出來，襲向孩子們。

是地屬性魔法「蓋亞之矛」。

「別以為這種東西能夠擋住在下！」

如同疾風般向前突進的小楓迅速地拔出腰間的太刀一揮。把蓋亞之矛全數斬斷，拉近了和砲聲蟾蜍之間的距離。

然後伴著「喝啊！」的吆喝聲，砍上了那厚重的皮膚。

「什麼！」

然而那厚重的皮膚及滑溜的油脂讓她沒能成功砍傷蟾蜍，太刀陷入了柔軟的皮膚中。

判斷有危險的小楓立刻往後退開，在此同時從砲聲蟾蜍的疣中噴出了某種體液。那體液掉到地面上後，發出了會讓人皺起眉頭的惡臭並冒出煙霧。

「強酸液？牠居然有這種能力嗎！」

「要怎麼打倒這玩意啊！」

「看起來感覺是塊美味的肉的說～」

從外側的攻擊無法給予有效的傷害，而且要是被強酸液打中一定會受傷。這下簡直束手無策了。

但孩子們不會因為這樣就放棄。

「既然這樣，只要這麼做就好了吧。『氣功波』！」

——咚！

「——嘓嘓嘓嘓嘓嘓嘓嘓嘓嘓嘓嘓嘓嘓！」

安潔使用的是格鬥技能之一的「氣功波」。

將掌中的魔力轉化為波動，從中距離放出的滲透系招式，是可以從內部破壞對手內臟的間接攻擊。

由於砲聲蟾蜍的皮膚幾乎能夠讓打擊系的攻擊全都失效，就算用同樣是滲透系打擊招式的「氣功掌」，也只能給予對方魔力造成的傷害，威力也會減半，所以安潔才會使用「氣功波」。

可是用這招的話要稍微過一點時間才能看出效果，對痛覺很遲鈍或是身體麻痺的魔物，從外觀是看不出效果的。而砲聲蟾蜍就屬於這一種類型。

安潔在被反擊前就先退開了，強酸液落在她剛剛站的位置上。

「噁～噁心的臭味……」

總之用打帶跑戰術把牠逼入絕境就好了。

這麼想的孩子們開始以同樣的招數對付砲聲蟾蜍。

「太好了……看來可以成功打倒魔物呢。」

「那可不是這麼好應付的魔物。那傢伙可是蛤蟆喔？大意的話下場會很慘的。」

認為孩子們陷入危機的路賽莉絲，看到狀況好轉後似乎鬆了一口氣，然而傑羅斯不覺得可以樂觀看待眼前的狀況。魔物的恐怖可不只有這種程度。

「——嘓嘓嘓嘓嘓嘓嘓嘓嘓嘓嘓嘓嘓嘓嘓嘓嘓！」

和外觀那巨大的身軀相反，砲聲蟾蜍用驚人的跳躍力跳到了空中。

在此同時地面上又再度出現了蓋亞之矛，孩子們全力逃開。可是他們並沒有注意到這正是砲聲蟾蜍的盤算。

蓋亞之矛造成的地面變動，成了阻礙強尼他們逃跑的障礙物。

就連小楓都得一邊用刀砍去障礙物一邊移動，但是接連突出的岩槍讓他們沒能逃得太遠。

這時砲聲蟾蜍從上空落下。蓋亞之矛無法刺穿那柔軟卻強韌的皮膚。

反倒是身上的疣受到了刺激，所有的疣都一口氣噴出了強酸性的液體。

「嗚哇啊啊啊啊啊啊！」

「好燙好燙好燙好燙！」

「居然看準了這點，這傢伙明明長得很笨卻很聰明耶！」

「不過是區區蛤蟆，還滿有一手的嘛……讓在下無論如何都想砍殺牠了。」

「膠質感覺很美味呢……嚥嚕。」

在這種狀況下仍有兩人一如往常。

附近被強酸的臭氣給包圍，要睜開眼睛都覺得太過刺激。光是瞇起眼睛，不讓視覺完全被阻礙就已經費盡他們的力氣了。

「只要攻擊就會噴出那個奇怪的液體，反覆打帶跑的話就會使用範圍攻擊……這傢伙意外的麻煩耶？」

「一臉呆樣卻很頑強。但用劍也無法造成傷害，該怎麼辦？」

孩子們欠缺決定性的手段。

要以這樣擅長攻擊及防禦的魔物為對手，利用魔法援護果然還是最有效的，可是傑羅斯沒有給孩子們魔法卷軸。作為教育的一環，他希望他們能自己去賺錢、學習魔法，然而這想法卻在此時產生了問題。

「傑羅斯先生……不能想點辦法嗎？這樣下去的話，那些孩子們會……」

「那不是他們無法打倒的對手呢。雖然因為經驗不足，免不了一場苦戰……不過孩子們沒有要放棄的樣子，再稍微觀察一下吧。」

「這樣悠哉地等著，要是那些孩子們出了什麼事就太遲了！」

「如果是魔導士就能輕鬆解決呢。只要把牠冰凍起來，給弱點一擊就好了。好了，重點是那些孩子們會怎麼辦。」

砲聲蟾蜍也是有弱點的。

頭頂皮膚最薄的地方就是牠的弱點。如果是攻擊那裡，儘管不能說一定有效，但是斬擊和打擊都比較容易造成傷害，順利的話也可以給牠致命的一擊。

問題是孩子們有沒有注意到這個弱點。

了解魔物的生態和弱點是非常重要的事，也有助於迅速且確實地打倒獵物。不過這種知識都得靠累積經驗來學習，光從別人那裡聽來是學不會的。

『這傢伙是有方法可以攻略的。好了，你們要過多久才能打倒牠呢？』

儘管只是在一旁守護著，傑羅斯仍把手搭在劍上，做好了在有任何危險時就衝出去的準備。

但就算是這樣，不到真正的緊要關頭他也不打算出手。

孩子們不斷試著攻向砲聲蟾蜍，然而不是被彈開，就是被強酸液給阻撓，只能後退。雖然多少有給砲聲蟾蜍帶來一些傷害，但離致命傷還遠得很。

具有持久性的魔物比什麼都麻煩。

「可惡，牠一副游刃有餘的樣子～……」

「要是不能給牠致命傷，魔力會先用盡的。該怎麼辦？拉維。」

「應該有哪裡是牠的弱點才對。只能保存魔力到找出弱點為止了……問題是我們撐不撐得到那時候啊，強尼。」

「喝啊啊啊啊啊啊啊啊啊啊啊！」

「「凱！」」

胖胖戰士伴隨著充滿氣勢的吆喝聲從天而降。他高高地跳起，在空中做了兩回側翻轉後，朝著砲聲蟾蜍的頭部落下。

「肉肉肉肉肉肉肉～～～『破岩裂掌』！」

——咚轟轟轟轟轟轟轟轟！

在他漂亮地著地的同時，賞了砲聲蟾蜍的頭部強烈的一擊。

凱完全沒在管魔力消耗的問題。單純只想著要吃眼前的肉。

砲聲蟾蜍的肉非常美味。油脂吃來清爽，鮮美的味道卻勝過雞肉，皮膚內側的脂肪經過燉煮後就會帶有入口即化的甜味，脆脆的口感也令人上癮。此外由於對美容很有幫助，也是種很受女性歡迎的食材。

「給我留下肉來————！喔啦喔啦喔啦喔啦喔啦喔啦喔啦喔啦喔啦喔啦喔啦！」

「……這就是食慾全開的凱的實力嗎，真想和他認真交手一回啊。」

「這不是平常的凱……食慾真是厲害啊。我從沒看過那樣的凱喔？」

胖胖戰士化為了渴求肉的羅剎。

他在砲聲蟾蜍的頭上猛攻，把所有魔力都用在攻擊上。

狠狠地打出了就連獨當一面的大人都會痛苦暈眩的一擊。

「超厲害的，可以感覺到某種執著……」

「現在那傢伙……是認真的。」

凱變了個人的樣子，讓強尼和拉維也說不出話來。

凱的行動就是和平常的他有著這種程度的落差。

『肉……多虧有肉我才能夠遇見大家。祭司大人給我的朋友們……』

凱想起了幾年前的自己，將這份心意蘊含在拳頭上，繼續攻擊著。

對肉那非比尋常的執著，在凱的心中復甦了。

◇◇◇◇◇◇◇

凱到幾年前都還生活在小巷裡。

那時的他不像現在這樣肉肉的，瘦小得令人同情。

能吃的只有從食堂的廚餘裡翻出來的東西，被發現的話就會挨店長的揍。好不容易得到的些許食物要是被同樣生活在巷弄間的其他孤兒看到又會被搶走，只能餓著肚子。每天都是地獄。

那天也一樣，他好不容易得到的食物被人搶走，只能耐著飢餓的他獨自蹲在歐拉斯大河河畔的倉庫陰暗處。

這時他遇見了女神……

「怎麼，還真是個瘦巴巴的小鬼啊。你死了嗎？」

那個女神是個嘴巴壞得要命的大嬸——不，是位初老的女性。她穿著神官的法袍，可是手上卻抱著酒瓶和裝有串燒的紙袋，低頭看著眼神空洞的凱。

另一方面，凱連說話的力氣都沒有，光是抬頭看著她就用盡了全力。

「哼，還活著呢。真是的，小鬼可不該待在這種地方啊。唉，活著算你運氣好。這個給你吃吧。」

紙袋被隨意地丟到了凱面前，從中散發出的美味香氣刺激著凱的胃。

「啊……啊啊！」

「我不會跟你搶的，趕快吃吧。看了就難受啊，真是的……」

他已經停不下來了。

他硬是將從紙袋中拿出的串燒塞進胃裡。狼吞虎嚥、嘴裡塞滿了食物，儘管如此在口中擴散開來的肉味仍讓他流下了淚水。

他說不出話來。只覺得很高興、很好吃，光是胃能得到滿足這點就使他的淚水不斷湧出。

女子像是在守護著凱，在一旁喝著酒，以溫柔的眼神看著他。

等他回過神來，紙袋裡的串燒已經全都沒了，但是他還吃不夠。

「啊……」

還想再吃。

可是已經沒有串燒了。

「怎麼？已經吃完啦？真沒辦法，你也來我們這裡吧。別看我這樣，我可是孤兒院的大人物呢。」

「孤兒……院？」

「嗯，沒錯。保護並養育像你這樣的小鬼們就是我的工作。唉，雖然這麼做賺不了錢就是了，哈哈哈哈哈哈！」

他不知道是哪裡好笑，不過女性似乎心情很好，豪爽地放聲大笑。

凱很煩惱。有其他和自己一樣的孩子在，就表示得爭奪食物。

因為自己很弱小，所以食物會被搶走。他知道只要自己不變強，就沒辦法填飽肚子。

「放心吧。大家不會搶你食物的。因為他們都知道，要是做這種事，我的鐵拳就會落在他們頭上。

所以呢？你打算怎麼辦？」

「……我要去…………孤兒院……」

「決定了呢。哈哈。又要熱鬧起來了呢……哦？」

女子把臉轉向港口那邊後，只見幾個男人手上拿著劍跑了過來。

不知為何對方散發出殺氣，凱有種不好的預感。

「在這裡！那個死老太婆，居然待在這種地方！」

「幹掉她！居然做出那種瞧不起我們的事情，讓她以死謝罪吧！」

「喔，被找到啦。真是的，鼻子意外的很靈嘛。不過我沒打算你們給抓住呢！抓緊了……你還真輕啊，這樣要逃跑起來也輕鬆多了。」

在凱說些什麼之前，女子就抱著他跑了起來。

老實說這時的凱被甩來甩去的，完全不記得發生了什麼事。

「要是抓得到我就試試看啊！要是你們這些不成群結隊行動就做不了任何事的沒卵蛋小子有那種骨氣的話。哈哈哈哈哈哈哈♪」

「老太婆，給我站住！可惡，逃得也太快了吧！」

「那不是老太婆該有的腳力吧！」

「有五十個老手都被她給幹掉了，要是大意可是會死人的喔！」

「圍住她，圍住她之後給她嚐嚐後悔的滋味！把她沉到歐拉斯大河裡！」

等凱回過神來，自己已經躺在孤兒院的床上了——

在那之後，凱遇見了跟他有同樣境遇的安潔、強尼、拉維。

四個人一起吃的串燒真的非常美味。

他就這樣第一次交到了朋友。

串燒牽起的緣份。

對凱來說，肉就是牽絆。在孤兒院的生活，能夠和夥伴們安心在一起的有形牽絆。

所以那近乎於信仰。對凱而言，肉就等同於神。

這是題外話，不過那位串燒女神就是梅爾拉薩祭司，她在那之後也還是老樣子不斷引起騷動，那些小混混們也在不知不覺間成了她的小弟。

奇怪的是這樣的人卻是祭司，不過凱後來是這樣說的：「哎呀，如果是那個祭司大人，什麼事都有可能吧～」

◇◇◇◇◇◇

『我要和大家、和大家一起吃肉啊啊啊啊啊啊啊啊！』

凱在內心吶喊，打下了最後一擊。

然而對手也是生物，為了躲開疼痛，砲聲蟾蜍跳了起來。

「唔哇！」

雖然事出突然，凱仍毫無困難地重整態勢著地。儘管胖，行動還是相當輕巧靈活。

只是可能是魔力不夠了吧，在著地後他的身體便搖搖晃晃的。

「弱點是頭部嗎……拉維，用槍！」

「好！安潔、小楓！拿槍出來！」

「好好好～不過……刺得進去嗎？」

「只要灌注魔力，應該可行。畢竟頭上的皮膚沒有身上那麼厚，以在下等人的實力應當可以打倒。」

既然知道了敵人的弱點，他們就沒必要繼續拱手旁觀了。

孩子們忽然湧出了幹勁。然而他們沒注意到自己犯下了重大的失誤。

在準備槍的期間，他們忘了凱的存在。雖然將魔力包覆在拳頭上戰鬥是格鬥職業的技能，但使用這些技巧當然會耗費魔力。

那樣猛攻一波後，凱的身上不可能還留有魔力。

也就是說，要說起他怎麼了……

「咦……凱不見了喔？安潔，凱上哪兒去了？」

「咦？剛剛還在那裡的……不見了。凱～～你在哪裡～～？」

「等一下，凱那傢伙應該耗費了大量的魔力吧？他應該不能動才對……」

「強尼，你現在……是不是說了很不妙的事情？耗盡魔力動彈不得的話……」

「……該、該不會……」

沒錯，凱陷入了身為傭兵絕對要注意才行的魔力匱乏狀態。

因為他們至今為止都沒有過因為魔力匱乏而倒下的經驗，所以忘了要去協助或關照夥伴。

強尼看向砲聲蟾蜍，只見砲聲蟾蜍正在把什麼給吞入口中。因為牠的嘴很寬但是不深，所以勉強可以從牠的嘴邊看到一隻腿，如實地告訴孩子們發生了什麼事。

「「「凱被吃了————！」」」

「喔喔，凱啊！你沒事吧！」

這是孩子們第一次犯下慘痛的失誤。不知道該不該說是幸好，砲聲蟾蜍沒有牙齒，大多是把獵物整個給吞下去。

從還沒被完全吞下去這點看來，凱似乎拚命地在掙扎。

「「「快吐出來————！」」」

——嘓啊啊啊啊啊啊啊啊啊啊啊啊！

四人同時使出帶有魔力的打擊，凱在千鈞一髮之際被吐了出來。當然，凱的身上濕淋淋的，全是砲聲蟾蜍的口水。

「真危險～凱差點就變成蛤蟆的食物了。」

「在下嚇得心臟都要停了，凱啊……你還活著嗎。」

「好噁心……滑溜溜，而且溫溫的，還很臭。唉，我已經被弄髒了……」

「很有精神呢。唉，畢竟是我們沒有好好注意……真的很對不起。」

「是啊，忘了我們是以魔物為對手這件事，這下根本沒資格當傭兵呢……」

雖然裡面混了一些不像是小孩子該有的對話內容，但確認凱平安無事後，孩子們也鬆了一口氣。

不過戰鬥還沒結束，現在總之得優先打倒眼前的獵物。

「多虧有凱，我們知道這傢伙的弱點了。接下來才是重頭戲，為了悼念他而戰吧！」

「「「喔喔——————！」」」

「我沒死耶……」

四人握著槍，一起衝了出去。

砲聲蟾蜍把長長的舌頭伸了過來，不過孩子們看穿了舌頭只會直線飛來這點，從四面繞了過去，一口氣逼近蟾蜍身邊。

「「「『鍊氣槍刺殺擊』！」」」

他們從四面跳上去，大膽地瞄準頭部，用槍攻擊。

槍深深地刺入了頭上的弱點，就這樣貫穿了頭骨，刺入腦中。

砲聲蟾蜍瞬間痙攣了一下，接著便緩緩地倒下。

然後在打倒大型怪物後慣例的那個便來了。

「「「嗚噁——————！」」」」

沒錯，就是升級。

孩子們的等級只有一位數，但是一口氣升到了15。

遺憾的是傑羅斯並未掌握孩子們的等級。而且還是因為「總覺得很可怕所以不敢看」這種意外膽小的理由。

不管怎樣，因為等級忽然大幅提升，所有人都因為強烈的倦怠感而無法動彈了。

「那些孩子們……成功……打倒了呢。太好了～～」

「雖然碰上了危機場面，但還是成功了呢。凱被吃的時候真是讓我心都涼了。」

看到凱被砲聲蟾蜍吃下去的時候，儘管緊張，傑羅斯還是刻意在一旁看著。

因為他知道砲聲蟾蜍是種沒有牙齒的魔物，人就算被吞入胃裡也還能存活一段時間。當然，他也做好了隨時介入的準備。

要對危險產生警覺心，果然還是只能實際去累積經驗才行。

「不過傑羅斯先生……不用讓他們留下那麼慘痛的回憶吧……至少不需要眼睜睜地看著凱被吞下去吧？」

「要自立的話，對危險的警戒心沒有敏銳到過剩的程度是會死的。這裡要是我出手幫忙的話，會讓他們抱有奇怪的期待，而且真的碰上危險時也未必會有人來幫忙。這會讓他們自立時變得短命的。不讓他們盡可能地靠自己的力量來跨越這個難關的話，他們是當不成傭兵的。」

「還真是嚴苛的世界啊……比起那個，這些孩子們要怎麼把這搬回去啊？」

「這個嘛。總之先發出信號彈吧……哦？」

往森林深處一看，傭兵公會的搬運馬車正好朝著這裡走了過來。馬車後方的貨架上什麼東西都沒有，有足夠的空間讓砲聲蟾蜍和孩子們坐上去。

負責駕車的車夫不知為何在馬旁邊牽著韁繩。不管怎樣，他出現的時機真是太剛好了。

「咦……你們正在狩獵嗎？」

「沒有沒有，我們正好剛結束。正打算叫搬運馬車來呢。」

「這還真是……該說是運氣好呢，還是不好呢……不，沒事……」

傑羅斯看著話中別有深意的車夫，疑惑地歪著頭。

他的職業看起來是魔導士，頭髮長得有些長，蓋住了眼睛，是個感覺有些內向——說難聽點是個性陰沉的青年。或許是有些怕生吧，那畏畏縮縮的態度讓人有些在意。

「所以……你們打倒了什麼？如果是大型魔物……希望你們可以幫忙搬上車。」

「砲聲蟾蜍。是孩子們打倒的，因為意外的大，很難運回去呢。」

「那是……啊，真的好大……蛤蟆先生，真是對不起……」

「你為什麼要道歉？」

青年眼眶泛淚，但還是拚命地把砲聲蟾蜍搬上馬車。

傑羅斯在幫忙同時又繼續吐槽。

「你……為什麼在哭啊？這只是在回收魔物而已吧？」

「我……很喜歡動物……所以只要看到他們隨意地被殺害，我就……嗚嗚……」

「我懂你的心情。人應該盡可能地避免無謂的殺生。畢竟奪走性命是非常罪孽深重的行為呢。」

「我很清楚。不這麼做我們就無法生存……只是覺得毫無意義地被殺害的這些孩子們非常的可憐……」

「……你為什麼要來做這份工作啊？不管怎麼想都跟你的個性不合吧？」

傑羅斯這話是說得沒錯，然而他回答是因為「薪水很優渥」，想必也是為了生活。人活著就需要錢。可是要做這份工作，以他的個性來說應該有很大的問題才是。

「嗚嗚……那麼，我會把這個運回公會的……嗚嗚……」

「可以順便讓這些孩子們搭上車嗎？他們因為升級的副作用，現在動彈不得……」

「是可以……可是今天這些馬兒們都累了，會有些慢喔？」

青年撫摸著馬匹。「就拜託你了，畢竟我們兩個搬不了五個人」傑羅斯如此回答。孩子們搭上的馬車緩緩地朝著龍套村前進。青年牽著馬的韁繩。

「真是個溫柔的人呢。」

「嗯～……總覺得有些不對勁，到底是什麼呢……？」

傑羅斯的心中覺得有哪裡怪怪的。

而答案是因為在把砲聲蟾蜍搬上馬車時，青年使用了重力魔法。

重力魔法是只有高階魔導士可以使用，這個世界上沒什麼魔導士會用的稀有魔法。只是傑羅斯直到最後都沒能注意到這一點。

畢竟在「Sword and Sorcery」中，重力魔法是基本中的基本，對傑羅斯來說也是再熟悉不過的魔法。所以他才沒能想到是哪裡不對勁。

傑羅斯和路賽莉絲稍微繞了點遠路，一邊採取藥草等素材，一邊返回龍套村。

◇◇◇◇◇◇

青年牽著馬兒的韁繩，緩緩地朝著村裡走去。

雖然他不搭上馬車，走在馬兒身邊的行徑有些奇怪，可是孩子們並未覺得這有什麼可疑的。

只是儘管不能動，閒著沒事做的孩子們還是說了多餘的話。

「欸，小哥……我們想要趕快回到村裡去啦。」

「嗯，在下等人十分疲憊，希望能夠盡快到床上休息。」

「咦？……這……有點……」

「是說啊，只要讓馬跑一下，很快就到了吧？這樣慢吞吞的，會被其他魔物襲擊吧。」

「這……是這樣沒錯……」

打倒大型魔物的孩子們只想趕快回村裡去。

可是馬車卻以緩慢的速度前進，等回到村裡，太陽都下山了吧。

躁動的孩子們無法忍耐到那個時候。

「我們很累了喔？要是在這裡被魔物襲擊，會被殺掉的……」

「我想早點吃肉……肉、肉、肉〜〜〜！」

「可是……我……」

「別說了，趕快讓馬車跑起來啦。早點回到村子裡，馬兒們也能好好休息不是嗎？」

「要是我們被魔物襲擊而死，小哥你能負起責任嗎？不行吧？」

開始說起了相當囂張的話。

孩子們會看人來改變自己的態度。看來他們認為這青年的地位比自己還低。

「嗚嗚……可是……馬兒也……」

「比起馬，人權比較重要吧？要是發生了什麼事，被告的可是小哥你喔？」

「嗚嗚……沒辦法了……我可不管事情會變成怎樣喔？」

「「「「欸……？」」」」

正因為在巷弄間生活過才能感受到的危機感。那危機感現在宛如重搖滾樂團的鼓手一樣，拚命地敲響著他們心裡的警鈴。

不過他們發現的太遲了。這個青年是個遠比他們想像中還要麻煩的人……

青年坐上馬車，正抓著韁繩，準備讓馬車跑起來。

青年的頭髮倒豎了起來。馬匹的身影也在這時產生了變化，成了有八隻腿的漆黑軍馬。是斯雷普尼爾。

聖獸和幻獸大多都具有能像這樣以「變化」技能隱藏真實樣貌的能力。

「Ha～hahahahahahaha！臭小鬼們，是你們要求的，老子就照你們的期望，把你們送上通往天國的階梯吧！我的甜心們可是幹勁十足，Tension　Max！FeverTime就要開始了，就讓你們欣賞一場華麗的爵士樂吧！不用客氣喔？因為是你們的期望嘛～嘻哈哈哈哈哈哈！」

內向的青年徹底變成了一個瘋狂且情緒高昂的危險傢伙。

「好了，前往地獄的兜風要開始了～♪怎麼樣？很開心吧～？我會讓你們嘶嘶地叫個不停的喔～♡求饒的話我是不聽的，你們的尖叫聲是老子的熱情BEAT！老子會把我熱呼呼的玩意全都噴灑在你們那DQN的Soul上啦！嘎哈哈哈哈哈！」

「「「「…………（抖抖抖抖抖抖抖）」」」」

惡夢再度降臨。時間已經開始轉動。

「要上嘍，我的巨大黑色砲筒已經緊繃地快要爆發啦！猛烈沸騰的HEAT讓人簡直想立刻塞入子彈！已經停不下來了，直到地獄為止NONSTOP！咦？還是天國啊～？反正怎樣都好啦，本大爺可是King of Outsider！嘎哈哈哈哈哈哈！」

伴隨著他意義不明的言行，馬車開始狂奔。

孩子們非常後悔說了那麼囂張的話，可是已經太遲了。三頭斯雷普尼爾拖著的馬車就這樣以驚人的速度奔馳著。

明明應該馬上就會到村子裡的，他卻刻意繞了遠路，一邊狂奔一邊捲起塵土。

「急速・喬納森」。玩家名稱是「波其・蒙」。雖然只要騎到馬背上或是搭上馬車就會性格大變，但平常是個非常熱愛動物，普通又不起眼的內向青年。

而青年今天也情緒激昂的在狩獵場中狂奔著。帶著孩子們的尖叫聲……

要說他有什麼值得誇獎的，那就是他用了「手下留情」的技能吧。至今還未出現過死者，只能希望這是他的良心了。

不過一旦開始暴衝，就沒有人能夠阻止他了。

這一天，孩子們親自體驗到了不能以貌取人這件事。

雖然付出的代價實在是太大了……

第十四話　大叔遇見了勇者

打倒了砲聲蟾蜍的隔天，孩子們兵分兩路衝向了公會。

他們拿著在櫃台獲得的報酬，為了決定要怎麼分配，圍著一張桌子開始討論了起來。

因為路賽莉絲只能休一週的假，所以他們必須在今天離開龍套村。

多虧有瘋狂暴衝馬車，讓他們花了不到一天就抵達了這個村子，所以才忘了這件事，不過本來從桑特魯城搭馬車到這裡來是要花上兩～三天的。他們要搭普通的馬車回去，所以今天不出發就糟了。由於途中也可以做野營的訓練，這樣的日程以傑羅斯的眼光來看可以說是剛剛好。

本來照傑羅斯的預定，就是要在前往龍套村的途中做野營訓練，用兩天來狩獵的。然而不知該說是好是壞，他的計畫被異常的存在給破壞了。

只花了半天就抵達龍套村，而且還有時間去狩獵一些小型的魔物。斯雷普尼爾的腳力就是如此異常……

雖然失去了意識所以無法確認，不過現在回想起來，那輛馬車的車夫或許是「急速．喬納森」吧。

唉，只要結果是好的就好了。他們已經把行李都放上了馬車，接下來只要搭上去就好了。

「武器……可以強化嗎？」

「不行吧？砲聲蟾蜍的皮只能用來做鎧甲下的內衣吧。」

「咦？我記得也能用來做魔導士的長袍吧。防潑水的效果好像很不錯喔？」

「在下聽說包在劍柄上可以止滑喔？」

「只要肉好吃就好了啦，肉～～～」

孩子們還是老樣子。

因為獲得了預料之外的收入以及素材，所以他們正在慎重的討論該怎麼使用。

這次獲得的素材中，砲聲蟾蜍的素材「大蛙的外皮」可以用來做成穿在鎧甲下的內衣，是很多傭兵都很愛用的代表性素材。由於具有彈性又透氣，符合體型的貼身穿著感也是受歡迎的原因之一。

先不提彈性，之所以很透氣，是因為砲聲蟾蜍為了排出身上分泌的油，皮上有細小的汗腺，做成衣服正好能夠活用這個特性。完全是天然素材。

「好了好了，要討論之後再討論。現在得先出發回桑特魯城了。」

「「「好～～……今天的車夫不是那個小哥吧？」」」

波其．蒙在孩子們的心底劃下了慘烈的心理陰影。

「唔……在下有些不滿。用刀的機會實在是太少了……」

「能用刀打贏的大型魔物非常少，要是能用刀打贏，那也需要相當高明的手腕。基本上大多是用投擲用短槍或鎚子之類的武器。」

「在下無法接受……」

小型魔物，比方說狼或是獸人之類的，用刀劍攻擊是有效的。

可是中型或大型的魔物就不吃這套了。由於有堅硬的鱗片或甲殼，或是厚實的皮膚、肌肉阻隔，無法有效的給予傷害，無論如何都會需要大型的重武器。

就算注入魔力提升攻擊力，武器本身的強度也不會改變，所以根據狀況不同，有時可能會輕易的折斷。所以傭兵基本上都會準備不只一種武器在身上。

現實可不像某個獵人遊戲那麼天真，只靠手上那輕便的武器就能打倒魔物，必須依照狀況及用途分別使用不同的武器。

「我以大型魔物為對手時也不會用短劍喔。基本上會用魔杖呢，也會配合魔法，依據狀況來使用戰鬥技能。」

「唔……也有無法光靠刀打倒的對象嗎。世界真大啊……」

「因為體型大，肌肉量也會增厚吶。就算用砍的，大多也只能給對手帶來一些擦傷罷了。要簡單比喻的話就是像龍那些的……」

「原來如此，那麼也需要準備斬龍刀那種大型的太刀嗎……得多學些『武器技』才行。」

「武器技」是在學會「戰鬥職業技能」的同時可以使出的類似必殺技的東西。會分別附屬在使用「大劍」或「刀」等特定武器的職業技能上，有可能會隨著等級提升或是技能變化為高階職業技能而增加。

當然，隨著高階職業技能學會的武器技威力也比較強，而需要消費的魔力也很多。

不過傑羅斯注意到了，這個世界和「Sword and Sorcery」那樣的遊戲世界不同，必須獨自鍛鍊來學會必殺技。

這世界沒有天真到只要升級就能輕鬆的學會必殺技。

就像剛開始學習劍道的少年得花上好幾年的時間磨練自己的實力與技巧，武器技是需要累積修行才能創造出來的，這點讓傑羅斯非常的煩惱。

孩子們雖然藉由和咕咕們的訓練而學會了「職業技能」，可是就算提升了等級還是沒學會必殺技。一直到了最近傑羅斯才知道，「職業技能」只有讓人比較容易學會戰鬥時的進退對應以及必殺技的補正效果而已。

要教導他人必殺技，傑羅斯只能以自己的理解來說明自己使用的招式，而他的理解也不能保證就一定是對的。他根本不知道包含「火」、「水」等屬性的招式是怎樣發動的，該如何指導他人將成為傑羅斯今後的課題。

真要說起來，要透過理論來指導他人不能用理論來說明的東西非常困難，不過他試著說了「靠毅力！」這種純精神論的話，孩子們卻輕易地學會了簡單的屬性必殺技。

『現實……還真是嚴苛啊～這麼說來，茨維特好像也是在不知不覺間就會用了……』

他已經搞不懂了，每次思考起這件事就只想嘆氣。

照目前看來，他認為這是個人資質造成的結果，不過到現在他還是不懂原理為何，往後傑羅斯作為一個老師，也只能不斷遭遇這樣的試煉。

然而被孩子們用充滿期待的眼神看著，「對不起，我不知道要怎麼教你們」這話他也說不出口。實在是個愛打腫臉充胖子的大叔。

「在下擁有『刀鬼』的職業技能，不過除此之外還有『弓術士』、『槍術士』等等……不知道該怎樣才能學會高階的屬性攻擊。得想辦法解開其原理才行……只能不斷精進自我了。」

其中也有混有複數屬性的必殺技，愈是高階的招式變化就愈複雜。特別是重力屬性一類的，完全無法用精神論或是感覺來說明。

「把高階職業技能練到頂的話，對身體能力也會有更強的補正效果。對體力和魔力的成長也有幫助就是了。」

「武術之道真是困難啊……不過這令在下熱血沸騰呢！」

「妳啊……到底為什麼是精靈啊？這一定是哪裡搞錯了吧。」

「在下現在大概有多強呢？」

「嗯～……應該比一般的傭兵來得強吧？昨天等級好像也提升了，如果不以強力的魔物為對手應該很難再升級了吧？」

「後面的路還很長啊……在下必須超越父親才行。得打倒那個酒鬼……」

「比起那個，趕快搭上馬車比較好喔？大家都在等了……」

「啊……」

不只孩子們，連路賽莉絲都已經已經搭上馬車了，還沒上車的只有傑羅斯和小楓。兩個人速速上車後，馬車開始動了起來。

一行人就這樣離開了龍套村。

「店長～～！我們要到什麼時候才能回去啊～～！」

「就是因為妳只會把魔物打成絞肉才會賺不了錢吧！要抱怨的話，就好好反省一下妳那有如無底洞的胃袋，還有笨到完全沒有學習能力的腦袋吧！妳就是這樣才會被掛上『招人墜入無底深淵者』的稱號，我可不想跟妳殉情喔？」

「怎麼這樣～跟我一起墜入深淵啦～～！跟我一起下地獄啦～」

「我才不要！妳自己一個人去死啦！這個沒用的店員！」

也有回不去的人在這裡。

庫緹的腦中根本沒有所謂的輕重。總是會使出全力把魔物打成絞肉。

這樣當然沒辦法獲得什麼像樣的素材，只有名為餐費的無謂花費不斷在增加。

她的字典裡不但沒有手下留情，也沒有自重這兩個字。

在她付清持續累積的欠款前，貝拉朵娜她們只能不斷地狩獵。

不知道這兩人是否能夠平安的回到桑特魯城……

◇　◇　◇　◇　◇　◇

馬車緩緩地走在道路上。

延續到龍套村的路從途中就會接上法芙蘭道路，接下來只要沿著路前進，就會接到前往桑特魯城的岔路。這裡要是不往桑特魯城的方向前進，就會走到有許多矮人居住的「伊魯瑪納斯大遺跡」，或是其他領主治理的土地。

法芙蘭道路雖然是條很長的路，但這條路原本是為了討伐從大深綠地帶出現的魔物的軍事用道路。

因為是以順利地派兵救援和運送物資為目的開闢的道路，沒什麼照顧到商人的需求。所以這條路上出現魔物的機率很高，盜賊也層出不窮，不是大規模的商隊的話根本無法利用。

近幾年開始這條道路的周邊才開始出現城鎮或村落，而這也是國家有什麼考量吧。最近沿海國家的商隊也開始會利用這條路，所以迅速的開始整備。

「真閒適啊～」

「是啊……老實說真是閒到有些發慌呢……」

傑羅斯和路賽莉絲在馬車貨架上悠哉地看著天空。

一望無際的澄澈藍天，連一片雲都沒有，只有鳥兒不時飛過。

實在是太過閒適了，孩子們和咕咕已經陷入夢中，要是被盜賊襲擊會來不及反應吧，不過實在不太有盜賊敢襲擊傭兵公會的馬車。畢竟使用的人大多是傭兵，這也是理所當然的。

「這麼悠閒，還真是會讓人想睡呢……太缺乏刺激了。」

「傑羅斯先生，你應該沒在想什麼危險的事情吧？像是魔物跟盜賊會不會攻過來呢～之類的……」

「怎麼會，平穩度日可是我的座右銘喔。我才想避開無謂的紛爭呢。」

「……真的嗎？實在看不出來。」

「不要那樣瞪著我啦。我也不是自己喜歡才被捲入那些騷動中的，畢竟很麻煩啊………」

「你可以好好看著我的眼睛說嗎？為什麼把視線移開了？」

那是因為大叔不好意思和她四目相對。

經歷了漫長單身生活的傑羅斯有些抗拒和女性面對面地看著彼此。更何況路賽莉絲是個美女。銀色的頭髮和充滿母性的柔和表情，那魅力讓他都這把年紀了，心還是跳個不停。而且還是巨乳。在旅館共處一室的期間，光是要壓抑住湧上的性慾就讓他費了一番功夫。

現在也是，只要有機會他就想要將路賽莉絲擁入懷中。而且路賽莉絲與傑羅斯之間的距離很近，對他毫無防備。在這種狀況下要是路賽莉絲對他說「因為我信任你啊♡」什麼的，才真會讓他完全沒辦法和路賽莉絲四目相對吧。

想要掩飾害羞，並且因為湧上的性慾而苦悶不已的大叔……

「路賽莉絲小姐……我們結婚吧。」

「什、什麼～～～～？」

脫口而出了。

「我已經無法再壓抑自己的心情了。我們結婚吧。現在立刻、馬上，用比光還快的速度！蜜月旅行要去哪裡呢？」

「這、這太突然了吧，傑羅斯先生！首先應該要確認彼此的心意，並且仔細地做未來的家庭規劃，等到孩子們可以平安的自立……」

「ＯＫ，交給我吧！我這就把孩子們帶去法芙蘭的森林鍛鍊！放心吧，只要一週時間，我就能把他們鍛鍊到可以輕鬆地砍掉飛龍頭！」

「你打算對那些孩子們做些什麼啊！一週就能打倒飛龍，是要怎麼做才能變強到那種程度啊！我心中只有不好的預感！」

「不要緊的……我啊～是為了獲得幸福，連神都可以唾棄的男人喔？只是做些修行的話，那些孩子們也會很高興的……呵、呵呵呵呵……反正他們也沒辦法輕易升級，這樣正好……」

「你是惡魔嗎！那絕對會對人格有不好的影響，請你千萬不要這麼做！」

「沒這回事。他們變強之後啊，肯定會說出類似『為了慶祝修女結婚，我們去獵飛龍回來吧。咿哈～♪』這種話的。」

「那、那就是對人格產生了不好的影響……咦？意外的沒什麼奇怪的感覺？那些孩子們好像真的會這樣做。不對，他們絕對會這樣做！」

大叔是為了掩飾害羞才開這些玩笑的，可是路賽莉絲還是老樣子當真了。

話都說到這份上了，他也很難說「這是開玩笑的啦，開玩笑的。哈哈哈哈哈」。

大叔陷入了危機，錯過了可以笑著帶過一切的時機。

不，正因為對象是路賽莉絲，可能從一開始就沒有那種時機吧。畢竟她是會在路邊攤買下「能讓人獲得幸福的壺」這種東西，徹底相信人類善意的人。

這樣下去的話，他就得為了結婚，帶孩子們去做地獄的新兵訓練了。因為是他自己提出這個方案的，現在就算想收回也沒辦法。

「欸，要放閃的話可以滾去其他地方嗎？光聽就一肚子火，所有現充都該去死一死……你不這麼想嗎？」

幸好有人打斷了這個話題。身為馬車車夫的中年男性惡狠狠地瞪著他們。

他的臉上掛著簡直想立刻殺掉他們的嫉妒表情。對大叔的殺意更是驚人，甚至說出了「中年人還迷上年輕女孩，吃屎啦！」這種話。

這種事情他很清楚。別看他這樣，大叔其實很在意年齡差距的。

「唉、唉……玩笑話就放一邊，婚禮要辦在什麼……抱歉，可以不要瞪我嗎？」

「啊？現充都該被消滅啦！你再繼續說這種鬼話我就殺了你喔，呿！我可是昨天才被甩了呢！我恨死現充了！」

「那個，這是遷怒吧……？祈禱他人幸福對人來說不是很重要的事情嗎？」

「吵死了，幸福的傢伙懂個屁啊！沒有什麼比得意忘形的傢伙的幸福更容易摧毀的事情了吧。不然我殺了你們好了～？怎麼樣啊！」

車夫激動了起來。他憎恨他人的幸福到了用帶有攻擊性的態度對待路賽莉絲的程度。

可是不管怎麼想，都不可能會有女性喜歡這種個性的人的。難怪有種他會被甩也是當然的感覺。

「就是因為你心胸太狹窄了才會被甩吧？也是說你只要自己幸福，根本不在乎別人的心情怎樣。」

「那有什麼不對！不管是誰都是以自己為中心活著的吧，少開玩笑了！像你這種現充懂什麼！我啊，只是每天從早到晚都守護著那傢伙而已。明明是這樣……她卻說了『衛兵先生，就是這個人！他是個總是盯著我的變態，拜託你們逮捕他！』這種話！我明明這麼愛她！」

「「嗯，被甩也是當然的……看來沒救了呢。」」

「為什麼————為什麼不接受我的愛！」

看來這男人只是個跟蹤狂。以常識來說會被通報給衛兵也是當然的吧。

不如說他還在這裡沒被抓走這還比較不可思議。

「首先，你啊……有和那個女性說過話嗎？」

「沒有啊！不過我們心意相通吧！話語什麼的都只是裝飾罷了！」

「怎麼可能啊……要是不說話就可以心意相通，那世界上就全是情侶了。那只不過是你的幻想。」

他說出了超級自我中心的話。

換句話來說就是擅自做了符合自己想法的解釋吧。

「才不是！那傢伙……是知道我的心意卻背叛了我！我在她出門後就會進去屋裡，仔細的調查有沒有其他男人的痕跡。晚上怕她會被人襲擊，總是擔心地跟在後面守護著她。也會回收她洗好忘了收的衣服帶回去保存……嗝，還會在暗地裡解決跑去搭訕她的傢伙們……」

「你啊……完全是個變態耶？拜託你也想想為什麼人家會叫衛兵好嗎。你給的不是愛，而是令人毛骨悚然的恐怖。」

「怎、怎麼可能……」

陷入單方面愛情中的人非常自以為是。堅信自己是對的，完全無視對方的感情，做出失控的行徑，被拒絕了之後還惱羞成怒。

在那裡的只是單方面的強迫，完全沒有所謂的愛。只不過是自我中心的任性罷了。

唉，如果是聽了這些話就會乖乖接受的人，也不會做出這些蠢事了吧。

「不，我的愛是真的！是那傢伙踐踏了我的愛————！」

就像這樣……

「呼……你想像一下吧。你在房裡……然後那裡卻有個你不認識的女人站在那裡……」

「唔……那還真恐怖……」

「那個女人每天都跟著你，還侵入你的房間裡亂翻你的東西，甚至還偷你的衣服，每晚都在你家前面監視你……」

「不、不對，我做的……不是那麼可怕的事情喔？」

「就算你不這麼想，只要對方這麼想就完了吧。你所作的事情毫無疑問的是犯罪！」

「不要把我的愛和那種變態相提並論————！」

跟蹤狂不願承認自己所作的事情是犯罪。甚至厭惡同類的行為，只會抬舉自己的作為，超級自我中心。和他對話簡直沒有意義。

一開始還會裝出可以溝通、願意妥協的樣子，被人用常識給逼到無法反駁時就會做出暴行。

最後甚至會認為是這個世界不對，打算殺害對方來滿足自己的欲望。是只會單方面的投入感情、單方面的鑽牛角尖、單方面的失控並給他人添麻煩的存在。

這個男人當然也一樣……

「這樣啊～……你們也要妨礙我啊～？嘿嘿嘿……好啊，我就殺了你們所有人。不管是你們，還是背叛了我的那傢伙……我要～殺光你們！」

失控了——而且還是遷怒。實在是過分又醜陋的行為……

男人拔出腰上護身用的小刀。

「妨礙我的傢伙啊～……全都去死吧啊啊啊啊啊啊啊啊啊！」

「嘿。」

「嘎啊！」

然而他挑錯對手了。

傑羅斯只打算輕輕打一下，讓打算用小刀刺殺他們的男人昏過去。

接著就只有一個翻著白眼的變態倒下了而已。

「……傭兵公會到底多缺人手啊？這人感覺人格上有缺陷啊……」

「真困擾。這樣要由誰來操縱馬車呢？我沒有當車夫的經驗……」

「這不要緊啦。因為我會駕駛馬車，哎呀哎呀，真令人懷念呢。」

大叔回想起在日本鄉下的生活。

附近有人基於興趣養了馬，所以他們都是用馬車來搬運農作物的。雖然要花飼料錢，卻不需要付油錢，對狹窄的農家道路來說非常方便。大叔當然也基於好玩而駕駛過馬車。

『畢竟從田裡過去的路很窄，要用小卡車運貨也有困難啊……真虧他能把家建在那種地方呢。野中先生不會覺得不方便嗎？』

大叔一邊用繩子把車夫綑起來，一邊回憶著不久之前、令人懷念的記憶。

野中先生的家位在從一般道路通往山間的狹窄小路上，所以只有一條小小的農道通往他家。而且窄得連小客車都無法通過。

附近全是梯田，要是車輪陷在裡頭，拖車也進不來，只能放著，所以他還留有一台老舊的小卡車就這樣倒在那裡生鏽了的印象。

「不過……這些孩子們還真能睡啊？明明吵得那麼兇……」

「他們應該比想像中還累吧。畢竟昨天一口氣提升了等級。」

「如果是這樣就好了……（如果只是神經大條，那就只能說他們太缺乏戒心了……）」

如果是傭兵，休息時也不能完全放下戒心。就算睡著了，也要對些許的氣息有反應，不然是無法存活下來的。特別是在有魔物棲息的森林中。

『試試看好了……』

傑羅斯把手放在劍柄上，散發出殺氣。

「什、什麼！」

「剛、剛剛那到底是……有很驚人的殺氣喔？」

驚醒的只有強尼和小楓，以及五隻咕咕而已。是野性的直覺吧。

「嗯，強尼和小楓及格了。其他的孩子們還需要鍛鍊呢。」

「剛剛那是伯伯做的嗎？幹嘛啊，感覺超危險的耶？」

「那是殺氣……原來如此，是要在下等人就算睡著時也不能大意吧。安潔、拉維、凱照現在這樣早就已經死了。合格是指對殺氣產生了反應吧。」

小楓很快就了解了狀況。相較之下強尼還一臉困惑。

唉，畢竟至今為止沒做過這樣的訓練，光是他有反應這點就很了不起了。

「抱歉在你們睡覺時吵醒你們，不過就算只有一點氣息，要是不能馬上進入戰鬥狀態，一般來說是會死的，所以我才稍微試驗了你們一下。要是這發生在狩獵場或是森林深處，你覺得會怎樣？」

「……伯伯還真是毫不留情啊。的確，要是沒對剛剛那個做出反應的話，應該已經死了吧～」

「在下也太過大意了。就算在道路上，也未必是安全的……要是有盜賊襲來，應該已經被抓住了吧。」

「唉，我是不會讓這種事情發生的啦……不過想自立的話，你們就什麼事情都得靠自己才行。魔物中也有會隱藏自己氣息的魔物，所以得對殺氣敏感些才行喔？」

孩子們又有了新的課題。小楓和強尼開始討論，思索要怎樣訓練才能對殺氣變得敏銳。

咕咕雖然是在給他們兩個建議，不過這景象換個角度來看還真是令人不禁莞爾。完全想像不到他們在討論血腥的訓練內容。

「這事雖然不是很重要，不過伯伯……」

「為何車夫先生會被綁起來？他狠狠地瞪著在下等人耶……」

被捆起來的車夫大叔像是從池裡被釣上的魚一樣不停扭動著。

眼中帶著強烈的殺意……

脫離了車夫掌控的馬車緩緩地以桑特魯城為目標前進著。似乎記住了到城裡的路，看來比起車夫，馬兒更為優秀。

大叔覺得自己彷彿窺見了馬這種動物的職業精神。

野營。這是傭兵必備的技術。

其中吃飯尤其重要，不吃不喝就無法在必要時戰鬥，最慘甚至有可能會死。

在接下護衛工作時，必須以些許的食材準備自己要吃的飯，狩獵時則要在現場狩獵食材，需要事前有計畫性的準備，還要費心去料理。

傍晚時，一行人決定在河邊野營。

孩子們一手拿著飯盒（傑羅斯製作）洗著小麥和米，在鍋子前面切肉和蔬菜。

或許是第一次這樣露營吧，孩子們看起來很開心。

然而像這樣放鬆下來的時候，對魔物或盜賊來說正是下手的好時機。

現在負責戒備的是傑羅斯和拉維，其他人則是在準備晚餐。

「只是要炒菜，這火力太強了吧？」

「欸～不要緊吧？熱一點菜也會比較軟吧？」

「安潔完全不懂……焦了的蔬菜對身體是有害的喔？」

「凱……你那知識是從哪裡學來的啊？」

雖然這畫面看起來非常熱鬧和樂，但目光轉往旁邊，就會看到一個被綑起來的男人隨意地倒在那裡。

劃分為光與暗的異樣空間。

「伯伯，我很閒耶……」

「負責戒備周遭的狀況是很重要的工作喔？大家要輪流來做這件事，所以現在要集中精神。」

「唔欸～～好麻煩喔～我還以為是更輕鬆的工作呢。」

「想要潛入迷宮的話，這可是必備的技術呢。因為迷宮中沒有可以休息的地方，得自己想辦法。必須要確保大家的安全，一邊保持警戒，一邊有效地讓身體休息。」

「Sword and Sorcery」中的迷宮是沒有所謂的安全區域的，在休息中當然也會有魔物襲來。在這狀況下當然無法好好吃飯及睡覺。所以要攻略大規模的迷宮是很麻煩的。

「咖哩啊……伯伯！教我怎麼調配咖哩粉。」

「是可以，不過每個人的喜好不太一樣喔？我是可以把食譜告訴你們，你們再去研究出自己喜歡的口味吧。我是喜歡辣一點的啦。」

「看起來好像很簡單，但實際上不是這樣嗎？」

「光是調配的香料份量不同，味道就會產生變化。就算只差了一點點也會不一樣，所以要小心點喔。」

「這該不會其實非常深奧吧？」

「非常呢……」

光是在市面上販售的咖哩粉中加入一點點香草，香味就會改變了，所以咖哩一直是種非常深奧，不是外行人可以輕易出手的領域。

只要稍微弄錯了，就會做出只有辣味的難吃料理。

『水瀨家的咖哩……簡直是地獄啊～那個……有種異次元的味道。』

腦海中浮現出如今已是遙遠故鄉的友人的回憶。傑羅斯親身體驗過了。

「要在辣味中創造出美味，可不是只要隨便加進去就好。得掌握食材的平衡性，好好燉煮，徹底了解會有什麼味道，再選擇適合的香料。對於外行人來說太難了。」

「伯伯……你該不會是專家吧？」

「不，我也只是略懂毛皮的外行人。真正的咖哩是非常美味的……」

正因為吃過正統的咖哩，他才會斷言自己是個外行人。

要調配咖哩粉非常的困難，所以才深奧。

「……嗯？」

「伯伯……有人來了。」

「備好武器，不要鬆懈，注意周遭的狀況……」

「了解！」

在告訴路賽莉絲等人有人接近了之後，傑羅斯把手放在武器上，盯著道路前方的黑暗處。似乎有數十人吧，伴隨著格外吵鬧的聲音快速朝著這裡靠了過來。

簡直可以說是有勇無謀的行動。對方就是這樣毫無戒備。

「這味道肯定沒錯！有咖哩，前面有咖哩！」

「等、等一下啦。就算真的有，香料在這個世界上可是很珍貴的喔？對方不一定會分給我們吧。」

「別擔心啦～真有什麼問題只要打出勇者的名號就行了！我想要吃咖哩！」

傳來的聲音讓傑羅斯了解了一切。

靠過來的似乎是「勇者」一行人。從大膽地把這件事掛在嘴上靠過來這件事情看來，他們真的很缺乏戒心。

『勇者啊……好了，該怎麼辦呢……』

面對四神的先鋒，傑羅斯露出了陰險的笑容。

「伯伯，你的表情超～邪惡的喔？」

雖然拉維開口吐槽了，但傑羅斯仍沒收起臉上的笑意。

第十五話　大叔真的對四神教的神官生氣了

沒過多久，穿著鎧甲、像是高中生的男女出現在傑羅斯等人的眼前。

「妳看，咖哩這不是在等我們嗎！」

少年突然出聲，一臉得意的樣子。

雖然看起來像是個優等生，眼神卻有些驕傲自大。

「抱歉，真的很抱歉！」

相較之下旁邊的少女非常謙虛，想要安撫少年的情緒，卻不太順利。感覺非常辛苦，令人同情。

頭髮綁成馬尾、戴著眼鏡，感覺很認真的少女，一副會被人叫做班長的樣子。

換句話說就是給人一種會被推去處理一些麻煩事的印象。

總覺得看著她就不禁心生同情。

在那之後接連現身的神官是隨行的人吧。也有可能是負責監視他們的。

「比起那個，咖哩更重要！趕快來吃吧。」

「在那之前該跟這些人打個招呼吧，要是被拒絕了怎麼辦啊！」

「那只要徵收就好啦。我們是勇者耶，沒關係吧？」

「那是在梅提斯聖法神國裡的情況！這裡是不同的國家，要是引起爭端會發展為外交問題的。」

「那也只是國家之間的問題吧？我們可是要從邪神手下保護這個世界的勇者耶。」

少年非常的自負。老實說他的言行只讓人對勇者非常失望。

『這就是勇者？勇者不是應該是就算處在艱困的狀況下，也要賭上性命去打破各種苦難的人嗎？像是某個勇者王一樣。這傢伙只想靠著勇者的名義來搶咖哩啊。』

簡直像是老派遊戲裡那種會從別人的家裡搶走道具的勇者。

他肯定是那種以不好的意義上來說的勇者。

「不好意思啊，食物麻煩你們自己準備。我們手上的東西可不多。」

「你這話是怎樣？你知道我們是誰嗎？」

「是勇者吧，那又怎樣？勇者是忽然現身，恐嚇說要搶走他人食物的傢伙嗎？哎呀哎呀，還真是了不起的勇者呢～」

「抱歉！我會好好勸戒他的……」

「妳沒做錯事吧。真是辛苦妳了呢……居然得負責看著這種恣意妄為又驕縱的傢伙。怎麼樣？要不要一起吃咖哩啊？」

「等等，為什麼一条可以，我就不行啊！太奇怪了吧！」

「我為什麼要分食物給沒禮貌的傢伙啊。這是一般常識吧，你在說什麼啊？唉，雖然也是要看時間跟場合啦，但至少現在不是那種時候。」

沒有東西可以分給失禮的傢伙吃。

大叔劃分得很清楚。而且很紳士的懂得讓女士優先。

「欸～？不過啊，伯伯，以這個人數來說份量不夠喔？」

「是啊～至少蔬菜和肉就不夠，咖哩粉也沒剩多少了喔？」

「有必要分給這些傢伙吃嗎～？還有安潔，伯伯還有咖喱粉，所以不要緊。」

「我不希望肉變少。有人搶我肉的話……我會揍他喔？」

「沒必要施予不懂禮儀的傢伙。無視他們的存在就好了吧？」

孩子們也非常辛辣。

眼前的少年就是如此的失禮吧。

「你看……都是因為田邊你態度那麼差，現在被人家給討厭了喔？」

「妳是想說這都是我的錯嗎！這些傢伙可是沒有勇者就無法保護自己的弱者耶，這種傢伙要為我們鞠躬盡瘁也是當然的吧！我們可是代替這些傢伙在和邪神作戰喔！」

「邪神啊……你們是要從已經消滅的玩意手裡保護誰啊？別笑死人了。」

「什麼消滅……我聽說邪神最近又現身了喔？」

「哦～……四神這麼說啊？原來如此……也就是說，可以肯定四神不是四神教說得那種全知全能的存在了呢。謝啦，這真是不錯的情報。」

「「！」」

獲得了有益的情報，大叔的嘴角不禁上揚，笑容十分邪惡。

覺得傑羅斯的言行舉止不太對勁的兩個勇者立刻拉開了距離。

「為、為什麼你可以斷言邪神不存在……而且為什麼你會露出那麼邪惡的笑容？四神在這個世界上應該是絕對的吧。」

「你有問題吧……面對我們，為什麼可以用那種若無其事的語氣說話？我們可是勇者喔！在這世上是最強的。」

「這個嘛～我為什麼要告訴你們那麼多呢？想知道的話你們去問四神啊，我可不想說明呢……麻煩死了。」

「「只因為麻煩就不告訴我們嗎！」」

「是啊？不要以為什麼事情都會有人告訴你們。只會被人塞一些麻煩事，任意差使喔？沒錯，就跟過去的勇者一樣……」

這句話讓現場的氣氛凍結了。

周圍的神官們開始散發出殺氣。

「啊，咖哩要煮焦了，不從火上拿下來會報銷的喔？」

「啊，說得也是。安潔，妳拿那一邊……」

「ＯＫ。」

無視那些散發出殺氣的人，大叔把注意力移到了咖哩上。

路賽莉絲和安潔用木棍穿過把手，把鍋子從火上拿了下來。

因為咖哩要是煮焦了黏在鍋底就很難洗掉，很麻煩的。

「等等，現在正是重要的時候吧！你為什麼先去處理咖哩的事啊！」

「對我來說不重要啊。你至今為止都過得很爽吧？代價是死也無所謂……就算被騙了也一樣呢。」

「這話是什麼意思啊！你不說清楚誰懂啊！」

「不不不，我只是個不相信神的魔導士。對於身為神的代理人的勇者說這些事情也沒有意義，真的不是什麼重要的事。」

「『對我們來說很重要！』」

「這對我來說一～點都不重要喔？對於滿足於現況的人來說，這實在是太太太……太殘酷了，我說不出口呢。」

他沒想過自己會實際碰上勇者，不過曾在報紙或傳聞中聽過關於他們的事。

被神的奇蹟召喚而來，以驚人的速度成長，擁有壓倒性的戰鬥力。

隸屬於梅提斯聖法神國，偶爾會和異端審問官一起行動，討伐違背教義的神官。他曾在伊斯特魯魔法學院的大圖書館的報紙區看過這些話題，但實在太可疑了。

他不管怎麼想都覺得勇者只是被利用了，傑羅斯覺得這是個好機會，改變了念頭，打算從他們口中套出一些情報。而咖哩只是用來誘導他們思考的幻術。

「我、我才沒有因此滿足呢！我……我想見家人……！想要早點逃離這個世界……」

「我是無所謂啦。待在這裡可以隨心所欲，也沒有比我們更強的傢伙在。後宮超棒的。」

「嗯，那我可以告訴那邊那個女孩子吧？至於你啊……死一死好了？反正你到最後都會被殺的。」

對這句話起了反應，神官們開始使用魔法。

傑羅斯察覺到了他們的行動。不知道神官們是不希望傑羅斯說出不利於他們的事，還是對傑羅斯那愚弄四神的態度感到火大。

唉，反正兩者都是傑羅斯的猜測，不去調查是搞不清楚他們真正的目的為何的，不過忽然打算攻擊他人，還真亂來啊。

「「「神之光啊，寄宿於我等之手，燒毀罪人吧。願您能賜予罪人之魂救濟與慈悲……『神聖光束』！」」」

「『反彈』。」

傑羅斯俐落地用無詠唱魔法把神官們放出的魔法給反彈了回去。

結果神官們就吃下了自己放出的魔法。

「唔啊啊啊啊啊啊啊！」

「怎、怎麼可能……居然反射了神的力量……」

「咿咿咿咿咿咿咿咿咿咿咿咿咿咿咿咿！」

「你這傢伙……蠱惑勇者的惡魔……」

「說得真過分啊～……我用的魔法和你們用的神聖魔法都是一樣的東西喔？不管自己有多無知，就擅自說人家是惡魔，這我也是會受傷的耶？比方說……『神聖光束』。」

非常幼稚的大叔對神官們使出同樣的魔法。

雖然他很有良心的小心不要打中他們，還是藏不住臉上那邪惡的笑容。

「「「唔啊啊啊啊啊啊啊啊啊啊啊啊啊啊啊！」」」

「怎、怎麼會……魔導士居然可以使用神聖魔法……而且還不須詠唱！」

「該不會……我們的魔法真的和魔導士一樣……」

「不可能……怎麼可能會有這種事！」

兩位勇者完全愣住了。

他們聽說神聖魔法是神的力量，不是魔導士可以運用的能力。然而這說法卻被眼前的魔導士徹底推翻了。

他們的常識在這一瞬間被打碎了。

「等一下，你說神聖魔法和魔導士的魔法一樣。那麼治癒魔法也……」

「只是『神官』的職業效果可以提升回復力而已，實際上魔導士也能用喔？反過來也一樣。你們該不會以為魔導士不能使用治癒魔法吧？那是錯的。」

「也就是說神聖魔法……」

「和魔導士的魔法在根本上是一樣的東西。而且是四神把光魔法稱作是神聖魔法的。你們怎麼想？很可疑對吧。」

「這樣的話……神官到底是什麼啊！這些傢伙可是利用這魔法打造了龐大的勢力喔！」

「神官原本是信奉創生神的人呢。所以才能獲得提升回復能力的效果。然而現在除了一小部分的人之外，幾乎沒有人信奉創生神。因為四神教奪走了創生神教的地位。勇者召喚原本也只有在緊急時才可以使用，四神教卻頻繁地召喚勇者，這影響不知道會給這世界帶來怎樣的災厄。最慘的情況下，就算吞併了其他世界後毀滅也不奇怪。在時空上開個洞出來就是這麼一回事。」

傑羅斯這有些誇大的話，讓兩位勇者的臉都白了。

因為他們發現到，一個不小心，自己原本所處的世界就有可能會被波及。

不過傑羅斯這番話也只是猜測。他只是以他從伊斯特魯魔法學院的大圖書館中所獲得的知識為基礎，說出某種可能性。也就是說他只是隨口亂說而已。

不過勇者們也沒有辦法驗證他的話。

而且他們輕易地信以為真。正因為有些事他們心裡有底，才會覺得這番話是真的吧。

「好了，咖哩也煮好了，大家一起來吃吧。」

「「「哇～～～是咖哩！看起來好好吃～～～！」」」

「這香味……真是刺激食慾呢。在下也快成為咖哩的俘虜了。」

「那個……傑羅斯先生？神官們好像很痛苦的樣子……」

「因為我好像會說出不利於他們的話，他們就突然攻擊我喔？他們就算在背地裡接下了有個萬一時就要解決掉勇者的命令也不奇怪呢～唉，宗教就是這樣啦。」

與兩位勇者心中萌生出的猜疑心相反，神官們痛苦的呻吟著。

這也沒辦法，因為他們自己放出的魔法就這樣原原本本的被反彈回來，讓他們無從抵抗。

「真是的，連只有做好死亡覺悟的人才能對人使用攻擊魔法這點常識都不知道。雖然不清楚四神教到底都教了些什麼，不過我怎麼可能乖乖讓你們殺掉。」

「你……到底是何方神聖？你一口氣反彈了十人份的攻擊魔法喔！這可不是一般人能夠辦得到的事……」

「……我只是個不起眼的魔導士。不和我為敵的話我就不會亂來，前提是不和我為敵……喔？」

「說是這樣說，但這也太過分了吧……」

「我為什麼要對打算殺我的人手下留情？這裡可是嚴苛的世界呢。各地都有許多比人類還強的怪物，特別是在那座森林裡……」

他隨意伸出手指，指著的地方可以看見被綠意包覆的廣大山脈。

兩位勇者不禁屏息。那裡被梅提斯聖法神國稱作受詛咒之地，聽說是不能踏入的魔之領域。

勇者們也相信了這些話。唉，是沒錯啦……

「法、法芙蘭大深綠地帶……有這麼嚴苛嗎？」

「以你們的實力，一天就會死了吧？只要不去森林深處就好了啦……嗯，薑黃的量好像太少了？反而是孜然太多了一些……」

「「居然已經在吃了！」」

「因為啊～不吃的話就會被這些孩子們吃光光啊……之前煮的咖哩也全被他們吃光了。」

大叔非常喜歡咖哩。

而他對調配出的咖哩粉似乎有些不滿。就因為他嘗過正統咖哩的味道……

「果然還是該確認一下份量比較好。光靠香味實在搞不清楚，只憑直覺來做也只會做出更多失敗的咖哩，真難啊。距離穩定的味道還有很長的路要走。」

「是這樣嗎？我覺得已經很好吃了耶……？」

「路賽莉絲小姐……咖哩啊，由於香料的比例不同，味道會產生很大的變化，並且有許多細微的差異。以砲聲蟾蜍的肉來說，希望可以再清爽一點，再帶點具有刺激性的辣味啊。」

「還真難呢，料理研究真是深奧。」

「「那個……話題可以先離開咖哩嗎？」」

大叔將盤子遞給追問的兩位勇者。然後……

「你們要吃吃看嗎？我是不太滿意啦，想聽聽其他人的意見。」

「「謝謝招待！」」

勇者們輕易地就被收買了。咖哩的威力真驚人。

勇者們渴求著地球的滋味。

「是、是久違的咖哩呢，我……已經三年沒吃到了……」

「好好吃……咖哩是這種味道啊……」

「呵，笨蛋……有人會吃咖哩吃到哭嗎。閉上嘴好好吃吧。」

大叔用宛如老店主廚的口氣，說出帥氣的台詞。

無法插話的神官們也因為那刺激食慾的香氣而垂涎三尺，眼巴巴地望著他們。

「嘿……只是被辣椒給嗆到了……」

「好吃……我好懷念媽媽的咖哩喔……嗚嗚……」

成功攻陷了勇者們。大叔暗自竊笑。發揮了「超S主任」的本事。

「對於兩位勇者來說，咖哩是令人懷念的味道啊……」

路賽莉絲將咖哩盛入碗中。從不同角度來看，她就像是能幹的年輕太太。

可是這一句話讓他們產生了疑問。

「喂，等一下！仔細想想你為什麼會知道咖哩？你該不會跟我們一樣是勇者吧！」

「啊！這麼說來……至今為止不管怎麼找咖哩粉都找不到的說……」

「哎呀，我跟勇者沒有任何關係喔。想知道答案的話就去問四神吧。本來我就不站在四神教那一邊。不如說是敵人吧？」

「敵人……這是怎麼回事？」

大叔若無其事的放話。勇者們的手雖然停了下來，視線卻沒從咖哩上移開。

「我就說了去問四神啊。根據狀況發展，有可能會變成那樣。換句話說，我也有可能會成為勇者的敵人。」

「你這樣講我們搞不懂啦。跟我們說明一下啦……」

「就算最後你們會死，也想知道嗎？像你們那些擁有多餘知識的前輩一樣……你們知道嗎？至今被召喚來的勇者，沒有一個人被送回原本的世界喔。」

「「欸？」」

湯匙從他們的手上掉了下來。

聽了魔導士的話，勇者們帶著陰鬱的表情，消沉地垂下肩膀，盯著地面。

看到這模樣，傑羅斯感覺到這話起了效果。

沒錯，這只是傑羅斯為了驗證自己的假設而刻意放的話。

那種現在才注意到這件事的態度，表現出了勇者們的無知。

也就是說，他們其實不知道勇者到底能不能回到原本的世界去。

他們一定從未見過勇者們實際回去的樣子吧。

「你是說……我們不會被送回去嗎？怎麼可能，大主教說會把我們所有人都送回去的……」

「那個啊，你知道要在時空上開出一個洞需要多少能量嗎？而且還要隔三十年才能召喚喔？怎麼可能會有能量能送你們回去啊。光是累積魔力就要花上三十年的時間耶？以常識來思考，四神教雖然召喚了你們過來，但沒打算讓你們回去。因為要送回去還不如解決你們比較快。反正是異世界的人……」

「這樣的話，在這個世界裡死去的朋友們也不可能會回到原本的世界嗎……」

「死了就結束了。因為這可不是遊戲，無法讓死者復活。這是當然的吧。我想應該不至於啦，但你們該不會真心相信死了之後可以回到原本的世界，過著普通的生活吧？那才真的不可能呢。」

儘管一邊吃著咖哩，但他的眼神中絕對沒有半點笑意。傑羅斯用非常昏暗，帶著無止境黑暗的眼神看著他們。

他現在所說的，也是統合了在大圖書館調查來的內容以及多項情報來源後所得出的推測。因為不這樣想就有很多事情對不上，所以他才會認為勇者是些用過就會被捨棄的棄子。

而勇者們也愈來愈不安……

「從這裡得出的結論，就是四神不是神。只不過是代理人罷了。唉，要不要相信這話就看你們的判斷了。這樣下去只會被利用到死就是了啦。啊，已經來不及了呢，哈哈哈哈哈♪」

「這是……騙人的吧……我們應該是被選上的人才對啊……」

「雖然覺得很可疑，可是我們也只能仰賴他們了……因為……他們知道可以讓我們回去的方法……」

「你們覺得召喚勇者的魔法陣，真的有送人回去的功能嗎？你以為這個世界的周圍有多少不同的世界？你們最好是認為除了你們的世界之外還有無限多的世界。事件、時間軸、過去的歷史，你們真的覺得可以從中選出特定的世界嗎？不如說你們應該是隨機被選中，然後召喚過來的吧。」

兩位勇者面色鐵青。還是把這些情報告訴了勇者們的大叔個性真的很差。

根據勇者們的說法，他們不會死，就算在這個世界死了，也會在原本的世界甦醒過來。

可是他們很難驗證這話的真偽。

因為想驗證的話就得死。

冷靜想想這條件非常可疑，而且對於四神教來說實在是太剛好了。

「這樣啊……所以風間同學才想去了解真相。」

「那個阿宅……注意到了這種事情嗎。然而我們卻……」

「哦……勇者裡面也有比較像樣的人在啊。你們大多都因為接受了破格的優渥待遇而歡天喜地，放棄思考直到現在吧。至今為止有多少勇者死了？那些勇者們真的回到原本的世界去了嗎？」

他們的確獲得了破格的優渥條件。

在金錢層面上的援助，以及性需求方面的人員調度。免除某些程度的違法行為的罰則，以國家來說是難以想像的優渥條件。而且還可以盡情地過著奢侈的生活。

然後到了現在，被召喚來的勇者已經有半數不在這個世界了。

「桃色陷阱，奢侈生活。就連太過恣意妄為的行為都會睜一隻眼閉一隻眼，讓你們得意忘形。這是常有的手段呢，以輕小說的劇情發展上來說可能太無聊了吧？」

「你……真的不是勇者嗎？感覺你意外的很清楚這些事情嘛，還會做咖哩，你應該不是這個世界的人吧……」

「我做了很多調查呢，因為我是追求真理的魔導士。好，問題來了，你們要打倒的邪神是什麼？來自異世界的侵略者？還是突然變異出的怪物？不管是哪個，能夠穿越次元的話，那可是相當不得了的怪物喔？世界沒被毀滅還比較奇怪。」

「不能將至今為止四神所說的話照單全收……從世界沒有毀滅，一直持續到現在這點來說，邪神的目的不是掌控世界、也不是破壞？從四神勢力抬頭，打算打倒邪神這一點看來，邪神的存在不利於四神……也就是說，是威脅到神的地位的人，或是小說常見的設定……邪神是這個世界的神？」

「沒錯喔。呃……你是叫做田邊嗎？四神不管怎樣都希望邪神可以消失。不然的話，四神就無法作為神君臨這個世界了。應該可以這麼想吧，邪神的存在對四神不利，四神才會要勇者們去打倒邪神。因為四神自己無法打倒邪神。」

「要勇者們去打倒那種東西也很奇怪吧？根據傳承，那是可以打飛一整座山的東西耶。照一般的想法來看是沒辦法打倒那種東西的吧……也有可能是生物兵器。」

「嗯～這點很難說呢，是可以推測，不過沒有證據哪～到底是這個世界真正的神呢，還是舊時代的生物兵器呢。如果真的是來自異世界的生物，也不知道出現的目的是什麼，只有這點沒辦法靠人力去調查呢。」

已經有許多的間接證據。只是沒有確實的直接證據而已。

因為傑羅斯用一副知道內情的樣子公然把這些推測階段的事情說了出來，讓這話聽起來莫名有說服力，兩位勇者已經把傑羅斯的話當真了。

然而當事人完全沒說過這些是事實，所以全是勇者們自己的誤會。

大叔是邪惡的大人。

基於四神的神諭行動的勇者們，現在回想起來覺得四神實在有很多難以理解的指示。

比方說要他們攻入信仰聖獸的獸人族國家，或是對信仰非四神教的其他宗教的國家開戰。不管哪個都是只對四神有利的事，以不同觀點來看，只不過是宗教壓迫戰爭罷了。

正因為有些符合的狀況，才會讓他們完全信以為真。

「「「好吃、好吃、好吃、好吃♪」」」

「不用這麼急著吃吧，鍋子裡還有。這樣會燙到的喔。」

「嗯……真是美味。不過飛龍肉也很美味啊……」

「是啊～至今為止沒吃過那種肉呢～」

「那真的很好吃呢～♡」

「柔軟又多汁……香醇又甘甜的鮮美滋味……」

「伯伯，你身上沒有飛龍肉嗎？」

孩子們非常懂得品嚐美食。

這樣下去的話或許沒辦法普通的野營，大叔的內心有些慌張。

真要說起來，野營時是不能做咖哩這種香氣四溢的料理的。因為會有其他魔物被香氣引誘過來。一個沒弄好說不定就得在野營地展開戰鬥。

『失敗了嗎……應該之後再讓他們吃咖哩的。』

大叔稍微反省了一下。

「我們……到底是為了什麼被召喚過來的啊。」

「大家……都死了……明明這樣，卻……」

「畢竟四神很愛享樂啊，大概只是想要追求異世界的文化吧？我看到市面上販售的漫畫，差點想要掀起戰爭呢……」

「「這麼嚴重嗎！」」

作為娛樂的一環，勇者把關於動畫或輕小說的事情流傳開來是無所謂。問題是故事的角色是把好幾個角色拼湊在一起，完全沒有任何原創要素。硬是把好幾個不同的故事結合，徹底的破壞原作，完全沒有任何故事性，就是因為這樣，大叔身為一個粉絲才看不下去。

「為什麼……會變成彼得潘在觔斗雲上，一邊擺出可愛的姿勢一邊像假面騎士那樣變身，和黑暗原力覺醒後的虎克船長殺個你死我活呢……而且在有百萬夜景的高樓大廈上，月亮還照出了蝙蝠的標誌喔。用美式漫畫的畫風！」

「太、太混亂了……」

「的確……完全沒有半點故事性呢。抄襲也該有個限度……」

「完全沒有半點對於原作的敬意，全是些糟糕的玩意。更不能原諒的是他們還販售對教育上有不良影響的色色小薄本。而且是在孩子們也可以輕易拿到的地方。真想找到出版者，衝進去焚書啊。我是說真的……呵呵呵……」

「「為什麼呢。我很能理解你的心情……」」

傑羅斯若無其事的看向神官們，只見他們全都別開了視線。

他們的臉上有著沉重的罪惡感。從那樣子看來，顯然犯人就是他們。

「就是你們這些傢伙嗎！這樣啊，你們為了賺取四神教的資金和提高知名度，所以才四處散播那種爛東西嗎！給我道歉！打從心底為那些拚命地創造出故事的藝術作品道歉！以死向作家及漫畫家們謝罪吧！」

大叔非常激動，心中的怒火熊熊燃燒。

他是個徹底的阿宅。所以他才會覺得這個世界上的漫畫是絕對不能原諒的邪惡教典。看了那種東西的這個世界的居民實在太令人同情了。

「祈禱完了嗎？有什麼遺言要留給家人的嗎？已經做好去死的覺悟了嗎？」

「『這個人是認真的啊——————！』」

「不、不是的……製作那個的不是我們所屬的部門……我們也不清楚……」

「對、對啊……我們也覺得那個內容很令人頭痛。這點也希望你能考慮……呃，你不會考慮呢……哈哈哈。」

「我雖然覺得那個實在太過分了，可是那些傢伙卻壞心眼的說『反正這世上的傢伙也不知道原作是怎樣，只要可以賺到錢就好了啦！』我也有出言阻止，可是聖女大人……」

「聖女大人對於薄本特別用心呢……這樣好嗎？販賣那種宣揚同性戀的書……」

「『聖女大人在做些什麼啊！』」

面臨生命危機，神官們非常的拚命。

而且聖女居然有參與漫畫製作。勇者們得知了驚愕的事實。

「你們覺得這樣就能被原諒嗎？完全沒有檢閱過那些亂七八糟的漫畫，就這樣拿出來販售，你們覺得自己沒有任何責任嗎？你們是在知道這些東西在市面上流傳的前提下，默許這些事情發生吧？這是不可饒恕的大罪……既然是你們的同夥，那就更不用提了，要是這些東西對單純的年輕人產生了不好的影響，你們打算怎麼贖罪？百合和薔薇可是荊棘之路啊，更何況要是有人因此迷上蘿莉，導致犯罪者增加該怎麼辦！孩子們不是應該被守護的存在嗎！」

魔王降臨於此。

他不知何時換了裝備，以黑龍王的皮膜製成的長袍，配上以黑鎧龍的甲殼製成的胸甲，搭上以同樣的素材製成的黑色帽子，手上拿著像是十字槍的魔法杖。憤怒的完全進入了殲滅者模式。

漆黑的聖者，或是黑衣大主教，總之他的存在激起了非比尋常的恐懼感。

「必須贖罪。因為那個扭曲的漫畫，有多少的純真的心靈因此走上了邪道呢……如果這是神的作為，那神就是敵人。是必須徹底剷除的邪惡！比髒東西還要汙穢……那是應該遭人唾棄的惡行。」

不過是漫畫，黑衣大賢者卻散發出了驚人的壓迫感，在神官們的心底種下了恐懼的種子。

然而漫畫的表現方式會給孩子們的教育帶來莫大的影響，就算內容不當，也會在純真的心靈上發揮巨大的效果。更何況是在這個缺乏娛樂的世界。

「這罪孽絕對不可饒恕。這是戰爭。是我等發起的戰爭。由於你們的過錯，掀起了數千、數萬的悲劇。把這視為宣告終結的鐘聲，刻劃在心上吧，一切都是源自於你們！現在正是發起聖戰的時刻，諸神黃昏的開端！」

他用非常高的姿態生氣著。

「『你到底多喜歡動畫和輕小說啊！』」

「那是我就算弒神也要守護的心之聖經，有什麼問題嗎？」

「『你很乾脆的說了要殺死神耶。你根本就是個徹頭徹尾的阿宅吧！』」

「那又怎樣？比奇怪的宗教來得好吧。」

以某方面來說他這話也沒說錯。雖然以別的意義上來說是很危險的思想，然而對於這個世界來說是沒有意義的問答。因為這個世界上是沒有相關規定的。

「四神教繼續維持現況的話，我會親手殲滅四神教的。這已經是確定事項了。」

「是確定事項喔……以某方面來說還真是以危險的對手為敵了啊。因為動畫和輕小說，那個國家就要滅亡了嗎……」

「我完全看不見他的等級，到底有多強啊，這個人……」

「我可以輕鬆幹掉等級500的人喔。就算有三十個人也是小意思。勇者？那是什麼？能吃嗎？」

「『我絕對不想和這個人為敵！』」

勇者們在這瞬間碰上了比邪神還要糟糕的對手。

「你……你到底是何方神聖。那膨大的魔力，甚至能夠看穿我等內情的豐富知識……以及可以反彈神之力的壓倒性力量，你絕對不是什麼普通人。」

「而且那個裝備……可不是路邊隨手可得的素材。是我等不知道的魔物……」

神官們會起疑也是當然的。

大叔在他們的面前點起香菸。吸了一口後，冷淡地吐出煙霧。

「自古以來，要引導勇者的就是魔導士吧？我只是個家裡蹲研究家。是說召喚勇者的魔法……很危險喔？這個世界也差不多要出問題了吧？」

「引導勇者……該不會是『賢者』吧！怎、怎麼可能，這個世界上還有那種存在嗎？」

「好了好了，我沒必要告訴你們這麼多吧。而且探究睿智之人是隱世之人，沒有打算要被國家給束縛。要是礙事的話消滅掉就好了，就算毀滅一個大國也不會讓生活變得比較差，總之沒得談。要是想讓你們的國家從地圖上消失，你們就儘管向上頭的人報告吧？呵呵呵……」

「「「「完全不是賢者該說的話！」」」」

大叔由於宅文化被踐踏，非常火大的樣子。

把世界觀破壞到這種程度，讓他實在是看不下去。

最重要的是既然作為漫畫出版，就會被小孩子們看到。說穿了就是對教育很不好。更何況根本沒有限制購買年齡，孩子們也可以輕鬆買到限制級的書。

「真要說起來所謂的魔導士，就是你們世界上的瘋狂科學家啊。為了探究知識，什麼東西都會看，還會擅自反覆進行實驗的家裡蹲阿宅，可不是故事裡的聖人君子。以常識來說，怎麼可能有那麼剛好的事情啊。」

「話說得超乾脆！」

雖然有些勉強，但他立刻裝成是這個世界的居民，若無其事的避開了勇者們的問題。

現在要是被人發現他是來自異世界的轉生者就麻煩了，他便利用了他們的誤解。

「嗯～仔細想想也是當然的吧……想要追求魔法頂點的人，不可能一直沒沒無聞吧。要是甘於沒沒無聞的狀況，那認為對方是個超級研究狂也比較合理。」

「基於魔法研究，我也有參考勇者們帶來的宅文化。比方說被稱作是科學的技術，就令人充滿了研究欲望呢。只是對於把原作破壞到這種程度，還流傳開來的傢伙，我是真心想要掀起戰爭啦。」

「『賢者迷上了宅文化！而且還是個原作至上主義者！』」

「我可一次都沒說過我是賢者喔？」

本人的確沒說，但至少在現場的勇者和神官們都開始半信半疑地認為傑羅斯是賢者了。

乍看之下是個熱愛宅文化、令人感到遺憾的研究狂，且因為這怒氣就說要毀滅「梅提斯聖法神國」，不管怎麼想這行為舉止都很奇怪。

可是從他可以使用神聖魔法，說出他們不知道的情報這點看來，他完全是個賢者。就連勇者們的「鑑定」技能都無法看到他的等級，可見他的實力有多麼脫離常軌。

發現賢者的存在——這是值得驚愕的歷史性大事件，可是勇者們卻有種奇妙的恐懼感。

不過對大叔來說這樣正好。他試著讓他們更分不清真偽。

「那個咖哩，該不會是……」

「是我想要打發時間，才試著重現你們的前輩流傳出的美食漫畫的內容。唉，我可沒打算拯救被召喚來之後，連自己被騙了都不知道，就這樣隨波逐流、得意忘形的勇者們吶。畢竟弱肉強食是這個世界的法則。」

大叔若無其事的公然說謊。

「也就是說賢者其實根本不在乎勇者？覺得得意忘形的人死了多少都無所謂嗎？」

「我可不是賢者喔？我倒是想問，為什麼非得去拯救勇者啊？這說穿了只是民族間的宗教戰爭吧，我才不想跟這種事情扯上關係咧。無聊死了。」

「這跟我們無關吧！為什麼我們非得戰鬥不可啊！」

「這話請妳去跟四神說吧。是那些傢伙召喚你們來的，而且被召喚來的時候，妳心裡也很高興吧？有種『終於從無聊的現實中解放出來了』的快感吧。」

「這、這個……」

勇者少女──「一条渚」無法否認。

被召喚到這個世界上的時候，自己身邊的環境改變了這件事確實讓她興奮不已。在潛入迷宮，等級提升的時候，自己逐漸變強一事也讓她心中有股快感。

然而現實是殘酷的，看到夥伴因為戰爭而死，她便開始想要回去原本的世界了。現在說她是為了這個目的而戰的也不為過。

「你們有說到一個叫風間的人吧？他做出了正確的判斷呢。恐怕是對照從輕小說中獲得的知識，覺得很可疑，才會沒把四神教的話全聽進去吧。他一定有所防備呢。不過你們卻沒聽他的話，一直到了現在……那位風間怎麼了？從你們的態度來推測，或許已經死了吧……」

他向渚確認風間的安危時，她瞬間顫抖了一下。

剛來到異世界時充滿了解放感，當時他們非常的興奮。

在這種狀況下忽然得知了殘酷的現實。

想必他們對這個事實非常的懊悔吧。

因為兩人都面色鐵青的樣子。

傑羅斯也從他們這明顯的態度上大概知道發生了什麼事。

「的確……如你所說的……」

「我們非常享受這個異世界。升級、變強……可是沒想到戰爭是那麼悲慘的事。」

「你們甘於現況，放棄了思考。為了逃離死亡的恐懼，沉溺於他們賜予你們的娛樂之中。明明拒絕了可以相信的夥伴，還有權利去仰賴他人嗎？現實是很殘酷的。不管多強，人都會輕易的死去……像你們這種拒絕面對現實的傢伙，只是碰巧遇上的我沒道理要出手幫忙吧。」

「這、這個……」

「戰爭很悲慘？那可是互相廝殺喔，怎麼可能不悲慘。沒做好覺悟卻揮舞著武器、濫用權威、只會不斷妥協於現況的人卻想仰賴他人，是不是把事情想得太美好了啊？你們到底要多天真啊。自作自受這句話是從你們的世界傳來的吧。」

「「…………」」

兩個勇者說不出話來。

完全找不到可以反駁的話。

「真想見見風間啊～總覺得可以跟他做些有意義的交流。所以呢？你們是怎麼對待風間的？無視他嗎，還是瞧不起他呢，不管怎樣，死者都不會回來了。道歉也沒意義。因為已經來不及了呢……『既然是賢者就救救我們』這種話我是不會聽的喔？我只是個普通的魔導士。而且我是個非常自我中心的人，是不會做對自己沒有任何好處的事情的。在這些前提下，我問你們，勇者真的是那麼了不起的東西嗎？你們完成了什麼像是勇者該做出的豐功偉業嗎？」

勇者雖然被稱作是這個世界上最強的戰士，可是眼前的魔導士實力卻遠勝於他們。原本他們就覺得有點不對勁了，這下更是覺得勇者是最強的這個說法非常可疑。

更何況他們根本沒有完成任何豐功偉業，根本搞不懂自己是為了什麼才會出現在這裡。

兩人因此了解到事情並不像梅提斯聖法神國說得那麼好聽。

「唉，在這野營地上，隨便你們想幹嘛就幹嘛吧。只是要是對我們出手的話，我可是會毫不留情的擊潰你們喔？就算因此毀滅一個國家我也不在意。唉，應該會有很多人因此高興就是了。」

「我知道你完全沒有打算要幫助我們了……不過……」

「嗯……我們有件事情想問……」

「什麼事？」

「「被捆在那邊的人是誰啊？」」

「只是個惡劣的跟蹤狂罷了。」

在兩位勇者的手指前方，至今仍被綑著的男人不停掙扎跳動著。

用帶有殺意的眼神看著這裡……

第十六話　大叔偷偷地觀察勇者的狀況

「田邊勝彥」是被召喚到異世界的學生之一。

在國中三年級的暑假前，經由四神之手，他在班會時被召喚到了這個世界。

他一開始非常的興奮。輕小說和遊戲裡面經常會出現的勇者。自己居然成了那樣的勇者，讓他高興得不得了。破格的待遇讓他開始得意忘形起來。不，其他的學生也一樣。

只有一個人。身為勇者，同時也是個魔導士的「風間卓實」警告所有同學這一切很可疑，可是除了一個人之外，沒有任何人願意聽他說話。

身為勇者的他們，行為全都受到了四神教的大本營梅提斯聖法神國的保障，可以自由花用金錢，要多少女人就有多少女人。而且還附帶了可以讓異教徒當奴隸，隨心所欲的對待他們的優惠。

他也是思春期的少年，無法抵抗性慾，沉溺於其中的一人。就算被女孩子們白眼相待，他也覺得無所謂。

這樣的狀況在距今約一年前有了巨大的變化。

那時四神們下達了神諭，要他們去討伐住在山岳地帶的「魔族」之國。

那個國家名為「阿爾特姆皇國」，是有翼人種居住的國家。勝彥他們和平常一樣順從著欲望行動，然而應該是最強的勇者卻無力抵抗，接連被殺害。沒錯，身為有翼人種的「魔族」比他們強太多了。

勇者們對於這初次發生的狀況感到恐懼。然而想逃也無法逃脫。

可是就算「魔族」再強，人數上還是梅提斯聖法神國占了優勢。戰況對他們有利，最後勇者們包圍了某座城砦。

然而包圍那座城砦是個錯誤的決定。

在那座巨大城砦的周遭，有著被稱作「邪神爪痕」的彎曲溪谷，有許多兇暴的魔物棲息在那前方的森林裡。

突然從森林中現身的魔物們，襲向了梅提斯聖法神國的神聖騎士團，他們簡直就像是魔物的餌食，悽慘地被啃食殆盡。勇者中也有好幾個人被吃了，戰況因此逆轉。

他們完全中計，掉進了陷阱中。

地獄般的景象不斷擴大，敵人更從城砦中發出了毫不留情的魔法攻擊。由於夥伴「風間卓實」的努力，有一半的人活了下來，但是他在這場戰爭後就失蹤了，生死不明。

梅提斯聖法神國因此在歷史上首次嘗到敗北的滋味。死亡的恐懼也深深地刻劃在勇者們的心上。而勝彥也是為此恐懼的其中一人。

他以搜索邪神蹤跡的名義逃離了前線，帶著神官們來到了索利斯提亞魔法王國，這次卻落到了被大叔魔導士嚴厲質問的下場。

雖然話題有些偏離主題，但裡面也包含著重要的情報。剛剛的對話有很多值得深思之處——或是他們一直沒去面對的事。

勇者一行人中有幾個人負責守衛，決定今晚在此紮營。眼前有兩個孩子，一個負責守衛，一個負責顧火。

他們似乎在做成為冒險者的訓練，在這個世界上不是什麼稀奇的事。

在被召喚過來之前的世界，「地球」上沒見過的景象，這三年內也已經習慣了，現在也不覺得有哪裡奇怪的。

「欸，一条……」

「什麼事……」

「妳怎麼想？因為召喚勇者的影響，這個世界或許會變得很危險的事……」

「我覺得可能性很高。畢竟召喚勇者是在時空上開出一個洞的行為喔？當然，其他的世界上也被開了洞，那個洞殘留下來，成了世界上扭曲的部分，然而他們卻又繼續召喚……」

「那會變得……怎麼樣啊……」

「比方說，這個世界和我們原本的世界互相吸引，撞在一起之後消滅……在發生相互轉移的瞬間，說不定會引發連鎖性的崩壞，波及到其他世界。」

「喂，那樣……豈不是非常糟糕嗎！」

以可能性來說這絕非不可能發生的事。只是沒有確切的證據。

可是既然不能證明這是不可能發生的，就不該隨意使用異世界召喚這個手段。既然有可能，就應該盡量避免召喚勇者。

可是梅提斯聖法神國卻召喚了好幾次，說不定世界已經開始朝著滅亡倒數計時了。

「因為是在異世界上開出一個洞來進行召喚的，所以應該需要很龐大的能量——為什麼至今為止我們都沒想到這件事呢。要是風間注意到了這件事，你覺得會怎樣？」

「神官們格外討厭他，也是因為他是魔導士吧。要是有可能因為召喚勇者導致世界滅亡的話，梅提斯聖法神國就會成為所有國家的敵人。神的教徒也會搖身一變，成了邪教的信眾。」

「是啊……因為魔導士追求萬物之理，所以他們才會討厭身為魔導士的風間吧。因為他站在和宗教完全相反的立場上。」

「你們幾個，對這些事情有什麼想法？那個魔導士說的話可信度很高喔？剛剛你們也打算在他說出什麼多餘的話之前封住他的嘴吧。要是沒被他反擊回來的話。」

勝彥出聲問那些神官們。

「我們也不清楚。我們被賦予的任務只有輔佐你們勇者，以及處置那些打算散播違反教義思想的人。魔導士以某種意義上來說是我們的敵人。」

「可是他說的話裡也有值得認同的部分喔？雖然不知道召喚要用上多少能量……這種情況下該說是魔力嗎？不過這世界上的魔力沒有多到可以反覆召喚好幾次吧。說不定早就已經對這個世界產生影響了。搞不好這個世界正朝著破滅邁進喔？」

「怎麼可能……召喚是透過四神的力量進行的。而神的力量正是人類的智能無法觸及的領域……」

「只有你們會這樣想吧？因為四神不是打不過邪神嗎。要是這個世界真的是四神創造的，那邪神又是怎樣誕生的？從異世界來的？突變？如果是從異世界來的，那邪神應該擁有足以在次元上開洞的強大力量吧。假如真是這樣，這個世界早就毀滅了。認為邪神是被封印在這個世界上的某處比較合理吧？」

「這、這樣就表示我們的教義是錯的……怎麼可能會有這種事……」

神官們開始不知所措。

雖然不知道是不是召喚勇者造成的影響，不過在異世界上開洞的行為不可能沒有任何後遺症。他們根本沒有想到連接上空間，而且還是連結上其他世界會產生怎樣的影響吧。

為了觀察勇者們的狀況，大叔魔導士隱藏住自己的氣息，偷偷逼近他們的身後。

『呵呵呵……沒想到會碰上勇者，不過好像確實地動搖了他們的想法。我也真是會亂說話啊。好了，得到了多餘知識的勇者和神官們會怎麼辦呢。』

暗地裡非常厭惡四神的大叔，為了找碴而信口開河——雖然也不能一概而論，不過他對勇者們說了些虛實混雜的話，打算使他們從內部分裂。

儘管沒說真話，卻也沒在騙人，這正是傑羅斯的惡劣之處。

唉，畢竟他也只看了文獻，不知道之前的勇者到底是被送了回去，還是被解決掉了，但這對於四神教而言肯定是不想被他人得知的情報。

勇者和神官們不重要到了沒有足夠的情報可以判斷現況是真是假的程度。

可是對於神官們來說，魔導士可以使用神聖魔法是非常嚴重的問題。在這時會對四神教的教義起疑也是理所當然的，召喚勇者的大義名分的可信度也會隨之下降。

對四神教來說，當然不希望和勇者為敵，可是以前被召喚來的勇者都沒有留下記錄，渚和田邊也沒有之前被召喚來的人的消息。

至少在三十三年前被召喚來的勇者應該還活著才對，但卻沒有留下任何的記錄，就算想要調查他們度過了怎樣的人生都是一團謎。

是被送回了原本的世界，還是被抹殺了呢，不管怎樣，被迫面對這個事實的現在，勇者們開始覺得這個環境實在非常的可疑。

『在這些人裡面有異端審問官嗎？不過「神仙人」的技能「萬象隱形」還真好用啊。接近到這種程度都沒被發現。這也能用在犯罪……不不不！除此之外感覺也非常好用。比普通的潛伏技能優秀多了。』

順帶一題，「萬象隱形」是一種仙術，是可以在各種狀況下隱藏自己，不知道到底是怎樣的隱匿系招式。儘管是種近乎於魔法的能力，卻無法以科學的知識解釋，是種無法解開原理為何的奇妙招式。

「欸，你們到底知道多少事情？如果我們至今所聽到的事情都是假的，我們應該要相信你們什麼？」

「這、這我們也一樣啊……我們也是聽說勇者們會被送回去，神聖魔法也是只有神官才能使用的東西……」

「這樣啊……不過你們也知道神聖魔法只是普通的光魔法了。要是知道這件事，大主教大人他們會放著你們不管嗎？仔細想想這是件相當不妙的事情吧？」

「啊～……的確，說不定最後會跟我們一樣被剷除吧？是大規模組織常會做的事情呢……」

神官們內心相當不安。如果神聖魔法和魔導士用的魔法一樣，那他們至今為止所宣揚的神聖魔法的重要性全都會變成謊言。

因為知道了多餘的事情，就連他們自己的性命都有了危險。

『哦？雖然我是不小心說出來的，不過這發展還真是出乎意料啊。神官們似乎真的陷入危機了呢，應該會被抓去做異端審問，然後葬送在黑暗中吧？唉，只要專門使用回復魔法的魔導士增加了，不管怎樣都會導致這種結果吧。哎呀哎呀，事情還真是變得一團亂呢……』

對大叔來說這畢竟事不關己。虛實交錯的情報似乎給他們帶來了莫大的衝擊。

對於為了宗教奉獻自己的人們，這是很大的問題。信仰中有謊言，而且更嚴重的是他們對此還心裡有底。

知道了真相的神官下場會怎樣還是個未知數。

「這下不妙啊……一個沒弄好就得接受異端審問了。我們可是有生命危險呢……」

「乾脆對那個魔導士施以神罰……不行……感覺贏不了他。」

「那些知識和他所放出的魔力……儘管他不願承認，但他真的是賢者的話，絕對不是我等的力量能夠匹敵的對手啊。」

『不不不，我可不是那麼了不起的傢伙啊……』

「我有個提議。我們什麼都沒看到，也什麼都沒聽到——我們沒在這裡遇見任何人。現在就先當作事情是這樣吧。根據那個魔導士的說法，邪神的真面目在四神教中應該是禁忌吧。光是調查就會被當成是異端喔？要是知道真相的話……」

「我有同感。聽了剛剛的話，我也開始覺得這個國家很可疑了。可是現在只要先裝作什麼都不知道的樣子就沒問題了吧。」

簡單來說就是把問題留到以後再面對。等時機到來再逼問出真相。不這樣的話他們自己也會有危險，所以現在先避開這些麻煩的事情。

「只能這樣做了吧……我還有家人。」

「沒辦法。異端審問官是不會手下留情的……全家被殺光都是很有可能發生的事。」

「最近那些傢伙的暴行實在讓人看不下去。總有一天得排除他們才行。」

『到底是有多麼盲目的信徒在啊？總覺得跟中世紀的獵巫行為一樣，沒有任何根據就能殺人嗎？唉，在這個世界上是不意外啦……』

大叔得知了一群糟糕傢伙的存在。

一不小心就會做出自爆式恐怖攻擊的傢伙還是該早點排除吧。

不過擁有這種危險想法的傢伙，只要給他們一些大義名分，就是可以接下骯髒工作的便利棋子。

「可是信奉創生神？我從沒聽過這種事。」

「他恐怕有調查過古老的文獻吧。因為我們國家裡的書全都燒掉了。魔導士也很精通歷史嗎。」

「如果是這樣，那些傢伙只要有心，我國就會……」

「教義應該會被完全推翻吧。畢竟這個國家是魔導士之國。我們的權威完全派不上用場。」

「根據傳聞，他們好像也有在販售回復魔法喔？而且還是和其他國家一起共同研究開發出來的……」

「等等！這樣梅提斯聖法神國不是有可能會面臨危機嗎？周遭小國的戰力全都聚集起來，就會比我國還強。而且那些小國中還包含了『阿爾特姆皇國』。」

阿爾特姆皇國中有許有與勇者戰力相當的戰士，要是加入其中的話事情就會變得相當不妙。

要是強調神聖這點的神聖魔法只是普通的魔法這件事被傳開來，再加上能和勇者匹敵的阿爾特姆皇國戰士，梅提斯聖法神國就會完全失去優勢。

要是魔導士可以使用回復魔法，神官們就會失勢。而且關於藥草一類的調配知識也是魔導士懂的比較多。他們就無法再像過去一樣收取高額的治療費用了。

他們的腦中浮現了四面楚歌這不祥的話語。

『啊～……這麼說來，我好像跟德魯薩西斯公爵說過這件事。唉，只要可以對四神造成困擾是無所謂啦。反正其他轉生者也是照著自己的意思在行動，我也得照我自己的方式來繼續找碴呢。』

大叔到現在還沒忘記因為轉生到異世界而喝不到日本酒的恨意。

他期待已久的大吟釀在地球上，以真正的意義上來說已經成了他觸及不到的東西了。他對造成這個結果的四神只有滿懷的恨意。

明明只是無聊的恨意，做出的卻是相當毒辣的找碴行為。

「因為你們至今為止都相當恣意妄為，應該有不少人很恨你們這些神官吧？」

「這、這點勇者閣下們也是一樣的吧！我聽說你們擅自跑去小國，在那邊作威作福喔。」

「勇者也曾對我們提出很亂來的要求喔！『有女兒的話就送來給我當奴隸』之類的……」

「啊～……是岩田他們吧？現在那傢伙只有一個人，他被其他人給討厭了。」

「姬島同學或許很想死吧……為什麼事情會變成這樣呢……」

『那是因為你們什麼都沒想吧？滿腦子只有「是異世界！是勇者！呀呼～♪」這種想法，太過大意，才會被人攻之不備吧。這難道因為他們是寬鬆世代？』

大叔不知道他們的狀況及內情，不過從對話中大概可以猜測到。

正因為感受到了生命危險，所以他們害怕戰鬥。但是不上戰場的勇者根本沒有意義。

這樣的話四神有可能會對轉生者下一些奇怪的指示。畢竟轉生者中有實力遠超過勇者的人在，四神不可能放過這些人。

四神極有可能視情況將他們納為手中的棋子。

『搞不好又會送什麼奇怪的信來……好了，該怎麼辦呢。』

轉生者雖然有被稱作「郵件」的通訊手段，可是轉生者彼此間無法使用。

以他們只收過一次四神寄來的信件這點來判斷，看來這是類似「神諭」的東西。順帶一提，他們沒辦法回信，只能由四神單方面的發送給他們。

說不定還有別的用途，不過目前是個沒用的功能。

『從話中聽來，那個名叫岩田的人，如今還是相當得意忘形的勇者，要是在哪裡吃下決定性的敗仗就好了。這種忠實於自我欲望的人總是會堅持想要維持現況呢。』

神官和眼前的兩位勇者似乎決定為了保身而閉口不提這些事。

待在不知何時會被殺掉的組織裡，沒必要老實地把不利的情報向上呈報。反正對方根本不值得信賴，說謊也是保命的最佳手段吧。

「咦？等一下，邪神已經被打倒了吧？那麼在這個國家發現的邪神的攻擊是什麼？」

「啊……這麼說來也是。既然可以創造出那麼大的隕石坑，一定有什麼強大的玩意存在於此，那個魔導士說的話也有些可疑呢。」

「光是外觀看起來就很可疑了。搞不好是那個魔導士用魔法打出來的喔？」

『隕石坑……？該不會是那個吧？』

以前在毀滅妖精的聚落時使用的「暴食之深淵」。

他回想起那個魔法打出的隕石坑。

『四神認為那個是邪神的攻擊啊。所以才會派人來調查。不過田邊還真是意外的敏銳呢……』

「既然那魔導士說自己很瘋狂，感覺可能性很高吧。村人也說是兩個魔導士保護了村子，說不定真的是那個人。他感覺就會不小心幹下這種事吧？」

「也就是說他為了實驗魔法的效果，做出了那種事？如果是這樣的話，我們絕對打不贏他的。吃了他的一擊就會被消滅吧。」

「我可沒聽過能夠做出那種蠢事的魔導士。那豈不是代表他擁有和邪神同等的實力嗎……已經超過魔導士的範疇了。四神教中也有負責蒐集情報的人在，但從來沒聽說過這種事。」

「不過說不定只是沒被發現，搞不好實際上真的有這種人存在喔。」

「埋首於魔法研究中，離群索居啊……那個魔導士開始行動了。」

神官們重新體認到了魔導士的威脅性。

「不過他這麼做是為了什麼？不，或許是想警告我們吧。既然是賢者，他應該不會希望世界滅亡才對。如果是研究家那更是如此吧。對於召喚的危險性也是。如果是這樣，我們會在此遇見他或許也不是偶然。」

「有可能。為了告訴我們世界的危機，才特地來到我們的身邊……」

「說不定召喚勇者也不是出於四神的指示，而是法皇大人的專斷獨行。」

神官們開始做出各種推測，探討身分不明的魔導士這些言行的意義。

順帶一提，創造出那個隕石坑的當事人——

『抱歉。我什麼都沒想就用了那招……沒有什麼特別的含意在。而且我真的只是碰巧遇見你們而已，拜託不要這麼抬舉我。應該說，求你們不要這樣！』

大叔陷入了自我厭惡的漩渦中。

人是在發生了什麼難以置信的狀況時，就會從那些痕跡中尋求意義的生物。就算那裡頭根本沒有什麼特別的含意，他們會認為那兇惡的爪痕是種警告也是無可奈何的事。

對於當事人來說是個黑歷史就是了……

而且雖然只是猜測，但是他們猜中了真正的犯人是傑羅斯。

傑羅斯很清楚自己做了什麼，可是希望大家不要再這樣折磨他了。

正因為個性上有些S，所以精神上意外的有些脆弱，他不是M。

偷窺的大叔實在太不好意思了，只好離開現場。

他們再繼續抬舉他的話，大叔的精神會被羞恥心與罪惡感給瞬間殺死的。

他在這之後悄悄地溜回了孩子們待著的馬車，蓋上毯子睡著了。

而倒在他身邊的，是鬧到精疲力盡的跟蹤狂。

◇◇◇◇◇◇◇

時間回溯到約一個月前。

隸屬於伊薩拉斯王國情報部的騎士薩沙，帶著三位魔導士來到了某個國家。

不，這裡不知道能不能算是國家，總之是獸人們居住的廣大地區。

各獸人部落在這塊地區上分別占據了一塊大範圍的土地當作地盤，在裡面生活，並與其他部落之間交流，建立了一種獨特的生活體制。他們沒有王，除了各部落的族長每個月要參加一次部落會議之外，生活算是過得比較自由。

這塊廣大的土地名為「魯達．伊魯路平原」，上頭盛行農業和放牧業，所以對伊薩拉斯王國來說，這裡是他們無論如何都想獲得的土地。

「到了這裡，就是他們的族長集合的地點……若能順利交涉就好了。」

「哎，還是要看狀況吧，如果他們願意乖乖聽話就好了，但這個國家很痛恨人類哪～」

「亞特閣下……為什麼你這麼冷靜？一個不小心就會喪命喔！」

「我們的工作就是要想辦法妥善處理吧，國王都親自拜託了，只能做啊。」

名為亞特的黑衣魔導士以有些悠哉的口氣說著，走在長滿了茂密長草的草原上。

明明已經走了很久，他的臉上卻看不出疲憊的樣子，這是因為他的體力異於常人。

兩位女性魔導士走在他身後，看起來非常無聊。

哎，畢竟持續在森林或草原裡走了整整一個星期，當然會覺得無聊吧。不過這兩人也跟眼前的黑衣魔導士一樣，擁有過於常人的體力。

負責帶路的薩沙為了避免跟不上三人，勉強拖著沉重的雙腳帶路，老實說，他實在很想快點回國。

「是說……亞特閣下的裝備看起來很不像魔導士的裝備呢。而且……雖然樸素，但看來是技術相當了得的工匠打造的，是在哪裡買到的啊？」

「祕密。話說我就這麼不像魔導士嗎？在我們出身的地方，這算是很普通的裝備耶，為什麼魔導士都只穿長袍啊？我覺得穿長袍上戰場很容易死耶。」

「說到魔導士，身穿長袍、手握法杖不就是主流的裝扮嗎？我沒看過全副武裝的魔導士。」

「你眼前就有一個，只靠魔法怎麼可能在戰場上存活！」

薩沙認為這黑衣魔導士擁有令人吃驚的高超實力。

他身上穿著以某種類似鱗片的素材與貴金屬打造的胸甲、拳套和護腿，腰上配了一把彎刀，儘管是魔導士，但看起來也能打近身肉搏戰。

另外兩位女性魔導士也一樣，一位裝備了弓，打扮像是戰士。另一個人則是帶著形狀有如長柄彎刀的槍（俗稱「薙刀」的玩意），身上則是魔導士特有的長袍打扮，胸甲也是特地設計給女性專用的。

兩者很明確地分別為前鋒和後衛的裝備，很輕易就能看出她們負責什麼工作。

「……是說，傳聞的英雄是我們在找的人嗎？情報指出那個人好像使用了用什麼骨頭做成的裝備對吧？骨系裝備應該很不受歡迎，那個人的喜好是不是有些特殊啊？」

「我認識的人裡面沒有人喜歡骨系裝備，亞特先生有嗎？」

「有一個人很有可能，該不會是他吧……『野蠻人』。」

『「野蠻人」……是誰呢？』

薩沙的工作包含監視這些魔導士。

現階段他們對祖國並沒有表現出敵意，但要是真的反抗起來，可就有些頭痛了。

就因為這樣，薩沙才接到了敕命，負責為三人帶路並監視他們。

「雖然我沒有直接與之交談過，但是個相當強大的玩家，可以靠單打來到『臨界突破』程度的實力派，而且是個重度『野獸愛好者』。」

「喜歡毛茸茸？總覺得我跟那個人應該很合得來。」

『啊啊，莉莎閣下，妳那樣的表情簡直快要撕裂了我的心，請跟我結婚……不，還太快了。先了解彼此是很重要的事。』

薩沙對名為莉莎的魔導士懷抱著愛慕之情。

他是真的對莉莎一見鍾情，不是所謂的「戀愛症候群」。

雖然他不知道毛茸茸是什麼意思，但年輕女性特有的成熟表情，以及時而顯露出來，那有如孩子般的純真神情，讓他瞬間墜入了愛河。

簡單來說就是反差萌。

『夏克緹閣下則是有種……做特種行業的感覺啊～好像會被她騙，真可怕。』

莉莎的伙伴夏克緹是個相當漂亮的美女。

一頭微捲的秀髮長度及肩，有一張略帶下垂眼的溫和面孔，但言行舉止有時會戳中人的要害。擁有令人大意不得的狡猾特質。

而且她身為前鋒作戰時強如鬼神，是讓人絕對不想與之為敵的對手。

畢竟她會在極近距離下施展強力魔法，而且不需詠唱，危險性極高，槍術又勝過國內的所有高手。

薩沙不擅長面對強悍的女性。

「薩沙先生……你是不是在想什麼失禮的事？」

「沒、沒這回事。你們這麼可靠，我很高興啊。只要跟你們一起行動，就算去獸人族的地盤，應該也能活著回去吧（好可怕～……為什麼她知道啊？直覺也太敏銳了吧）。」

「嗯～……好吧，就當作是這麼回事好了。」

『穿幫了————！這是怎麼回事？我應該沒有表現在臉上啊……』

畢竟他是情報員，有接受過不得將感情顯露於外的訓練。

但在她面前完全派不上用場。

「你知道嗎？就算沒有顯露在表情上，也可以透過觀察眼睛的動作，大略猜出對方的想法喔？」

「「「好可怕！」」」

「喂，莉莎跟亞特先生！怎麼連你們兩個都嚇到了，太過分了吧？」

只是平常地對話也會被看穿心思，確實會讓人想重新審視一下彼此之間的關係。

對情報員來說，這相當有威脅性。而且她是一位女魔導士，一個弄不好很可能會被抓到把柄。

「薩沙先生，我勸你還是放棄莉莎吧……別看她那樣，她可是相當痴情的喔。」

「欸？」

出乎意料的建議，也就是說……薩沙心裡的想法已經被她看穿了——

『我還是從情報部轉調去別的單位好了……』

情報員的自尊受到嚴重打擊。

一旁的莉莎露出不可思議的表情，看樣子她還沒有察覺薩沙的心意，但按夏克緹的說法來看，她心裡已經有意中人了。

這是薩沙不僅被看穿想法，甚至直接失戀的瞬間。

他的內心受到暫時無法平復的創傷，陷入了低潮。

而告訴這樣的他冷酷的事實，在他人的戀情開始之前就予以毀滅的夏克緹，則愉快地走在草原上。

背後承受著薩沙怨恨的眼神……

Hirukuma, Hagure Yuuki, Natsume Akatsuki, Kurone Mishima 2018 / KADOKAWA CORPORATION

為美好的世界獻上祝福！EXTRA

讓笨蛋登上舞台吧！ 1~4 待續

Kadokawa Fantastic Novels

作者：昼熊　插畫：憂姫はぐれ　原作：三嶋くろね　角色原案：三嶋くろね

幸運值最低的人渣將挑戰命運二擇一的賭局！
賭上志氣、尊嚴和蘿莉夢魔貞操（？）的終極對決揭幕！

達斯特接下愛麗絲的隨扈蕾茵的委託，負責跟蹤及監視和真一行人，前往以賭博大國聞名的鄰國埃爾羅得。看到摯友在賭場大獲全勝，達斯特也挪用了委託的訂金，盡享賭博之樂，卻一步步被拉上無法回頭的舞台——！贏了就能重獲自由，輸了就萬事休矣？

各 **NT$200~220/HK$60~73**

©Inumajin, Kochimo 2018/ KADOKAWA CORPORATION

汪汪物語～我說要當富家犬，沒說要當魔狼王啦！～ 1~2 待續

作者：犬魔人　插畫：こちも

悠閒自在的寵物生活亮起紅燈!?
大人氣「非人轉生」奇幻小說第二彈！

洛塔如願以償轉世成為富家犬，隱藏自己魔狼王的身分，過著悠閒自在的寵物生活。然而在造訪王都之際，被喜愛珍禽異獸的千金小姐收藏家挖角？冒險者團隊還來到宅邸所在的森林進行調查。眼見寵物生活面臨危機，美麗魔女荷卡緹等人展開溫泉大作戰！

各 **NT$200~220/HK$67~73**

xt Copyright © 2019 Fuse Illustrations Copyright © 2019 Mitzvah

關於我轉生變成史萊姆這檔事 1~13.5 待續

Kadokawa Fantastic Novels

作者：伏瀨　插畫：みっつばー

不斷擴大的《轉生史萊姆》世界！
超人氣魔物轉生幻想曲官方資料設定集第二彈上市！

《轉生史萊姆》官方資料設定集第二彈堂堂登場！本集詳盡解說第九集之後的故事、登場角色、世界觀等，同時收錄限定版短篇以及伏瀨老師特別撰寫的加筆短篇「紅染湖畔事變」！此外還有插畫みっつばー老師和岡霧硝老師的特別對談！書迷絕不容錯過！

各 **NT$250~320/HK$75~107**

©Sakuragisakura 2019 / KADOKAWA CORPORATION

異世界建國記 1~4 待續

作者：櫻木櫻　插畫：屡那

與世界最古老的咒術師梅林展開最終決戰！
超人氣異世界內政奇幻作品第四集!!

多摩爾卡魯王之國與艾克烏斯族內部爆發內戰，艾比魯王之國與貝爾貝迪魯王之國也開始侵略羅賽斯王之國，為了打破僵局，亞爾姆斯打算借助周遭國家的力量……與世界最古老咒術師梅林率領的大國之間的戰鬥，就此開始！

各 **NT$200~240/HK$65~80**

©Ghost Mikawa 2018 / KADOKAWA CORPORATION

理想的女兒是世界最強，你也願意寵愛嗎？ 1 待續

作者：三河ごーすと　插畫：茨乃

獻給下個時代大人的末世校園奇幻故事登場！
最強的女兒與無敵的父親，波瀾萬丈的故事即將展開！

人類再生機構「凰花」是人類僅剩的最後生存圈，其中的「學園都市」裡培養著人們的希望「魔法騎士」。白銀冬真的女兒雪奈以最強的S級身分進入「第一魔法騎士學園」就讀。然而冬真卻在某天接獲一道極機密指令──「跟你女兒一起上學」……

NT$240/HK$80

© Kinosuke Naito 2018 / KADOKAWA CORPORATION

異世界悠閒農家 1~3 待續

作者：內藤騎之介　插畫：やすも

充滿特色的村民相繼成為夥伴，
令人期待的第三集!!

天使族族長的女兒琪亞比特突然來到「大樹村」，她的目的是讓擅自與天使族蒂雅結婚的火樂進行試煉。火樂面臨五項試煉雖然感到膽怯，但仍堂堂正正面對挑戰！

各 NT$280~300/HK$90~100

Tsukasa Fushimi 2019 / KADOKAWA CORPORATION

情色漫畫老師 1~11 待續

作者：伏見つかさ　插畫：かんざきひろ

只有女孩子的戀愛話題……
隱藏於內心的心上人即將揭曉！

在妖精猛烈的逼近下，征宗跟紗霧吵架了。苦惱的兄妹，開始各自找親近的人進行戀愛諮詢……跟智惠、惠還有鈴音聊起戀愛話題的征宗，被帶進卡拉OK的包廂頭……另一方面，紗霧選為戀愛諮詢對象的，是某個喜歡妹妹的宅宅美少女……

各 **NT$180~250/HK$55~75**

©Isuna Hasekura 2019 / KADOKAWA CORPORATION

新說 狼與辛香料

狼與羊皮紙 1~4 待續

作者：支倉凍砂　插畫：文倉 十

寇爾介入教會、王國與商人的三角糾紛!?
守財奴美女商人伊弗再度登場！

寇爾與繆里來到溫菲爾王國第二大城港都勞茲本，等待他們的卻是一群武裝的徵稅員!?藉海蘭的機智脫離窘境後，兩人才知寇爾的事蹟雖讓百姓稱頌他為「黎明樞機」，卻也加劇了王國與教會的對立。此時伸出援手的竟是女商人伊弗……

各 **NT$230~280/HK$70~93**

國家圖書館出版品預行編目資料

賢者大叔的異世界生活日記 / 寿安清作 ; Demi譯. --
初版. -- 臺北市 : 臺灣角川, 2020.02-
　冊 ;　公分. -- (Kadokawa fantastic novels)
譯自 : アラフォー賢者の異世界生活日記
ISBN 978-957-743-541-5(第6冊 : 平裝)

861.57　　108021195

Kadokawa
Fantastic
Novels

賢者大叔的異世界生活日記 6

（原著名：アラフォー賢者の異世界生活日記 6）

2020年2月10日　初版第1刷發行

作　者：寿安清
插　畫：ジョンディー
譯　者：Demi

發行人：岩崎剛人
總經理：楊淑媄
資深總監：許嘉鴻
總編輯：蔡佩芬
編　輯：黎夢萍
美術設計：黃永漢
印　務：李明修（主任）、張加恩（主任）、張凱棋

發行所：台灣角川股份有限公司
地　址：105台北市光復北路11巷44號5樓
電　話：（02）2747-2433
傳　真：（02）2747-2558
網　址：http://www.kadokawa.com.tw
劃撥帳戶：台灣角川股份有限公司
劃撥帳號：19487412
法律顧問：有澤法律事務所
製　版：巨茂科技印刷有限公司
ISBN：978-957-743-541-5

※版權所有，未經許可，不許轉載。
※本書如有破損、裝訂錯誤，請持購買憑證回原購買處或連同憑證寄回出版社更換。

ARAFO KENJA NO ISEKAI SEIKATSU NIKKI Vol.6
©Kotobuki Yasukiyo 2018
First published in Japan in 2018 by KADOKAWA CORPORATION, Tokyo.
Complex Chinese translation rights arranged with KADOKAWA CORPORATION, Tokyo.